Carolin Römer

Nacht-gespenster

Ein Fin O'Malley Krimi

CONTE *krimi*

Bibliografische Information der Deutschen Nationalbibliothek
Die Deutsche Nationalbibliothek verzeichnet diese Publikation in der Deutschen Nationalbibliografie; detaillierte bibliografische Daten sind im Internet über http://dnb.d-nb.de abrufbar.

ISBN 978-3-95602-110-7

Am Rech 14
66386 St. Ingbert
Tel: (0 68 94) 1 66 41 63
Fax: (0 68 94) 1 66 41 64
E-Mail: info@conte-verlag.de
Verlagsinformationen im Internet unter www.conte-verlag.de

Umschlag und Satz: Markus Dawo
Druck und Bindung: Faber, Mandelbachtal

Eddie blinzelte und legte den Kopf schief. Misstrauisch beobachtete er das kleine Mädchen, das langsam näherkam.

Hoppla, wer kommt denn da? Den großen Mann mit den weißen Haaren, den kenn ich ja. Aber wer bist du?

Er überlegte noch, ob er nicht lieber auf Nummer sicher gehen und abhauen sollte. Zu spät. Zwei Schritte schaffte er noch, dann schlossen sich winzige Finger um seine Brust und hoben ihn hoch.

Das Mädchen schien überrascht. »Er ist ganz leicht, Großvater!«

Eddie zappelte, strampelte mit den Füßen, versuchte, sich ihrem Griff zu entwinden, aber die kleinen Hände ließen nicht locker. Schließlich gab er es auf. Vielleicht ahnte er, dass ihm dieses Kind nicht wehtun wollte.

Na gut. Ausnahmsweise. Aber glaub nicht, dass ich mir das immer gefallen lasse!

Der alte Mann half ihr und schob Eddie behutsam in ihre Armbeuge. »So solltest du ihn halten, das gefällt ihm.«

Kleine Finger kraulten seine weiche Brust.

Oh ja, das ist okay, das mag ich. So kannst du weitermachen.

»Und jetzt musst du ihm noch sein Spezialfutter geben.«

Eddie reckte den Hals, schüttelte sich und hinterließ ein paar weiße Federn auf dem dunklen Pullover der Schuluniform.

Futter! Ja! Super! Her damit!

»Schließlich muss Eddie am Wochenende fit sein. Es steht eine Menge auf dem Spiel dieses Mal.«

Fit? Was für eine Frage? Ich bin in der Form meines Lebens! Und überhaupt – ich heiße gar nicht Eddie! Ich bin Edward.

Edward XIV. of Beaufort and Drim! Die schnellste Taube im Norden Irlands! Ach was, die schnellste Taube der ganzen Insel!

»Molly! Wo steckst du? Der Schulbus kommt gleich.«

Eine kräftige Männerstimme bahnte sich ihren Weg durch den Garten bis zur Tür des Taubenschlags.

»Hier bin ich. Bei Großvater. Und Eddie.«

Die Körner rappelten verheißungsvoll in der Blechdose. Eddie gurrte, sein Hals wurde immer länger.

Nun mach schon! Ich hab Hunger!

Auch die anderen Tauben kannten das Geräusch nur zu gut und kamen erwartungsvoll näher. Flatterten, gurrten und drängten sich nach vorne.

»Molly, wir sind spät dran.« Ein Schatten verdunkelte die Tür des Schuppens. »Du weißt, ich hab' weder Lust noch Zeit, dem Bus hinterherzufahren.« Der Mann hob die Schultasche auf, die im Eingang stehengeblieben war. Er klang nicht ärgerlich, eher wie ein Vater, der seiner kleinen Tochter nur schwer etwas abschlagen konnte, manchmal aber streng sein wollte. Auch wenn es schwer fiel.

Ein vorwurfsvoller Blick traf den Großvater.

»Sie wollte doch nur beim Füttern dabei sein«, meinte der Alte beschwichtigend, »lass der Kleinen doch die Freude.«

Der Vater wandte sich an seine Tochter. »Kommst du?«

»Ja, gleich.«

Aber nicht ohne mein Futter!

Die Explosion zerriss den Taubenschlag. Fensterscheiben in der Nachbarschaft klirrten. Federn stoben, wirbelten in dichten Wolken über den blauen Morgenhimmel. Schwebten sanft zur Erde, wo sie zwischen den grünen Grashalmen hängenblieben.

Weiße Federn.

Es sah aus, als ob mitten im Sommer Schnee vom Himmel fiel.

Blutiger Schnee.

1. The Fisherman

»Das hier, das ist sie! Die rotwangige Adlerwachtel!« Ein knubbeliger Finger mit abgekautem Nagel switchte die Aufnahmen übers Display des Fotoapparats. »Es gibt nur noch rund dreißig Brutpaare in ganz Donegal. Allein hier auf Days Foreland sind es zweiundzwanzig.« Er tippte mit Nachdruck auf das Foto. »Zweiundzwanzig.«

Fin O'Malley stellte dem begeisterten Vogelkundler einen Whisky vor die Nase und betrachtete das Foto mit höflichem Desinteresse. Mit etwas Phantasie ließ sich zwischen Torf und verdorrtem Heidekraut etwas erkennen, das wie ein graubraunes Federknäuel aussah, kaum größer als ein Hurlingball.

»Das ist ihr Winterkleid. Im Winter sehen Hahn und Henne nämlich gleich aus. Aber im Frühling, zur Balzzeit, da kriegt der Hahn am Kopf diese leuchtendroten Flecken«, erklärte der Experte voller Enthusiasmus, »und dann können Sie übers ganze Moor seinen charakteristischen Balzruf hören. Ti-wupp … ti-wupp … ti-wupp.« Bei jedem Laut wippte er auf den Fußballen auf und ab.

Jeder Mensch sollte ein Hobby haben, das konnte Fin nur unterstützen. Und wenn der Kerl auf der anderen Seite seines Tresens bei Wind und Wetter loszog, um Vögel zu beobachten, so war das seine Sache. Wenn er dabei zum Aufwärmen den Weg in sein Pub fand, konnte ihm das nur recht sein.

Er tippte auf frühpensionierten Verwaltungsbeamten aus Dublin. Southside, das hörte er am Akzent. Er hatte selber lange genug in der Hauptstadt gelebt, er kannte diese schrägen Vögel, die an Sonntagnachmittagen regelmäßig Polizeieinsätze auslösten, weil sie auf irgendwelchen Klippen rumturnten, um in einem Möwennest die Eier zu zählen.

Manche von ihnen schienen im Lauf der Jahre auf rätselhafte Weise eine Physiognomie zu entwickeln, die den Objekten ihrer Begierde durchaus nahekam. Niedliche dunkle Knopfaugen, eine schmale spitze Nase, einen flauschigen Haarschopf, der an Federn erinnerte, und einen leichten, trippelnden Gang. Nicht zu vergessen eine hohe zwitschernde Stimme.

»Wussten Sie, dass sich bei den Adlerwachteln Männchen und Weibchen ein Leben lang treu bleiben?«

Fin schaute angemessen beeindruckt und schüttelte den Kopf.

»Und soll ich Ihnen noch was verraten?«

Warum verspürten manche Menschen diesen unerklärlichen Drang, dem Wirt hinter der Theke all das mitzuteilen, was dieser nicht wissen wollte?

»Das ist sehr selten bei dieser Spezies. Und hier auf Days Foreland kann man das wunderbar beobachten.«

»Faszinierend«, murmelte Fin höflich. Vielleicht lag es daran, dass bei zweiundzwanzig Brutpaaren das Angebot eher überschaubar war?

»Sehr selten«, wiederholte der Vogelkundler, hob das Glas Whisky in die Höhe, als verdiene diese ornithologische Sensation einen Toast, und kippte den Inhalt in einem Zug hinunter. Dann stülpte er sich seine Mütze über die grauen Locken, klappte die Ohrenschützer herunter, ließ seine kleine Kamera in der Innentasche seiner grobgewebten Tweedjacke verschwinden und hievte einen zentnerschweren Rucksack auf seine Schulter. »Zweiundzwanzig«, sagte er noch, klopfte auf die Brusttasche seiner Jacke, als hätte er persönlich alle Brutpaare in seinem Fotoapparat eingefangen, und verließ das Pub.

Fin sah ihm kopfschüttelnd nach, schnappte sich das leere Glas und versenkte es in der Spüle.

»Nett von dir, dass du ihm nicht verraten hast, dass es nur noch einundzwanzig Brutpaare sind.« Die Stimme kam vom anderen Ende des Tresens. Caitlin da Silva legte einen sauber abgenagten Knochen vor sich auf den Teller.

»Ich hab' es nicht übers Herz gebracht.« Fin nahm den leergeputzten Teller. »Hat geschmeckt, wie ich sehe.«

»Wunderbar. Die Sauce war ein Gedicht. Woher hattest du die Vögel?«

Fin trug das Geschirr in die Küche. »Diarmuid hat mir erzählt, es seien Moorhühner.«

Wenn er ehrlich war, hatte er der Sache von Anfang an nicht getraut. Es war schon erstaunlich, dass dieser Computernerd überhaupt vor die Tür ging, und das bei diesem Wetter. Aber eigentlich war Diarmuid immer vorne dabei, wenn es galt, irgendwo Unheil anzurichten oder Unruhe zu stiften.

»Wahrscheinlich hat er auf dem letzten Level seiner Moorhuhnjagd nach einer neuen Herausforderung gesucht«, hörte er Caitlin sagen, »ich muss allerdings gestehen, mir gefällt der Gedanke nicht, dass dieser Kerl mit 'ner geladenen Flinte durch die Gegend läuft.« Auch wenn sie sich bemühte, es fiel ihr schwer, im Privatleben die Polizistin außen vor zu lassen.

»Ich denke nicht, dass er die Vögel mit Schrot erlegt hat, dann wär nix mehr übrig gewesen, das man hätte in die Pfanne hauen können«, vermutete Fin, »ich nehme an, er hat draußen auf dem Moor Fallen aufgestellt.« Er kam zurück in den Schankraum. »Was willst du als Nachtisch?«

»Was empfiehlst du?«

»Warmen Guinness-Kuchen mit Vanillesauce und Whisky-Eiscreme.«

Ja, es stimmte wohl, jeder Mensch brauchte ein Hobby. Und Fin O'Malley hatte das Kochen für sich entdeckt. Anfangs noch von allen Seiten belächelt war er mittlerweile der eifrigste Schüler von Isobel, der Frau von Ronan, dem Wirt. Zugegeben auch ihr einziger. Nach etlichen angebrannten Kartoffeln, übergekochten Suppen und vertrockneten Lammbraten wagte er sich mittlerweile schon an eigene Kreationen, immer ermutigt von den Bewohnern des Dorfes, denen alles recht war, das Brenda O'Shea, die gefürchtete Mutter von Ronan, von der Küche fernhielt.

Ein Tag wie heute, mitten in der Woche, eignete sich perfekt zum Experimentieren. Zur Mittagszeit hatte es nur wenige Gäste in den *Fisherman* verschlagen. Schuld war auch das Wetter, das niemanden hinter dem Ofen hervorlocken konnte. Es war nass, kalt und neblig. Winter in Donegal.

Einmal hatte es bereits ein paar Schneeschauer gegeben, aber die milde Luft vom Atlantik hatte der weißen Pracht innerhalb weniger Stunden ein Ende bereitet. Geblieben waren nur die mit Reif überzogenen Wiesen und gefährlich glatten Straßen.

Fin hasste den Dezember, der ihm wie kein anderer Monat vor Augen führte, dass sein Leben ziemlich aus den Fugen geraten war. Seit er seinen Job bei der Polizei in Dublin hingeschmissen hatte und die Scheidung von Susan endlich durch war, war nichts mehr wie früher. Geldsorgen oder Streit mit seiner Exfrau hatte er schon gehabt, als er noch in Dublin gelebt hatte. Da hatte er auch noch Lily um sich gehabt, seine Tochter, die er über alles liebte. Aber auch Lily nabelte sich langsam ab, wurde erwachsen und machte sich auf den Weg in ein eigenes Leben. Das wurde ihm in solchen Momenten wie jetzt, so kurz vor Weihnachten, schmerzlich bewusst.

Wäre er jetzt in der Stadt, dann hätte er sich sicher mit ein paar Kumpels auf ein Feierabendbier im Pub getroffen. Er hätte sich durch die hellerleuchtete O'Connell Street treiben lassen oder in den weihnachtlich dekorierten Schaufenstern von Brown Thomas nach einem Geschenk für Lily Ausschau gehalten.

Aber er war nicht in Dublin. Er war in Foley. Einem gottverlassenen Nest am Rand der Welt, wo der Winter noch dunkler und länger war als im Rest von Irland.

Zumindest kam es Fin so vor.

Nein, ganz so schlimm war es nicht. Isobel hatte einen Plastikweihnachtsbaum in eines der Fenster des Pubs gestellt, der unermüdlich vor sich hinblinkte, ein paar Kerzen auf den Tischen verteilt und eine angestaubte Efeugirlande aus Papier über der Theke aufgehängt. Und über all dem schwebte die Stimme von Willie Nelson, der gerade *Joy to the World* zum Besten gab. Wenn da mal keine Stimmung aufkam …

Wenigstens hatte Fin eine Aufgabe gefunden. Neben seinem Job als Teilzeitwirt half er Isobel in der Küche. Die Vorbereitungen fürs Weihnachtsmenu standen an, und in Caitlin da Silva hatte er ein williges Versuchskaninchen, um seine Ideen auszuprobieren.

Früher wäre es ihm nie in den Sinn gekommen, Susan beim Kochen zur Hand zu gehen. So wie er auch sonst im Haushalt keinen Finger gerührt hatte. In seinen Augen gab es Frauenarbeit und Männerarbeit. Und Kochen gehörte ganz eindeutig nicht zu letzterem. Mittlerweile sah er das ein wenig anders. Er hatte Spaß am Kochen gefunden, und vielleicht würde er damit eines Tages bei Lily punkten können. Oder bei Caitlin da Silva.

Die versuchte allerdings immer noch, ihn wieder zur Polizei zurückzulocken. Bisher erfolglos.

»Wir sind zur Zeit so was von knapp mit Personal«, sagte sie wie beiläufig, als er ihr eine Tasse Kaffee hinstellte. Der Kuchen war im Ofen und würde noch eine Weile brauchen. »Jetzt wird demnächst auch noch die Stelle von William, meinem alten Partner, frei. Er hat um Versetzung gebeten. Familie und so.« Sie nippte an ihrem Kaffee und sah Fin an. »Na, keine Lust?«

Nein, Fin hatte keine Lust. Zumindest keine Lust auf Polizeiarbeit. Aber Lust auf eine Partnerschaft? Auf einer anderen Ebene? Da sah die Sache schon etwas anders aus.

Seit über einem Jahr saß er auf dem Trockenen, was das weibliche Geschlecht anging. Er hatte den Frauen keineswegs abgeschworen, aber was die Auswahl in Foley betraf, ging es ihm ein wenig so wie der rotwangigen Adlerwachtel: Sie war übersichtlich und die verfügbaren Weibchen waren allesamt vergeben.

Bis auf Caitlin da Silva.

Aber er wurde nicht so wirklich schlau aus ihr. Sie waren befreundet, ja, mehr aber auch nicht. Oder? Manchmal wunderte er sich schon über ihr Drängen, doch wieder in den Polizeidienst zurückzukehren. War ihr Interesse wirklich nur beruflicher Natur? Oder steckte mehr dahinter?

Er lehnte sich gegen die Theke und sah ihr in die Augen. Sie waren rabenschwarz. Koboldaugen. »Wie stellen Sie sich das vor, Detective Inspector da Silva? Ich als Detective Sergeant unter Ihrer Fuchtel?«

»Hat doch bisher ganz prima funktioniert«, grinste sie.

»Das war aber alles andere als offiziell.«

»Ich finde, wir würden ein prima Team abgeben.«

»Nur auf der Arbeit?« Fin versuchte, ihr noch tiefer in die unergründlichen Augen zu schauen.

Sie hielt seinem Blick stand. Er konnte förmlich sehen, wie sie tief in ihrem Inneren an einer Antwort modellierte. Aber sie schob ihn vor sich her, diesen einen Augenblick, der sie zwingen sollte, Farbe zu bekennen. Sie machte es sich nicht leicht.

Das Klingeln ihres Handys erlöste sie.

Caitlin glitt vom Barhocker, ging ein paar Schritte außer Hörweite und nahm das Gespräch an. Es dauerte nur ein paar Sekunden.

»Ich fürchte, der Nachtisch muss warten.« Sie kam zurück

und holte ihre Jacke vom Haken. »Sagt dir der Name Raymond O'Malley etwas?«

»Es gibt viele O'Malleys«, antwortete Fin zurückhaltend.

Es war keine Antwort auf Caitlins Frage, was ihm ein Blick von ihr unmissverständlich klar machte.

»Müsste ich ihn kennen, nur weil er denselben Nachnamen hat?«

»Aus Derry«, ergänzte sie.

»Ich hab' einen Cousin in Derry.«

»Kennst du ihn näher?«

»Nein. Familie meines Vaters.« Damit war für Fin alles gesagt. »Warum interessiert sich die Polizei für ihn?«

»Er ist tot.«

2. Scarbhach Bay

»Wieso muss ich mitkommen?«, maulte Fin.

Caitlin schaute nach vorn auf die Straße. »Du könntest ein wichtiger Zeuge sein.«

Er war sich sicher, dass sie das nicht ernst meinte. »Blödsinn.«

»Wir sind knapp an Personal«, bot sie als Alternative an.

Wollte sie ihn wieder auf den Geschmack bringen? »Ich kann mich erinnern, dass du diejenige warst, die mir noch bis vor kurzem vorgehalten hat, ich sei kein Polizist mehr und ich solle mich gefälligst aus deiner Arbeit raushalten.«

»Es juckt dich wirklich nicht mehr?«

»Nein.«

Er hatte mit seiner Arbeit als Polizist abgeschlossen. Vor mehr als einem Jahr hatte er alles hingeschmissen. Seinen Job, den er nie wirklich gewollt hatte. Er hatte einige Zeit gebraucht, um das herauszufinden. Aber er war sich sicher.

»Was ist los mit dir, Fin?« Caitlin bremste an einer Kreuzung, studierte die Straßenschilder und bog links ab. »Sag bloß, es interessiert dich nicht mal, wer deinen Cousin auf dem Gewissen hat?«

»Nein.«

Es war ja noch überhaupt nicht raus, ob der Tote tatsächlich sein Cousin Raymond war.

Fin wandte sich ab. Ließ die winterliche Landschaft Donegals an sich vorüberziehen, ohne sie wirklich wahrzunehmen. Die kargen Moore, die zu dieser Jahreszeit noch einsamer schienen. Die fernen Berge, deren Gipfel eine hauchdünne Mütze aus Schnee trugen. Der graue, wolkenverhangene Himmel, der sich in den unzähligen Wasserlöchern spiegelte, die die Regenfälle der letzten Tage zurückgelassen hatten.

Raymond O'Malley. Sein Cousin. Der Sohn von Daniel O'Malley. *Sergeant* Daniel O'Malley. Von der *Royal Ulster Constabulary* in Derry. Sein Onkel war Polizist gewesen. Genau wie sein Bruder, Fins Vater. Bis zu jener Nacht vor mehr als vierzig Jahren. Unbekannte hatten Daniel O'Malley erschossen. Verdächtige hatte es genug gegeben, auf Seiten der katholischen Republikaner ebenso wie unter den protestantischen Paramilitärs, aber bis heute war niemand zur Rechenschaft gezogen worden.

Fins Vater hatte Derry kurz nach dem Mord verlassen, seiner nordirischen Heimat den Rücken gekehrt, und war mit seiner Frau und den drei Kindern nach Dublin gegangen. Dorthin, wo Fins Mutter herkam. Dorthin, wo es zumindest den Anschein von Frieden gab. Aber die Sicherheit hatte ihren Preis gehabt. Als Polizist – und Protestant – hatte er keine Arbeit gefunden, er war bei der Zollbehörde im Hafen von Dublin gelandet und hatte mehr schlecht als recht ein Auskommen gehabt.

So seltsam es Fin in diesem Moment erschien – sein Vater war ein Ex-Polizist gewesen, genau wie er heute. Ein Sohn, der seinen Vater hatte beeindrucken wollen, indem er dieselbe Laufbahn einschlug. Der wollte, dass sein Vater stolz auf ihn war. Der es seinem Vater hatte recht machen wollen. Der es ihm aber nie hatte recht machen können.

Der Vater war mittlerweile gestorben, aber Fin hatte noch einige Jahre gebraucht, um zu der Erkenntnis zu kommen, dass er sein Leben auf einer Lüge aufgebaut hatte.

Fin war nie ein besonders ehrgeiziger Polizist gewesen. In seinen Augen war es ein Job wie jeder andere. Es gab einen

Schreibtisch, an dem er jeden Morgen saß, und er bezahlte das Haus und füllte den Kühlschrank.

Vielleicht war es einzig und allein sein Sinn für Gerechtigkeit, der ihn all die Jahre bei der Stange gehalten hatte. Das Gefühl, das Richtige zu tun. Seinen Beitrag zu leisten, um die Straßen ein klein wenig sicherer zu machen, auch wenn er manchmal nur einen kleinen Dealer erwischte und die Hintermänner hatte laufen lassen müssen.

Aber dieses Kapitel in seinem Leben war Vergangenheit.

»Nein, Caitlin«, wiederholte er, »es interessiert mich nicht.«

»Aber du könntest uns bei der Identifizierung helfen«, versuchte sie ihn zu überzeugen.

»Ich glaub', ich bin ihm zuletzt vor zwanzig Jahren begegnet«, dämpfte Fin ihren Eifer, »bei der Beerdigung meiner Großmutter.«

»Erzähl mir von ihm.«

»Da gibt's nicht viel zu erzählen. Die Familie ist royalistisch bis aufs Blut. Die laufen bei sämtlichen Oranier-Märschen in der ersten Reihe und ziehen ihre bescheuerten Schärpen wahrscheinlich nicht mal aus, wenn sie ins Bett gehen.«

»Verbindungen zu UDA, UVF oder anderen Paramilitärs?«

»Keine Ahnung. Würd' mich wundern, wenn nicht. Aber wie gesagt, ich hab' ihn 'ne halbe Ewigkeit nicht gesehen.« Die Verwandtschaft in Nordirland war ihm immer fremd geblieben. Für sie hatte es an Verrat gegrenzt, als Fins Vater in die Republik übergesiedelt war. Der Kontakt war abgerissen, und Fin hatte nicht vor, daran irgendetwas zu ändern.

Caitlin ließ den Wagen einen Hügel hinabrollen. Vor ihnen lag Scarbhach Bay, eine breite Bucht, die der Fluss Scarva dem Atlantik abgetrotzt hatte. Jetzt bei Ebbe hatte sich das Meer weit zurückgezogen und einen trostlosen Teppich aus Pfützen und Matsch übriggelassen. Auf der schmalen Landstraße am Ende der Bucht stand eine Reihe Einsatzfahrzeuge.

Caitlin fädelte ihren Toyota hinter dem Kombi der Spurensicherung ein. Ein Kollege in Uniform war abgestellt worden, um eventuell auftauchende Schaulustige vom Ort des Geschehens fernzuhalten, aber viel zu tun hatte er nicht. Die Gegend war einsam, in der Ferne lag eine Handvoll Häuser über die Hügel verstreut, von denen man nicht mal mit Sicherheit sagen konnte, ob sie bewohnt waren. Verlassene Farmen. Leerstehende Ferienhäuser.

Caitlin zeigte ihren Ausweis und deutete auf Fin. »Er gehört zu mir.«

Sie holte ein Paar Gummistiefel aus ihrem Kofferraum, wühlte im Durcheinander nach Latexhandschuhen und hielt auch Fin vorsorglich ein Paar hin. Folgsam, wenn auch widerwillig, streifte er sie über.

Ihr Weg führte sie über den schlüpfrigen Morast mitten hinaus in die Bucht, wo eine Gruppe Menschen in weißen Schutzoveralls ihrer Arbeit nachging. Unverständliche Fetzen von Funksprüchen wehten herüber. Ein Fotograf machte Aufnahmen. Ein Anderer markierte eine Spur im nassen Sand mit einer Nummer. Zwei Männer standen bei der Leiche, einer sprach gerade ein paar Anmerkungen in sein Smartphone.

»Hallo Jungs.«

»Hallo Cate.«

»Darren Healy, Spurensicherung. Liam MacKenna, Gerichtsmedizin. Detective Sergeant O'Malley.« Caitlin stellte sie einander vor.

Sie reichten sich die Hand. Die beiden fanden nichts Außergewöhnliches daran, dass Fin denselben Nachnamen trug wie das Mordopfer. Hier im Norden war O'Malley ein weit verbreiteter Name.

»Neu?«

Fin wollte etwas erwidern, aber Caitlin kam ihm zuvor.

»Ja.«

Er schloss den Mund wieder. Frauen wie Caitlin da Silva widersprach man besser nicht.

»Sieht nicht so aus, als wär' er ertrunken.« Caitlin hatte das Einschussloch am Haaransatz gleich entdeckt.

»Ich glaube kaum, dass Liam bei der Obduktion viel Wasser in seiner Lunge finden wird«, meinte Darren, der jüngere der beiden, der mit seiner Harold Lloyd-Brille eher wie ein Student aussah als wie ein Chef der Spurensicherung.

»Selbstmord kannst du auch ausschließen.« Der Gerichtsmediziner faltete seine zwei Meter Körpergröße zusammen und ging neben der Leiche in die Hocke. In seinem weißen Overall wirkte er wie ein kleiner Eisberg. »Da wollte jemand auf Nummer sicher gehen.« Er schlug die Knopfleiste des Hemds zurück. Zwei Schusswunden markierten die Brust.

Fin hatte nicht vorgehabt, sich die Leiche näher anzuschauen. Aber es gelang ihm nicht. Verstohlen riskierte er einen Blick, versuchte, in dem Menschen, der da vor ihm lag, seinen Cousin wiederzuerkennen. Versuchte, in den Gesichtszügen irgendetwas Vertrautes auszumachen. Etwas, das eine Emotion auslöste. Aber das Bild, das er aus seiner Vergangenheit heraufbeschworen hatte, war zu verschwommen, um sicher zu sein.

Leichen waren nie ein schöner Anblick, Wasserleichen erst recht nicht. Dieser Tote hatte noch nicht lange im Wasser gelegen. Heimische Meeresbewohner hatten noch keine Gelegenheit gehabt, der Leiche zu Leibe zu rücken. Lediglich an den Wangen gab es eindeutige Fraßspuren. Fin wusste, dass es hier an der Küste Hummer und Krebse gab, und er hatte sogar in Erwägung gezogen, irgendwas mit Hummer ins Weihnachtsmenu einzuplanen. Vielleicht würde er noch mal drüber nachdenken.

Der Mann lag mit dem Rücken auf einer Plastikplane, den Kopf zur Seite geneigt, so dass er nur sein Profil sehen konnte. Dunkle Haare klebten an seinem Schädel, Algenfäden hatten sich in die nassen Strähnen verirrt. Der Körper wirkte blutleer und nur wenig aufgedunsen, das wiederum passte zu dem Bild, das Fin vor Augen hatte. Ein blasser Mann, der zu Lebzeiten ein paar Pfund zu viel mit sich herumgeschleppt hatte. Er war vollständig bekleidet, das ehemals weiße Hemd mit Schlamm und ausgewaschenem Blut verschmiert. Die leichte Freizeithose und die bequemen Slipper deuteten darauf hin, dass er nicht vorgehabt hatte, bei diesem Wetter nach draußen zu gehen. Die Tat war nicht hier passiert. Vielleicht in seiner Wohnung?

Fin merkte, mit welcher Selbstverständlichkeit er noch immer alle Einzelheiten erfasste. Wie er automatisch Schlüsse zog, die nur ein Polizist zog. Er registrierte die dunklen Striemen am Hals ebenso wie die Fesselspuren an den Handgelenken. Gut möglich, dass der Mann letztendlich an seinen Schussverletzungen gestorben war, aber der Tod war nicht völlig unvorbereitet gekommen.

»Wer hat ihn gefunden?«, fragte Caitlin.

»Eine Spaziergängerin«, antwortete Darren und schob seine Brille hoch, »oder besser gesagt, ihr Hund. Die alte Dame war ziemlich durch den Wind. Robin hat ihre Aussage zu Protokoll genommen und bringt die Arme gerade nach Hause.«

Fin schaute sich um, sondierte die Umgebung. Die Spuren von Ebbe und Flut. Die Entfernung zur nächsten Straße. Suchte nach Leben in der tristen Einsamkeit. Nur das monotone Pfeifen eines Watvogels mischte sich in die gespenstische Winterruhe.

Er fühlte sich bemüßigt, auch etwas beizutragen. »Ich nehme nicht an, dass es irgendwelche Zeugen gibt …«

»Die könnten hier eine ganze Staffel von *Game of Thrones* drehen, ohne dass es jemand merkt«, erwiderte Darren, »außerdem – der Fundort ist nicht der Tatort. Davon abgesehen lag die Leiche noch ein ganzes Stück weiter draußen, aber wir mussten sie bergen. Die auflaufende Flut hätte sie sonst mitgenommen.«

»Kann ihn jemand aus einem Boot geworfen haben und er ist hier angespült worden?«

»Halte ich eher für unwahrscheinlich. Er war nicht lange im Wasser«, meldete sich Liam zu Wort.

»Meine Vermutung ist, dass er von der Brücke da drüben in den Fluss geworfen wurde«, ergänzte sein Kollege, »wir haben relativ frische Reifenspuren gefunden.«

Caitlin und Fin drehten sich um. Im Hintergrund sahen sie eine alte Steinbrücke, die den Scarva überspannte. Zwei Gestalten in weißen Schutzanzügen machten sich bereits an der Mauer zu schaffen.

»Vielleicht hat der Mörder gehofft, dass die Strömung die Leiche aufs Meer hinaustreibt«, dachte Caitlin laut nach.

»Der Fluss ist nicht tief und die Strömung nicht besonders stark.«

»Na, dann wissen wir immerhin, dass sich der Täter hier in der Gegend nicht besonders gut auskennt«, folgerte sie.

Sie beugte sich über den Leichnam und inspizierte die Schussverletzungen. »Sieht mir nach ’nem eher kleinen Kaliber aus.«

»Hat ihn aber ’ne Menge Blut gekostet«, erwiderte Liam.

»Abwehrspuren?«

»Auf den ersten Blick nicht. Dafür aber das hier.« Er deutete auf die Hautabschürfungen an den Handgelenken. »Möglicherweise hatte er keine Gelegenheit mehr, sich zu wehren.«

»Kannst du schon was zum Todeszeitpunkt sagen?«

»Da musst du dich bis –«

»– zur Obduktion gedulden, ja, ich weiß, Liam«, reagierte Caitlin ungeduldig, »aber eine erste Einschätzung hast du doch, oder?«

Der Gerichtsmediziner seufzte ergeben. »Mit Sicherheit kann ich dir lediglich sagen, dass er noch keine vierundzwanzig Stunden tot ist.«

»Geht’s nicht etwas präziser?«

»Vielleicht gestern Abend, wahrscheinlich vor Mitternacht. Aber das ist eine reine Vermutung«, schränkte er sofort wieder ein, »das hängt von so vielen Faktoren ab. Körpertemperatur, Außentemperatur ...«

»Ja, ich weiß«, fiel Caitlin ein, »Papiere?«

»Nope.«

»Wie habt ihr ihn dann so schnell identifiziert?«

»Wir haben ihm als erstes einen Satz Fingerabdrücke abgenommen«, antwortete Darren und deutete auf seinen Laptop, den er auf einem Metallkoffer aufgebaut hatte, »das hat trotz der aufgequollenen Haut super funktioniert. Diese neue Software ist echt der Hammer.« Dann ergänzte er wie beiläufig, als ob es seine Leistung und die des Computers schmälerte: »Außerdem hatte er eine Kreditkarte in der Hosentasche.«

Fin wunderte sich und sah Caitlin an. »Läufst du zu Hause rum und hast deine Kreditkarte bei dir?«

»Man kann mit einer Kreditkarte noch ganz andere Dinge machen als Geld abheben.«

Er begriff, worauf sie hinauswollte. Kleine dünne Linien aus Koks ziehen. »Oder sein Mörder wollte vielleicht, dass wir ihn identifizieren.«

Caitlin speicherte seinen Gedanken ab. »Wir haben ihn also in unsrer Kartei?«

Darren rief eine Datei auf und las vor. »Raymond O'Malley, geboren 1966 in Derry. Ein paar kleinere Vergehen. Unerlaubter Waffenbesitz, Verstoß gegen das Betäubungsmittelgesetz.«

»Derry«, knurrte Caitlin, »da kommt Freude auf ...« Sie hatte schlechte Erfahrungen gemacht mit grenzübergreifenden Mordfällen.

»Als letzten Wohnsitz hatte er allerdings eine Adresse hier in Donegal angegeben.«

Caitlins Miene hellte sich unmerklich auf. »Na, wenigstens etwas.«

»Die Identifizierung ist allerdings nur vorläufig, das weißt du ja«, entgegnete Darren.

Fin spürte, dass Caitlin ihn ansah. Er schaute auf.

»Und? Ist er's?«

»Möglich.« Er zuckte mit den Achseln. Versuchte, sich an die Beerdigung zu erinnern, den Tag, an dem er Raymond zum letzten Mal gesehen hatte. Aber er musste noch tiefer in seiner Vergangenheit graben. »Ich weiß, dass er als kleiner Junge von einem Hund angefallen wurde. Der Köter hat ihm damals das halbe Ohr abgebissen.«

»Welches?«, fragte Liam.

»Links.«

Der Gerichtsmediziner neigte den Kopf des Toten und strich vorsichtig die nassen Haarsträhnen zur Seite. Das Ohrläppchen und ein Teil der Ohrmuschel fehlten.

»Hatte er Familie? Frau? Kinder?«, fragte Caitlin.

Fin hob die Schultern. »Keine Ahnung. Wie gesagt, ich bin ihm das letzte Mal vor fast zwanzig Jahren begegnet.«

»Wie war die Adresse?«

»Corrach Mór«, gab Darren Auskunft.

»Das ist nicht weit von hier.«

3. Raymond

Corrach Mór war kein Ort im eigentlichen Sinne. Es war eine Ansammlung von kleinen Farmen, die sich weit verstreut unter einem düster werdenden Himmel duckten.

Caitlin musste an einer Tankstelle nach der Adresse fragen. Endlich angekommen, ließ sie den Wagen am Straßenrand stehen, um mögliche Spuren nicht zu zerstören. Hinter einem verrosteten Tor lag ein unbefestigter Weg zwischen Ginsterbüschen, die Wind und Raureif zu bizarren Skulpturen geformt hatten.

Corrach Mór bedeutete so viel wie »Großer Sumpf«, und zu jeder anderen Jahreszeit machte die Umgebung ihrem Namen alle Ehre, aber jetzt im Winter war der Boden zu Eis erstarrt. Das Knistern gefrorener Grashalme, die unter ihren Schritten brachen, schien das einzige Geräusch weit und breit.

Ein altes Farmhaus tauchte vor ihnen auf.

Wie er so neben Caitlin herstapfte, konnte sich Fin nicht vorstellen, dass Raymond unter die Farmer gegangen war. Auf den ersten Blick machte das Anwesen einen ziemlich heruntergekommenen Eindruck. Baufällige Schuppen, niedergerissene Zäune, ein Durcheinander von rostigen Gerätschaften. Nirgends Spuren einer Bewirtschaftung.

»Die Fenster scheinen neu zu sein«, stellte Caitlin fest. Sie war stehengeblieben, schaute sich um, suchte mit wachsamen Augen nach Bewegungen hinter den Gardinen, nach Anzeichen von Bewohnern, denen ihre Ankunft nicht verborgen geblieben war. Hinter einem der Fenster brannte Licht.

Neben dem Haus türmte sich ein Berg aus Bauschutt auf. Alte herausgebrochene Mauersteine, wurmstichige Holzrahmen, Scherben von rosafarbenen Kacheln.

Entlang einer provisorischen Auffahrt, die zu einer halbfertigen Garage führte, waren sogar schon neue Pflanzen gesetzt. Der obligatorische Rhododendron und undefinierbare Sträucher, deren kahle Äste jetzt im Winter noch wenig hermachten.

»Da hat sich offenbar jemand was vorgenommen«, vermutete Fin.

Auch die Haustür war neu. Zwei hochmoderne Sicherheitsschlösser. Aber einen Schlüssel brauchten sie nicht. Die Tür war nur angelehnt.

Caitlin holte ihre Pistole heraus und bedeutete Fin wortlos, hinter ihr zu bleiben, eine Aufforderung, der er liebend gerne nachkam. Auch wenn ihm die Polizistin gerade mal bis zum Kinn reichte.

»Hallo? Jemand zu Hause?«

Mit dem Fuß stieß sie die Tür auf, bis sie halb offen stand.

»*An Garda*!«

Drinnen regte sich noch immer nichts.

»Wir kommen jetzt rein!«

Mit der Schulter schob sie die Tür auf, Zentimeter um Zentimeter. Die Pistole schussbereit, trat sie langsam ein.

Wärme schlug ihnen entgegen. Die Bewohner geizten nicht mit Heizkosten.

Ein kleiner Vorraum führte direkt in einen großzügigen Wohnbereich mit offener Küche. Große mattschwarze Steinfliesen, weißgetünchte Wände, freigelegte Holzbalken, wo Mauern gefallen waren. Ein offener Kamin, davor eine bequeme Sitzlandschaft.

Hier hatte sich jemand viel Mühe gegeben, ein altes, bescheidenes Cottage in eine noble Bleibe zu verwandeln.

In einer Ecke brannte eine Stehlampe. Die Digitalanzeige

einer Hi-Fi-Anlage warf ihr blinkendes bläuliches Licht an die Decke. Aus unsichtbaren Lautsprechern tönte leise die warme verführerische Stimme von Frank Sinatra. Eine Endlosschleife.

»Hallo?« Caitlin gab nicht auf, aber wieder bekam sie keine Antwort. Vorsichtig öffnete sie eine weitere Tür.

»Whirlpool. Nicht schlecht«, hörte Fin sie sagen, während er sich umschaute. Vorsichtig nahm er einen Latexhandschuh und schaltete den CD-Player aus. Die Asche im Kamin war noch warm. In einer Ecke ein gedeckter Tisch. Ein Kerzenhalter, die Kerze heruntergebrannt und verloschen. Ein benutztes Gedeck, ein halbvolles Glas. Essensreste.

»Kannst du dir vorstellen, dass er das alleine verputzt hat? Steak, Austern«, er schnupperte am Glas, »Champagner?« Es war eine rhetorische Frage.

Caitlin kam hinzu, bedachte die spärlich gedeckte Tafel mit einem zweifelnden Blick und deutete auf die Krümel, die vor dem gegenüberliegenden Sitzplatz die Tischdecke zierten. »Jede Wette, ich weiß, wo das zweite Gedeck ist.«

Sie zog ihre Handschuhe über und ging in die Küche.

Der Traum jeder Hausfrau. Moderne Elektrogeräte in Augenhöhe. Edelstahloberflächen. In der Mitte eine Kochinsel.

Caitlin öffnete die Tür der Geschirrspülmaschine. Eine kleine Wolke Wasserdampf entwich. Hier war er. Der fehlende Teller. Der zweite Satz Besteck. Ein weiteres Glas.

»Darren wird es lieben …«

Ihr prüfender Blick streifte die saubergewischte Arbeitsplatte aus dunklem Granit und inspizierte wider besseren Wissens auch den Mülleimer. Leer.

Fin hatte eine weitere Tür entdeckt.

»Vorsicht«, warnte Caitlin.

Er ließ ihr bereitwillig den Vortritt. Mit der Pistole im Anschlag stieß sie die angelehnte Tür behutsam auf.

Das Schlafzimmer.

Ein zerwühltes Bett. Ein umgekippter Stuhl. Und überall Blut.

»Okay.« Caitlin stieß einen Seufzer aus und zückte ihr Handy.

Fin sah sich um und passte auf, dass er dabei nicht in das eingetrocknete Blut trat. Um den Stuhl herum verstreut die Überreste eines Stricks. Durchgeschnitten. Daneben ein zusammengedrehtes Stück Stoff, das vielleicht als Knebel gedient hatte. Blutverschmiert.

»Darren, wenn ihr in Scarbhach Bay fertig seid, könnt ihr hier weitermachen. Wir haben vermutlich den Tatort gefunden.« Sie beendete das Gespräch. »Hier ist etwas gewaltig aus dem Ruder gelaufen.«

»Zumindest einer der beiden hat sich den Verlauf des Abends anders vorgestellt«, stimmte Fin zu und zeigte auf die Packung Kondome, die neben einem halbvollen Whiskyglas auf dem Nachttisch lagen.

»Ein netter Abend am Kamin, leise Musik, ein Dinner bei Kerzenlicht ... Aber was ist dann passiert?«

Fin hob vorsichtig ein Stück Seil auf. »Nicht jeder steht auf diese Art von Spielchen.«

Caitlin folgte der Blutspur, die über den Teppich zu einer Hintertür führte. Mit dem Griff ihrer Pistole drückte sie die Klinke nach unten, darauf bedacht, keine Fingerabdrücke zu zerstören. Auch wenn sie wie Fin zu ahnen schien, dass die Spurensicherung nur wenig Verwertbares finden würde.

Die Tür öffnete sich in einen Hinterhof. Sie trat hinaus. Fin folgte ihr. Hinterm Haus bot sich ein desolater Anblick. Überall Gerümpel, ausrangierte Möbel, dazwischen Handwerkszeug und noch mehr Bauschutt. Ein baufällig wirkender Unterstand aus Wellblech beherbergte einen Stapel von gebrauchten Futtermitteltüten, alle vollgestopft mit getrockneten Torfsoden. Der Vorrat für den Winter.

Caitlin suchte am Boden nach weiteren Blutspuren, aber Fin

war schneller. Um die Ecke parkten zwei Autos. Ein ausgeschlachteter VW Golf ohne Nummernschild und ein neuer silberfarbener Mercedes Kombi. An der Heckklappe klebte Blut.

Der Wagen war nicht abgeschlossen. Vorsichtig ließ Caitlin die Klappe nach oben gleiten. Im Inneren gab es weniger Blut als erwartet, aber genug für eine klare Feststellung. »Schätze, die Reifenspuren auf der Brücke passen zu diesem Wagen.«

Fin war um das Auto herumgegangen. »Hier sind noch mehr. Andere.« Im gefrorenen Schlamm waren die Spuren gut zu erkennen. Tiefe Spuren. »Muss ein großes Fahrzeug gewesen sein. Oder ein schweres. Und daneben Fußabdrücke.«

Caitlin kam herüber und warf einen Blick auf seine Entdeckung. »Grobes Profil, grobes Schuhwerk, vielleicht Gummistiefel.« Sie stellte ihren Fuß daneben. »Wenn der Schuh zu 'ner Frau gehört, dann lebt sie aber auf ziemlich großem Fuß.«

Fin blickte zurück und deutete auf die Schleifspur. »Ich tippe auf einen einzelnen Täter. Oder Täterin. Wenn sie zu zweit gewesen wären, hätten sie die Leiche getragen, um Spuren zu vermeiden.«

Caitlin ging in die Hocke und ließ ihren Finger prüfend über das gefrorene Relief gleiten, das der Stiefel hinterlassen hatte. »Der Abdruck ist nicht tief. Da war eher ein Leichtgewicht unterwegs.«

»Du meinst, da will uns jemand weismachen, dass ein Mann die Leiche entsorgt hat?«

»Jemand, der so sorgfältig seine Fingerabdrücke beseitigt, hinterlässt keine derart auffälligen Fußabdrücke. Es sei denn, eine Frau will die Polizei auf eine falsche Fährte locken«, folgerte Caitlin.

»Vielleicht war es ja tatsächlich keine Frau.«

»Du meinst …?«

Fin hob abwehrend die Hände. »Ich meine gar nichts. Ich kenne Rays Vorlieben nicht.«

»Vielleicht war die Dame ja tatsächlich nicht alleine.«

»Wenn sie ihn ohne Hilfe in den Wagen bugsiert hat, dann muss sie schon ziemlich kräftig gewesen sein.«

»Manche Frauen wachsen in Extremsituationen über sich hinaus.«

»Wenn es wirklich eine Frau war, dann keine, die in Extremsituationen leicht in Panik gerät«, vermutete Fin, »sie hat sich genug Zeit genommen, ihre Spuren zu beseitigen.«

»Aber nicht alle.« Caitlin klang nicht ganz hoffnungslos.

»Vielleicht hatte sie die Tat geplant?«

»Vielleicht.« Sie sträubte sich. »Es ist noch zu früh für Spekulationen.«

Sie knallte die Heckklappe des Mercedes zu. In der Ferne schlug ein Hund an.

Fin schlenderte ein paar Schritte über den Hof bis zu einem niedergedrückten Stacheldrahtzaun. Eine ausgediente Badewanne, zur Viehtränke degradiert, duckte sich in die verdorrten Brombeerhecken, auf dem schlammigen Wasser hatte sich eine dünne Eiskruste gebildet. Dahinter erstreckte sich Brachland, von Unkraut und kahlem Gestrüpp überwuchert. Ehemaliges Weideland.

Seine Schuhe traten auf Glasscherben. Er stand vor einem ganzen Haufen zerdepperter Flaschen. Bier, Wein, Wodka, Whisky. Zeugen feuchtfröhlicher Partys.

Wer war Raymond O'Malley gewesen?

Fin hatte keine echte Gelegenheit gehabt, ihn kennenzulernen. Wenn sein Vater in Derry geblieben wäre, hätten sie Kumpels werden können. Vielleicht war er gar kein übler Kerl gewesen. Trotz kleiner Sündenfälle. Fin hielt sich selber nicht gerade für einen Unschuldsengel. Auch wenn er es nicht wahrhaben wollte, Raymond O'Malley war ein Teil seiner Familie, ein Teil seines eigenen Lebens gewesen. Wenn auch nur ein winzig kleiner Teil.

Aber er hatte mehr Gefühle erwartet. War ihm der Tote gleichgültig? Der blutleere, fast schon saubere Leichnam in der Bucht hatte nichts in ihm bewegt. Auch das Blut da drinnen hatte ihn seltsam kalt gelassen.

Für Fin machte es keinen Unterschied, ob er das Opfer kannte. Raymond O'Malley war ein Fremder für ihn.

Aber war es ihm auch gleichgültig, wer der Mörder war? Steckte noch genug Polizist in ihm, um dabei zu bleiben? Genug Neugier?

Er wusste, wie so oft würde es jemanden geben, der ihm die Antworten auf diese Fragen abnahm.

Von Osten zog die Nacht ins Land. Dunkle Wolken schrammten lautlos über die Berge, als hätten sie den göttlichen Auftrag, alle Gipfel glattzuschleifen.

In einiger Entfernung brannte ein einsames Licht. Eine dünne Rauchsäule löste sich in der hereinbrechenden Abenddämmerung auf. Der Hund bellte noch immer.

Caitlin trat neben ihn und folgte seinem Blick.

»Die Haus-zu-Haus-Befragung wird übersichtlich …«

4. Tigh Rua

Tigh Rua stand auf dem verwitterten Holzschild. Die Schrift blätterte ebenso ab wie die rote Farbe, die dem Haus einst seinen Namen gegeben hatte. Es war schwer zu sagen, ob das Schild an der Mauer hing oder die Mauer an dem Schild, das dazugehörige Haus jedenfalls war eine Ruine. Das Dach wenig vertrauenerweckend, die Fensterhöhlen zugemauert, zum Lagerschuppen degradiert, war es dem Verfall preisgegeben, während das neue Wohnhaus dahinter stand, größer als das alte, aber genauso einfach und zweckmäßig.

Im Gegensatz zur Nachbarfarm wurde Tigh Rua bewirtschaftet. Ein schlammbespritzter Traktor parkte vor dem Schuppen, der Misthaufen daneben sah frisch aus. Von einer Koppel glotzten ein paar Schafe herüber. Hinterm Haus hörte man Hühner gackern. Vor der Haustür stand ein Kleinbus, ein Schild in der Windschutzscheibe wies ihn als Schulbus aus.

Caitlin stellte ihren Wagen daneben.

Von irgendwoher tauchte ein Hund auf. Ein schwarzweißer Border Collie. Ganz in Hütehundmanier ließ er die beiden Eindringlinge nicht aus den Augen und pirschte sich geduckt von der Seite heran, als müsse er sie in den nächsten Pferch treiben. Caitlin ignorierte ihn.

Licht schimmerte durch das Glas der Haustür. Ihre Ankunft war nicht unbemerkt geblieben. Noch ehe sie das Haus erreicht hatten, öffnete sich die Tür. Eine Frau tauchte auf, irgendwo zwischen vierzig und sechzig, ebenso alterslos wie formlos in ihren Jeans und dem weiten Pullover.

»Inspector da Silva und Sergeant O'Malley. Dürfen wir kurz reinkommen?« Caitlin zeigte ihren Ausweis.

Die Frau fixierte den Hund, ein messerscharfes »Buster!« ließ den Collie wie einen geölten Blitz hinter ihren Beinen im Haus verschwinden. Dann nahm sie den Ausweis, studierte ihn eingehend und gab ihn Caitlin zurück.

»Mairéad O'Leary.« Sie reichte ihnen die Hand und hielt die Tür auf. »Kommen Sie rein.«

In der Küche war es warm. Aus dem Fernseher in der Ecke plätscherte mit leise gedrehtem Ton eine Quizshow, der Ofen verströmte ein verheißungsvolles Aroma. Am Tisch hockte eine alte Frau und schälte Kartoffeln.

»Guten Abend«, grüßten Caitlin und Fin.

»Meine Mutter. Edna O'Leary«, stellte Mairéad vor, »Inspector da Silva und Sergeant O'Malley.«

Caitlin zückte wieder ihren Ausweis, aber die Alte schien nicht interessiert.

»Kannst du den Köter nicht draußen lassen?«, knurrte sie, ohne aufzuschauen.

Der Hund hatte sich auf einer Decke neben dem Herd niedergelassen und beobachtete die Neuankömmlinge aufmerksam.

»Es wird kalt heute Nacht.«

»Du verhätschelst ihn.«

Mairéad ging nicht weiter darauf ein. »Nehmen Sie doch Platz. Möchten Sie einen Tee?«, wandte sie sich an Caitlin und Fin.

Beide nickten. »Gerne.« Sie setzten sich an den Küchentisch, während Mairéad Tassen aus dem Schrank und die Teekanne vom Herd nahm. Fin schaute sich neugierig um. Eine moderne Einbauküche, die in die Jahre gekommen war. Ein paar Postkarten an einer Pinnwand. Ein Arrangement verblichener

Trockenblumen im Fenster. An einem Garderobenhaken hinter der Tür hing eine antik anmutende Schrotflinte.

Der Alten war sein Blick nicht entgangen. »Keine Sorge, Officer, die ist angemeldet«, brummte sie, »hab' schließlich keine Lust, mir nachts den Traktor klauen oder das Heizöl aus dem Tank pumpen zu lassen. Ich kann mit dem Ding umgehen, das können Sie mir glauben.«

Mairéad schenkte Tee ein und relativierte die Aussage ihrer Mutter. »In letzter Zeit sind einige Hunde durch die Gegend gestreunt und haben die Schafe gehetzt. Meine Mutter kennt da kein Pardon«, meinte sie mit einem Seitenblick, »es ist mehr das beruhigende Gefühl, das Gewehr im Haus zu haben, seit mein Vater gestorben ist. Es ist eine sehr einsame Gegend hier draußen.« Sie setzte sich an den Tisch. »Aber wegen der alten Flinte sind Sie wohl nicht hier, oder?«

»Ihr Nachbar, Mr. O'Malley, kennen Sie ihn?«

» ›Kennen‹ wäre übertrieben.«

»Hat er was ausgefressen?«, fragte die alte Mrs. O'Leary.

»Wie kommen Sie darauf?«, hakte Caitlin nach.

»Der ist kein Farmer«, spuckte sie verächtlich aus, »so Leute wie der gehören nicht hierher.«

»Was für Leute?«

»Fremde Leute mit schicken Autos und 'ner dicken Brieftasche«, erwiderte sie bissig, »kommen aus der Stadt und bringen 'ne Menge Kohle mit. Hat sich Sweeneys Farm unter den Nagel gerissen. Rührt aber keinen Finger. Lässt alles verkommen. Unsereins muss zusehen, wie er über die Runden kommt. Meine Tochter fährt den Schulbus, damit es am Monatsende reicht.«

»Mutter, jetzt übertreib nicht«, versuchte Mairéad sie zu bremsen.

»Ist doch so.« Die Alte schnippte eine geschälte Kartoffel zu den anderen in die Schüssel und nahm sich die nächste vor.

»Ich kann nichts Schlechtes über ihn sagen«, entgegnete Mairéad und strich sich eine Strähne ihrer mausbraunen Locken hinters Ohr, »ich bin ihm nur ein paar Mal begegnet, und er war jedes Mal sehr höflich.«

Fin hatte auf der Fensterbank ein Fernglas erspäht. Wer solche Nachbarn hatte, brauchte keine Feinde, dachte er. »Ist Ihnen in letzter Zeit irgendetwas aufgefallen?«

»Nein. Was sollte uns aufgefallen sein?«

»Besucher vielleicht«, half Caitlin weiter, »Lärm. Irgendetwas Ungewöhnliches.«

Mairéad schaute aus dem Fenster. In der Ferne war ein schwaches Licht zu erkennen. Caitlin hatte die Lampe brennen lassen, um ein Gefühl für die Entfernung zu bekommen. »Die Farm ist fast einen Kilometer weit weg. Da bekommen wir hier eigentlich nichts mit.«

»Außer wenn er wieder wilde Orgien feiert«, warf die Alte dazwischen, »und die Musik aufdreht, dass die Hühner keine Eier mehr legen wollen.«

»Jetzt hör aber auf«, fuhr Mairéad ihre Mutter an, »vergiss nicht, Mr. O'Malley hat sich um die Elektriker gekümmert, als letzten Monat plötzlich der Strom weg war.«

»Blödsinn, der Stromausfall ging ausschließlich auf seine Kappe. Ständig bastelt er an der alten Bude rum«, bürstete sie den Einwand ihrer Tochter einfach weg, »oder ballert in der Gegend rum.«

»Ballert rum?« Caitlin wurde hellhörig.

»Ballert rum. Richtig. Keine Ahnung, was die da treiben. Hört sich an, als ob sie auf Flaschen schießen.«

Fin erinnerte sich an den Scherbenhaufen im Hinterhof. »Hat er öfters Partys gefeiert«, erkundigte er sich, »oder rumgeballert?«

»Hören Sie nicht auf sie. Sie macht aus einer Mücke eine Elefanten«, winkte Mairéad ab.

Caitlin ging nicht drauf ein. »Gestern vielleicht?«

»Gestern? Wir hatten den ganzen Tag zu tun. Wir haben keine Zeit, unsre Nachbarn auszuspionieren«, gab Mrs. O'Leary schnippisch zurück.

»Da war nichts«, erwiderte Mairéad.

»Jede Kleinigkeit, an die Sie sich erinnern, könnte wichtig sein.«

»Mir ist nur ein Lieferwagen aufgefallen«, erinnerte sie sich, »aber das ist nichts Besonderes. Die Handwerker geben sich da drüben die Klinke in die Hand. Mr. O'Malley lässt das Haus gerade instand setzen.«

»Wie sah der Lieferwagen aus?«

»Na, ein Lieferwagen halt. Weiß.«

»Irgendeine Aufschrift. Oder ein Firmenlogo?«

»Nein. Dazu liegt die Farm zu weit weg.«

Ein Lieferwagen war groß und schwer und konnte durchaus zu den Spuren im Hof passen, dachte Fin. »Haben Sie jemanden gesehen? Einen Mann? Oder eine Frau?«

Mairéad schüttelte den Kopf.

»Wissen Sie noch, wann das war?«, hakte er nach.

»Irgendwann am späten Nachmittag. Ich hab' nicht auf die Uhr geschaut.«

»Ich sagte doch, wir hatten Besseres zu tun«, fiel die Alte ein.

Caitlin ignorierte sie und wandte sich an die Tochter. »Sonst vielleicht noch irgendwas?«

Wieder schüttelte sie nur den Kopf. Und stutzte plötzlich. »Doch. Dieses Gejaule.«

»Gejaule?«

»Ich hab' nichts gehört«, ließ ihre Mutter vernehmen.

»Doch, du hast es auch gehört«, widersprach Mairéad, »sogar der Hund hat es gehört. Buster ist unter den Tisch gekrochen.«

Als er seinen Namen hörte, sprang der Hund auf und wedelte erwartungsvoll mit dem Schwanz.

»*Sìos!*«, zischte die alte Mrs. O'Leary und warf ihm einen drohenden Blick zu.

Eingeschüchtert zog er seine Pfoten zurück, als wäre er auf glühende Lava getreten, und rollte sich wieder auf seiner Decke zusammen.

»Wann war das? Um wie viel Uhr?«, fragte Caitlin nach, »nachts?«

Mairéad schüttelte den Kopf. »Am Abend, aber es war noch nicht ganz dunkel.«

»Haben Sie irgendetwas gesehen?«

»Nein, nicht gesehen. Nur gehört.«

»Was für ein Gejaule war das? Kann es ein Tier gewesen sein? Ein Hund oder eine Katze vielleicht?«

Mairéad zuckte mit den Achseln. »Ich weiß es nicht.« Sie schüttelte sich kaum merklich. »Es hörte sich wie ein Klagen an. Es war unheimlich.«

»Eine Banshee«, meinte die Alte, ohne von ihren Kartoffeln aufzuschauen. Offenbar hatte sie sich gerade anders besonnen und doch etwas gehört.

»Eine Banshee?« Fin starrte sie ungläubig an.

»Eine Banshee«, wiederholte sie und hielt mit dem Messer inne, »wenn du ihr Klagen hörst, dann weißt du, es wird jemand sterben …«

»Mutter!« Mairéads Stimme klang vorwurfsvoll. »Hör auf, solchen Unsinn zu erzählen!«

»Ich weiß, was ich gehört hab'«, erwiderte die Alte und schnippelte unbeirrt weiter.

Banshees. Geister aus der Anderswelt, bleiche weißgewandete Frauen, deren Augen rot glühten vom vielen Weinen. Im irischen Volksglauben kündigte ihr Klagen den nahen Tod eines Familienangehörigen an. Solche Geschichten kannte Fin zur Genüge von Nora Nichols, dem gefürchteten Dorffaktotum von Foley. Es wunderte ihn nicht. Edna O'Leary und Nora Nichols entstammten derselben Generation. Eine Generation, die den Glauben an Elfen, Feen und Geister aller Art aufrechthielt. Sie hatten stets Erklärungen für Vorfälle, die nicht zu erklären waren. Und wenn des Nachts eine Banshee vor dem Haus heulte, dann war für einen Erdenbürger die Zeit eben abgelaufen. Egal, ob er friedlich in seinem Bett entschlief oder durch die Hand eines zwielichtigen Zeitgenossen eines gewaltsamen Todes starb.

Leider konnte es sich die Polizei nicht ganz so einfach machen und die unerklärlichen Vorfälle auf die leichte Schulter nehmen.

»Sonst haben Sie nichts gehört? Nur dieses Heulen?«, fragte Caitlin.

»Nein, nur das Heulen.«

»Keine Schüsse?«

»Nein. Wieso? Ist was passiert?« Mairéad O'Leary hob Böses ahnend die Hand vor den Mund.

»Man hat Raymond O'Malleys Leiche gefunden.«

»Oh mein Gott!« Mairéad schien ehrlich erschrocken.

»Hab ich's nicht gesagt?« In Ednas Stimme schwang fast so etwas wie ein leiser Triumph mit.

»Erschossen?«

Caitlin nickte wortlos.

Mairéad schüttelte fassungslos den Kopf. »So einen Tod hat niemand verdient.«

»Tja, wenn du die Banshee hörst, gibt's kein Entrinnen«, ließ die Alte vernehmen und machte aus ihrer Genugtuung keinen Hehl.

Ihre Tochter sah sie voller Abscheu an. »Vielleicht hat sie ja gar nicht Mr. O'Malley gemeint«, giftete sie, »vielleicht hat sie in Wirklichkeit nach dir gesucht!«

»Ich lebe aber noch!«, keifte die Alte zurück.

»Was heißt das schon«, stieß ihre Tochter zwischen zusammengebissenen Zähnen hervor, gerade so laut, dass ihre

Mutter es nicht hören konnte, »vielleicht hat sie sich einfach nur in der Tür geirrt …«

Caitlin fand, dass es Zeit war zu gehen, ehe Mutter und Tochter einander noch an die Gurgel gingen. Sie stand auf, Fin folgte ihr. »Morgen früh wird ein Polizeibeamter vorbeikommen, um Ihre Aussage aufzunehmen.« Sie legte ihre Visitenkarte auf den Tisch. »Wenn Sie sich noch an etwas erinnern, das wichtig sein könnte, können Sie mich jederzeit anrufen.«

Mairéad O'Leary brachte sie zur Tür.

»Was hältst du von der Nummer mit der Banshee?«, fragte Fin, als sie wieder beim Wagen standen.

Caitlin schnaubte verächtlich. »Keine Ahnung, was die zwei gehört haben. Ich kann dir aber versichern, dass ich nicht an derartige Todesboten glaube.«

»Lass das bloß nicht Nora Nichols hören.« Fin wartete, dass sie das Auto aufschloss.

Aber Caitlin stand nur da, blickte übers Autodach in die Dunkelheit, etwa dorthin, wo einige Kilometer entfernt die Grenze zu Nordirland lag. Regen hing in der Luft, vielleicht auch Schnee.

»An was denkst du?«

Sie antwortete ihm nicht.

»Ein Stelldichein mit tödlichem Ausgang?« Es schien naheliegend, aber bei britischen Staatsbürgern, die bei der Polizei aktenkundig waren und ihren Wohnsitz lieber diesseits der Grenze hatten, gab es immer noch eine andere Option. »Oder Paramilitärs? IRA?«

»Ich denke an eine Menge Ärger«, seufzte sie.

Vielleicht war es genau dieser Moment, als Fin beschloss, sich aus der Geschichte rauszuhalten. Er ahnte, worauf es hinauslaufen würde. Er kannte das Prozedere nur zu gut aus eigener Erfahrung. Familie und Freunde würden befragt werden. Motive mussten gefunden, Alibis überprüft werden.

Ob seine ganze bucklige Verwandtschaft überhaupt noch in Derry lebte?

Er hatte eine vage Erinnerung an Raymonds Mutter. Tante Fiona. Eine unangenehme Frau. Nie zufrieden und immer auf Konfrontationskurs. Einer Giftspritze wie Edna O'Leary nicht unähnlich. Ihren Hass auf alles Katholische pflegte sie nicht erst seit dem gewaltsamen Tod ihres Mannes. Sie hatte nie wieder geheiratet und war fest entschlossen, sich bis an ihr Lebensende in Schwarz zu hüllen. Auf der Beerdigung der Großmutter hatte sie Fins Vater eine unschöne Szene gemacht; auch wenn der ja eigentlich ebenso wie sie Protestant war, so war er in ihren Augen doch ein Verräter, weil er sich durch seinen Umzug nach Irland mit den katholischen Republikanern gemein gemacht hatte.

Nein, die Aussicht, die lange vernachlässigten Familienbande erneut zu festigen, war so verlockend wie ein Bad in Salzsäure. Nicht mal Caitlin würde ihn dazu überreden können.

Aber ihre Gedanken gingen in eine völlig andere Richtung. »Es gibt jemanden, der normalerweise ziemlich gut Bescheid weiß, was da drüben so läuft«, deutete sie vorsichtig an.

Fin wusste, wen sie meinte. Billy »Blue Boy« MacGann. »Aber ich glaube kaum, dass er mit dir reden wird.«

»Mit mir nicht. Aber vielleicht mit dir?«

»Machst du Witze? Vergiss es.«

»Du könntest ihn doch mal nett fragen«, versuchte sie es mit zuckersüßer Stimme.

»Ich?«

Ausgerechnet.

5. Letterkenny

Warum war er eigentlich hergekommen? Warum saß er hier allein in diesem kleinen Büro in der Garda Station von Letterkenny auf einem unbequemen Stuhl vor dem Schreibtisch von Caitlin da Silva? Nur um ihr zu sagen, dass sie bei ihren Ermittlungen nicht auf seine Hilfe zählen konnte? Das hätte er gestern Abend schon tun können. Und ja, er hatte sich breitschlagen lassen, den Kontakt zu Billy MacGann herzustellen. Billy war der Neffe von Nora Nichols, eine Telefonnummer schnell zur Hand, und er hatte auch schon eine kurze Nachricht auf seiner Mailbox hinterlassen. Aber die Tatsache, dass Fin als Ex-Polizist und Billy als ehemaliges Mitglied der IRA von Natur aus nicht gut aufeinander zu sprechen waren, ließ ihn zweifeln, ob seine Bitte um Rückruf erhört werden würde. Wie auch immer es am Ende ausging, er hatte es wenigstens versucht. Damit war für Fin die Sache erledigt.

Es war früher Nachmittag und trotzdem wurde es draußen bereits dunkel. Einzelne Schneeflocken segelten am Fenster vorbei. Drinnen setzte eine grelle Lampe das Chaos auf dem Schreibtisch in Szene. Ein- und Ausgangskorb quollen über, Stapel aus Akten und DVDs bildeten auf einer Seite eine regelrechte Mauer, die Tastatur des Computers verschwand unter der Tagespost. Obenauf ein dunkelrotes Kuvert. Neugierig schnappte Fin danach und zog eine Weihnachtskarte hervor. Im selben Moment, als er sie öffnete, schepperte ein blechernes *Jingle Bells* los. Hastig klappte er sie zu und legte sie zurück, ohne rauszufinden, wer Caitlin da Silva Weihnachtsgrüße schickte.

Schritte näherten sich. Caitlin betrat ihr Büro, zwei Becher Kaffee in der Hand. »Immer noch besser als die Brühe aus dem Automaten«, meinte sie und stellte ihm einen Becher hin. Ein Rentier mit roter Nase glotzte ihn an und streckte ihm sein Geweih als Henkel entgegen.

Zum wiederholten Male fragte sich Fin, wie viel Caitlin da Silva von ihrem spanischen Vater hatte. Ganz sicher nicht die Sehnsucht nach Sonne und Wärme. Das kurzärmlige T-Shirt ignorierte hartnäckig die Tatsache, dass draußen Temperaturen um den Gefrierpunkt herrschten. So wie der Ire, der nicht wahrhaben wollte, dass es regnete, und standhaft behauptete, das sei bloß feuchte Luft.

Fin quetschte seinen Finger ins Rentiergeweih und deutete mit der Tasse auf die Reihe angestaubter Kartons, die auf dem Boden standen. »Machst du Inventur?«

Caitlin setzte sich auf ihren Schreibtischstuhl und rutschte an ihren Platz. »Unser Chef meinte, jetzt zum Jahresende, wenn es etwas ruhiger wird, sollten wir uns die alten ungelösten Fälle noch mal vornehmen.« Sie verdrehte die Augen. »Ihm schwebt da eine Cold Case Unit vor.«

»Cold Case Unit? Ist das jetzt ein neuer Trend oder guckt er zu viel Fernsehen?«

Sie zuckte mit den Achseln. »Wir haben ja auch sonst nichts zu tun …« Sie knallte ihre Tasse auf den Tisch, am anderen Ende kippte ein Aktenordner um. Fin fing ihn gerade noch auf, schaute sich um und parkte ihn kurzerhand auf der Fensterbank.

»Die Familie ist informiert«, begann sie und nahm einen Schluck Kaffee, »heute Abend kommt eine Schwester von Raymond, um ihn zu identifizieren.«

Fin erinnerte sich. Eve oder Edith. Oder so ähnlich. War jetzt der richtige Moment, um Caitlin reinen Wein einzuschenken?

»Die Kollegen in Derry scharren schon mit den Hufen.« Sie zog eine Grimasse, als hätte sie einen Migräneanfall.

»Hast du schon einen Obduktionsbericht?« Vielleicht nahm sie es gelassener, wenn er höfliches Interesse heuchelte.

»Im Prinzip schon.« Sie grub ihre Tastatur aus und rief ihre Mails auf. »Von wegen ›schnelles Internet‹ …« Sie reckte ihre ohnehin nicht üppige Körpergröße über den Schreibtisch, bis sie das Büro jenseits des Korridors im Blick hatte. »Anna?«

»Glaubst du, dass die PSNI die Ermittlungen an sich ziehen wird?«

»Laut meinen Unterlagen war Raymond O'Malley britischer Staatsbürger, auch wenn er seit 'nem halben Jahr hier in Donegal gewohnt hat«, räumte Caitlin ein, »die da drüben werden sich in jedem Fall einmischen.«

»Kann dir aber auch 'ne Menge Lauferei ersparen«, erwiderte Fin und bastelte in Gedanken an seiner Überleitung, »du musst zum Beispiel nicht selber nach Derry rüber fahren und die Familie befragen.« Oder jemanden hinschicken, nur weil er mit der Familie verwandt ist.

»Auf den ersten Blick vielleicht«, gab sie zu, »aber ich trau den Burschen nicht. Ich weiß nie, was sie an Informationen lieber für sich behalten.« Nein, es war kein angeborenes Misstrauen gegenüber den britischen Polizeikräften, das Caitlins Begeisterung dämpfte. Sie zog es vor, bei Ermittlungen lieber alle Fäden in der Hand zu behalten.

Eine junge Frau erschien im Türrahmen. Ihre schlanke Gestalt steckte in dunkelblauen Uniformhosen und einer dazu passenden hellblauen Bluse. Die braunen Haare lagen offen über ihren Schultern, verdeckten die Schulterstücke der Uniform, umrahmten ein schmales Gesicht mit mandelförmigen Augen. Der milchkaffeefarbene Teint war ganz sicher nicht der irischen Sonne geschuldet, ebenso wenig wie die dunklen Augen einer übermäßigen Portion Schminke zum Opfer gefallen waren. Für diese Exotik war allein Mutter Natur verantwortlich.

»Du wolltest mich sprechen?«

Caitlin bemerkte ihren Seitenblick auf Fin, der sie seinerseits anstarrte wie ein Alien, und fühlte sich genötigt, sie vorzustellen.

»Sergeant Bradley, Sergeant O'Malley.« Das musste genügen.

Anna wirkte überrascht. »O'Malley?«

Caitlin versuchte so vage als möglich zu bleiben. »Richtig. Er … er hilft uns aus.« Sie deutete auf ihren Computer. »Anna, hast du eine Ahnung, wo der Obduktionsbericht hängengeblieben ist?«

»Ich kümmere mich drum.« Sie verschwand.

Fin brachte kein Wort heraus. Mit großen Augen blickte er ihr nach, blieb an dem Punkt hängen, wo sie entschwunden war.

»Fin?«

Das soll eine Polizistin gewesen sein?

»Fin!«

Jemand schnipste mit den Fingern.

Er drehte sich um. »Äh … ja?«

»Du kannst den Mund wieder zumachen. Es zieht.«

War er so leicht zu durchschauen?

Caitlin unterdrückte ein Grinsen. »Keine Sorge, du bist nicht der einzige Kerl in der Garda Station.«

»Wer ist sie?« Hatte er eben nicht zugehört?

»Sergeant Anna Bradley. Sie kommt aus Dublin. Ist seit drei Monaten bei uns.«

»Sie ist definitiv keine Irin«, stellte Fin unnötigerweise fest.

»Ich glaub', ihre Mutter stammt aus Thailand. Oder Vietnam. Genau weiß ich es nicht«, antwortete Caitlin.

»Du solltest mich besser nicht als Kollegen vorstellen.«

»Wie soll ich sonst deine Anwesenheit erklären?« Sie verteidigte sich fast schon trotzig. »Ich brauche halt jemanden, mit dem ich reden kann.«

»Schaff dir ’nen Hund an.«

»Idiot. Ich meine ›Reden‹ im Sinne von Austauschen.«

»Dafür gibt’s Kollegen.«

»William, mein Ex-Partner, nimmt gerade den Rest von seinem Jahresurlaub«, rechtfertigte sie sich, »ich sagte doch, wir haben –«

»Personalengpass, ja, ich weiß«, fiel Fin ihr ins Wort. Ihm gefiel es trotzdem nicht. Glaubte sie am Ende, auf diesem Weg könnte sie ihn wieder zur Truppe zurücklocken? Er hatte seine Entscheidung gefällt. Basta.

Wenn allerdings Frauen wie Anna Bradley hier arbeiteten, konnte er sich durchaus vorstellen, seine Entscheidung noch mal zu überdenken.

Trotzdem. »Das ist verdammt dünnes Eis, Caitlin.«

Sie nahm es zur Kenntnis.

»Der Bericht ist im falschen Verteiler gelandet. Ich hab’ ihn weitergeleitet.« Anna kam zurück. »Für alle Fälle hab’ ich hier auch einen Ausdruck.« Sie legte ein Bündel Papiere auf den Schreibtisch.

»Danke, Anna.«

»Darren hat gerade angerufen. Die Blutspuren im Wagen von Raymond O’Malley stammen eindeutig vom Opfer«, fügte sie noch hinzu, »und an der Mauer der Brücke hat er Faserspuren von der Hose des Opfers gefunden.«

Fin bewunderte ihre schneeweißen Zähne. Die langen seidigschimmernden Haare, die sie sich mit einer unbewussten Geste aus dem Gesicht strich. Er musste sich beherrschen, dass er diese Frau nicht ständig anstarrte.

»Dazu passt außerdem, dass Dermot den Fahrer einer Molkerei ausfindig gemacht hat, der diese Strecke jeden Morgen fährt. Er hat auf der Brücke einem parkenden Wagen ausweichen müssen, auf den die Beschreibung von O'Malleys Mercedes passt.«

»Hat er jemanden gesehen?«

»Nein. Es war fünf Uhr morgens und stockdunkel. Er hat nicht drauf geachtet. War eh schon spät dran mit seiner Tour, sagt er.«

Sie würdigte ihn keines Blickes. Sie lehnte im Türrahmen und unterhielt sich mit Caitlin, als sei er überhaupt nicht da.

»Wär' auch zu schön gewesen.« Caitlin hatte die Datei auf ihrem PC geöffnet und studierte die Einzelheiten. »Wie erwartet, kein Meerwasser in der Lunge.«

Fin griff sich den Ausdruck. Unter den Augen von Anna wollte er keinesfalls untätig rumsitzen. Irgendwie musste er sich bemerkbar machen.

Auf dem Deckblatt prangte ein Foto von Raymond, es schien sogar halbwegs aktuell zu sein. Ein Mann um die Fünfzig, ein kantiges Kinn, dichte Augenbrauen, dunkles lockiges Haare, lang genug, um das lädierte Ohr zu bedecken. Ein Gesicht, das Fin bekannt vorkam. Darunter ein paar eilig zusammengetragene Daten zur Person. Raymond Francis O'Malley. Geburtsdatum. Sterbedatum. Adresse. Ledig.

»Drei Kugeln aus nächster Nähe. Ein Kopfschuss, zwei in die Brust«, las Caitlin weiter, »Kaliber neun Millimeter. Nichts Ausgefallenes also.«

»Wissen wir, ob Raymond eine Pistole hatte? Möglicherweise eine, die zu den Kugeln passt?«, warf Fin ein. »Ich meine, wenn er schon so gerne Schießübungen veranstaltet hat.«

Caitlin gab Fins Einwand mit einem fragenden Blick an Anna weiter.

»Werd' mich gleich schlau machen.« Sie tippte mit schmalen Fingern auf einem Tablet. Offenbar hatte sie sich den Bericht heruntergeladen und folgte Caitlins Ausführungen.

»In diesem Fall sollten wir die Möglichkeit nicht ausschließen, dass der Täter sie auch in den Fluss geworfen hat«, gab Caitlin zu bedenken, »Darren soll Taucher anfordern und noch mal nachschauen.«

»Okay, sag ich ihm.«

»Die Würgemale sind interessant«, meinte Caitlin, »die Hände wurden mit einem Seil gefesselt, aber die Spuren am Hals sind erheblich schmäler. Liam vermutet eine Lederschnur. Dazu eine markante Druckstelle im Nacken. Vielleicht vom Knoten.«

Fin versuchte, sich die Situation vorzustellen. »Vielleicht eine Garotte oder was ähnliches.«

»Ziemlich heftiges Liebesspiel«, bemerkte Anna fast zaghaft.

»Ja, daran dachten wir auch schon«, stimmte Caitlin zu, »aber wenn man nun mal auf so was steht ... Einmal 'n bisschen fest zugezogen und – zack.« Sie fuhr sich mit dem Zeigefinger über die Kehle.

»Aber er ist nicht erwürgt worden.« Fin blätterte zurück. »Todesursache sind eindeutig die Schussverletzungen.«

»Worauf willst du raus?«

»Na ja, warum soll ich jemanden erschießen, von dem ich glaube, dass ich ihn gerade aus Versehen erwürgt habe? Das macht für mich keinen Sinn.«

»Du denkst also nicht, dass es um Sexspielchen ging?«

»Ich denke, du solltest offen bleiben für andere Erklärungen.«

Caitlin sah Fin an. »Wann fessele ich jemanden? Würge ihn?« Sie gab sich die Antwort selbst. »Wenn mein Opfer etwas preisgeben soll, was es aus freien Stücken nicht tun würde.« Ihr war anzusehen, dass ihr die erste Erklärung besser gefallen hatte. Naheliegend und mit weniger Problemen behaftet. Mord in Begleitung von Folter hatte in der Vergangenheit zu oft Spuren beiderseits der Grenze hinterlassen. Unzählige zerschossene Kniescheiben gingen auf das

Konto der IRA, die auf der Suche nach Polizeispitzeln alles andere als zimperlich mit den Verdächtigen umging. Und die britischen Streitkräfte hatten lange vor ihrem Einsatz im Irak in Nordirland ausprobiert, wie man in Internierungslagern mit Hilfe von Schlägen und Schlafentzug unliebsame Bürgerrechtler mundtot machte.

»Vielleicht gehörte die Waffe zum Spiel dazu?«, warf Anna in die Runde und kehrte zum ursprünglichen Gedanken zurück, »und ist dann aus Versehen losgegangen.«

»Aus Versehen? Dreimal?« Caitlin schüttelte den Kopf. »Nein, Fin hat recht. Irgendwie passen Fesselspielchen und Schüsse nicht zusammen.«

Fin überflog die Papiere. »Hatte er eigentlich Sex?«

»Nein. Der Mörder kam ihm offenbar zuvor.« Sie scrollte weiter durch den Obduktionsbericht. »Immerhin hatte er noch Zeit für Austern, Gänseleber und Champagner.«

»Die Kollegen haben auf der Farm Kokain gefunden. Gute Qualität. Aber nur ein paar Gramm«, informierte Anna, »der toxikologische Befund steht noch aus. Liam wartet noch auf die letzten Testergebnisse. Vielleicht morgen früh.«

»Ja, wir sind hier halt nicht in Dublin«, seufzte Caitlin. Gerade deswegen wollte sie gern beweisen, dass sie hier in der Provinz durchaus in der Lage waren, einen Mordfall aufzuklären, ohne auf Hilfe aus der Hauptstadt oder von jenseits der Grenze angewiesen zu sein. Sie hatte nicht viele Leute zur Verfügung, aber die wenigen waren gut. Auch wenn Mord hier nicht auf der Tagesordnung stand, wusste Caitlin, dass sie sich auf ihr Team verlassen konnte.

»Liam schätzt, dass Raymond seine Henkersmahlzeit so gegen neun Uhr abends zu sich genommen hat. Todeszeitpunkt zwischen elf Uhr und Mitternacht.«

Fin rechnete nach. »Beseitigung der Leiche am frühen Morgen, also ausreichend Zeit, um Spuren zu verwischen.«

»Eine Tat im Affekt scheint mir immer unwahrscheinlicher.« Caitlin öffnete die nächste Datei. Der vorläufige Bericht der Spurensicherung. »Wie befürchtet, keine brauchbaren Fingerabdrücke auf dem Geschirr. Auch alle Türklinken sauber abgewischt.«

»Darren nimmt sich gerade den Mercedes vor, aber er hat wenig Hoffnung. Der Mörder muss Handschuhe getragen haben«, vermutete Anna und erntete wenig überraschte Blicke, »offenbar ein Profi.«

»Tja, in fast jeder amerikanischen Krimiserie kriegst du heute gezeigt, wie du dich am Tatort verhalten musst, damit dir keiner draufkommt. CSI lässt grüßen«, entgegnete Fin.

»Aber ich kann mir nicht vorstellen, dass ein Mensch so gar keine Spuren hinterlässt«, warf Anna ein.

Caitlin überflog die wenigen Zeilen. »Spuren gibt es schon. Hier ein paar Fingerabdrücke, dort ein Haar. Bleibt die Frage, ob etwas davon von unserem Täter stammt.«

»Oder von einem seiner Saufkumpanen«, meinte Fin.

»Wir müssen seine Freunde ausfindig machen, wir brauchen Vergleichsproben. Die schönste DNA-Spur ist nutzlos, wenn wir nichts haben, mit dem wir sie abgleichen können.« Caitlin las weiter. »Wenigstens haben wir ein paar brauchbare Reifen- und Fußabdrücke. Am Tag zuvor muss es ziemlich matschig gewesen sein, dann hat's über Nacht gefroren. Halleluja …«, stieß sie fast schon dankbar aus.

»Schuhgröße 44 im Hinterhof.«

»Und ein paar kleinere mit Absatz vor dem Haus«, ergänzte Caitlin, »also der Damenbesuch steht noch ganz hoch im Kurs.«

»Vielleicht war die Dame ja ein Ablenkungsmanöver«, spann Fin den Faden weiter, »während Raymond beschäftigt war, kam dann der eigentliche Besuch.«

»Du denkst an einen Raubüberfall?« Caitlin zog die Idee in

Betracht. »Dagegen spricht allerdings, dass offenbar nichts gestohlen wurde. Kein Geld, keine Wertsachen, auch der Computer war noch da – apropos Computer.« Sie sah Anna an.

»Darren sitz dran, aber bis jetzt hat er nichts Verdächtiges gefunden«, antwortete diese.

»Handydaten?«

»Wir warten noch auf die Genehmigung.«

»Ich fass' es nicht.« Caitlin seufzte resigniert. »Bankdaten? Kontoauszüge? Kreditkartenbewegungen?«

»Wir sind dran.«

»Womit hat der Kerl eigentlich sein Geld verdient?« Die Frage ging eindeutig in Fins Richtung. »Ich meine, so ein Umbau kostet Geld. Und wenn sich einer dann Austern und Champagner zum Abendessen gönnt ...«

Fin wollte ihr zum wiederholten Male klarmachen, dass er Raymond vermutlich nicht mal erkannt hätte, wenn er ihn auf der Straße angerempelt hätte, als Anna ihm zuvorkam. »Er hat eine Firma für Gartenbau.« Sie wischte über ihr Tablet und suchte nach der Adresse. »Eine Gärtnerei in Strabane und eine kleine Filiale in Castlederg.«

»Ich hab's geahnt.« Nordirland. Caitlin war klar, dass sie ohne die Unterstützung ihrer Kollegen von jenseits der Grenze nicht weit kommen würde und ergab sich in ihr Schicksal. »Aber jemand müsste mit der Familie reden.«

Sie schaute Fin an, der noch in den Bericht der Spurensicherung vertieft war und tat, als hätte er sie nicht gehört.

»Fin?«

Er schaute auf.

»Keine Lust, mal wieder die Verwandten zu besuchen?«, fragte sie fast schon beiläufig.

War dies das Stichwort, auf das er gewartet hatte?

»Nein.«

Die Antwort kam schnell, das war auch Caitlin nicht entgangen, aber so leicht steckte sie nicht auf. »Komm schon, Fin, gib dir ’nen Ruck.«

»Nein.« Allmählich wurde er ärgerlich. Wann kapierte sie endlich, dass er mit diesen Leuten nichts mehr zu tun hatte und nichts mehr zu tun haben wollte?

»Vielleicht erzählen sie dir ja was, was sie der Polizei nicht erzählen wollen.«

»Ich sagte ›Nein‹.« Annas irritierter Blick entging ihm nicht, aber es war ihm egal. Er wollte es ein für alle Mal klären. Hier und jetzt. »Caitlin, das sind Fremde für mich. Die werden nicht ausgerechnet mir mehr erzählen als deinen nordirischen Kollegen.«

Sein Handy klingelte. Er war dankbar für den Notausgang und meldete sich sofort. Das Gespräch war kurz.

»Das war Billy MacGann.« Er steckte sein Handy wieder ein. »Er ist bereit, mit uns zu reden. Er hat allerdings eine Bedingung.«

6. Billy

»Ich will meinen Führerschein wiederhaben.«

»Wie bitte?« Caitlin da Silva hatte eher eine Gefälligkeit anderer Art erwartet. Mal ein Auge zudrücken bei einem seiner undurchsichtigen Geschäfte. Vielleicht eine Insiderinformation weitergeben. Oder Beweismaterial verschwinden lassen. So was in dieser Richtung.

Fin hatte bis heute nicht herausgefunden, womit Billy MacGann sein Geld verdiente. Nicht dass es ihn wirklich interessierte. Wäre er noch Polizist, sähe das anders aus. Dann würde er aber garantiert nicht hier sitzen.

Sie hatten sich in einem Pub verabredet. In einem ruhigen Außenbezirk in Strabane, einer kleinen Stadt direkt hinter der Grenze. Caitlin sah kein Problem darin, nordirischen Boden zu betreten, ohne ihre britischen Kollegen davon in Kenntnis zu setzen. Schließlich war dieses Treffen nicht Teil der offiziellen Ermittlung. Es war ein netter Plausch in kleiner Runde, nichts, das man an die große Glocke hängen musste.

Zwischen all den Büroangestellten und Farmarbeitern, die hier ihr Feierabendbier tranken, fiel Billy »Blue Boy« MacGann auf. Wie immer in Schwarz gekleidet vom kahlrasierten Schädel bis zu den Sohlen, aber nicht einfach schwarz, nein, der Anzug war aus edlem Zwirn, der dunkle Rollkragenpullover aus feinstem Kaschmir. Das Statement des undurchschaubaren Geschäftsmannes. Manche munkelten, er handele mit Waffen, andere waren überzeugt, dass er für die unterschiedlichsten

Gruppierungen als Steuerberater tätig war – oder kurz gesagt, in großem Stile Geldwäsche betrieb. Billy MacGann würde den Teufel tun und entsprechende Visitenkarten drucken. Neugierige Fragen beantwortete er mit einem frostigen Blick aus den blauesten Augen, die Mutter Natur im Angebot hatte. »Blue Boy«.

Caitlin da Silva nannte ihn »Bad Boy«. »Was ist passiert?«

»'n bisschen zu schnell gefahren«, räumte er freimütig ein, »hundertachtzig auf 'ner Strecke, wo nur fünfzig erlaubt sind.«

Fin fragte sich, wie Billy es geschafft hatte, auf einer irischen Straße hundertachtzig zu fahren, ohne den teuren Porsche zu schrotten. »Ausgerechnet du hast ein Problem mit Behörden?« Er konnte sich die Ironie nicht ganz verkneifen. Der Verlust des Führerscheins war in Irland kein Weltuntergang. Wenn man zum anberaumten Verhandlungstermin vor Gericht erschien und dem Richter glaubhaft klarmachen konnte, dass man das fragliche Dokument gerade nicht bei sich führte, weil beispielsweise just an diesem Morgen der Hund selbiges geschreddert hatte, ging das völlig in Ordnung. Einen Führerschein, den man nicht dabei hatte, konnte man nicht abgeben. Und wenn man sich nicht allzu dämlich anstellte und die Angelegenheit lange genug hinauszögerte, verlief das ganze Verfahren irgendwann im Sande.

»Die nordirischen Kollegen sind da etwas pingeliger«, erklärte Billy. Und er konnte es sich nun mal nicht leisten, bei der Ausübung seiner Geschäfte unnötig aufzufallen.

Caitlin dachte einen Moment über das Angebot nach. »Okay, ich kenne da jemanden, bei dem könnte ich ein gutes Wort einlegen.« Ob sie es tun würde, hing ganz von der Qualität der Antworten ab, die Billy auf ihre Fragen hatte. Sie senkte ihre Stimme etwas. Auch wenn sie einen Tisch abseits der Theke gewählt hatten, musste nicht jedes Ohr dem Inhalt ihrer Unterhaltung lauschen. »Raymond O'Malley.«

»O'Malley?« Billy sah Fin an, als ob er zum ersten Mal bemerkte, dass da noch jemand mit am Tisch saß. Bis jetzt hatte er ihn keines Blickes gewürdigt, nicht mal als Fin die Getränke gebracht und ihm einen Whisky vor die Nase gestellt hatte. »Hat er was mit dir zu tun?«

Fin hielt sich bedeckt. »Es gibt viele O'Malleys.«

»Raymond O'Malley ...« Billy hielt den erwartungsvollen Blicken stand, ließ sich Zeit und nippte an seinem Glas. »Der Tote aus der Bucht?«

»Sie sind gut informiert.«

»Ich bin gern gut informiert.«

»Was wissen Sie über ihn?«

»Nicht viel.«

»Wenn Sie Ihren Führerschein wiederhaben wollen, sollten Sie Ihrem Erinnerungsvermögen ein wenig auf die Sprünge helfen«, erklärte Caitlin ungerührt und nahm einen Schluck Kaffee.

Es war Billy anzusehen, dass er sehr genau abwägte, was er preisgeben konnte, ohne sich selber Schaden zuzufügen. Er rang sich ein »Hab' mal von ihm gehört« ab.

Fin konnte sich nicht erinnern, in der Akte Raymonds Namen im Zusammenhang mit Aktivitäten protestantischer Paramilitärs gelesen zu haben. Das bedeutete nicht automatisch, dass er eine reine Weste hatte. Das konnte ebenso gut heißen, dass man ihn nie erwischt hatte.

»Wann war das?«

Die Vergangenheit schien ein sicheres Terrain. »Als er noch aktiv war.«

Geduld zählte nicht zu Caitlins Stärken. »Und was hat er da getan, als er noch aktiv war?«

Billy schob sein Zigarettenpäckchen mit dem vergoldeten Feuerzeug auf der Tischplatte umher. Das Pub in Strabane schien nicht zu seinem vertrauten Revier zu gehören, normalerweise scherte er sich wenig um Rauchverbote. »Er ist … war einer der Fab Four.«

»Fab Four?« Sowohl Caitlin als auch Fin war klar, dass hier nicht von den Beatles die Rede sein konnte.

»Terry Taylor, Gordon Laverty, Jimmy Craig und Raymond O'Malley«, zählte Billy bereitwillig auf, »ein Quartett von berüchtigten Schlägern und Handlangern. Haben bis vor einiger Zeit Schulden eingetrieben, Schutzgelder erpresst, Leute eingeschüchtert, das ein oder andere Fingerchen gebrochen.«

»Für wen?«

»Tiny Tim Anderson.«

»Timothy Anderson?« Im Gegensatz zu Fin konnte Caitlin mit dem Namen etwas anfangen.

Fin setzte sein Bierglas ab. »Wer ist dieser Anderson?«

»Ein Unterweltsboss aus Derry. Wegen seiner …, na sagen wir mal, kleinwüchsigen Statur Tiny Tim genannt«, antwortete Caitlin.

»Hatte als Kind Kinderlähmung und ging tatsächlich an Krücken. Genau wie Tiny Tim Cratchit aus Charles Dickens' *Weihnachtsgeschichte*«, ergänzte Billy, »aber es wäre ein großer Fehler, ihn wegen seiner Größe und seines Hinkebeins zu unterschätzen.«

»Drogengeschäfte, wenn ich richtig informiert bin«, sagte Caitlin.

»So dies und das«, gab Billy ungewohnt offen zu. Offenbar war Tiny Tim Anderson niemand, den er zu seinem engeren Freundeskreis zählte, eher jemand, den man gefahrlos ans Messer liefern konnte. »Er wäre gern der Pate von Nordirland. Immerhin ist er in Derry die Nummer eins. Man munkelt, da geht noch mehr. Ich denke, er macht die meiste Kohle mit Menschenhandel.«

»Menschenhandel? In Irland?« Fin glaubte sich verhört zu haben.

»Sei nicht so blauäugig, O'Malley«, fuhr Billy ihn an, »da geht's um billige Arbeitskräfte. Und um willige oder weniger willige Mädchen. Auf den ersten Blick ist der Markt hier vielleicht nicht groß, aber lukrativ, und er reicht immerhin bis nach London.«

»Wenn ich Sie richtig verstanden habe, sind diese vier aber mittlerweile nicht mehr in Tiny Tims Diensten«, nahm Caitlin den Faden wieder auf, »was ist passiert?«

»Keine Ahnung.«

»Kommen Sie ...«

Billy zögerte. Die kleine Narbe über seiner linken Schläfe protestierte zuckend, als er die Stirn in Falten legte. Erinnerungen konnten anstrengend sein. »Es ist etwa acht Jahre her, da haben sie wohl aus Versehen einen ihrer eigenen Leute über die Klinge springen lassen. Das hat Anderson ihnen übel genommen. Seitdem ...« Er überließ Caitlin die Schlussfolgerung. »Allerdings ...«

»Ja?«

»Ich hab' gehört, Laverty hat's letzten Monat erwischt.«

»Erwischt?«

»Ist vor seinem Haus in Lifford erschossen worden.«

»Gordon Laverty. Stimmt. Ich hab' von dem Mord gehört, aber da war von einem Vertreter für Landmaschinen die Rede. Nicht von einem Gangster«, erinnerte sich Caitlin, »das heißt, dieser Laverty führte ein Doppelleben?«

Billy zuckte vielsagend mit den Achseln.

Aber es passte zusammen. Wenn Raymond O'Malley eine Firma für Gartenbau hatte und Gordon Laverty Traktoren anpries, was sprach dagegen, dass der Dritte im Bunde vielleicht Babywindeln verkaufte und der Andere Versicherungen? Die perfekte Tarnung. Jeder von ihnen ein unbescholtener Bürger, hinter dessen biederer Fassade sich kriminelle Abgründe auftaten.

»Angenommen, Raymond O'Malley ist demselben Schützen

zum Opfer gefallen, sollte das etwa bedeuten, dass da jemand offene Rechnungen eintreibt?« Caitlin da Silva wusste nicht, wie weit Billy MacGann mit seiner scheinbaren Offenheit gehen würde. Aber Fragen kosteten schließlich nichts.

Billy leerte sein Glas und blickte zur Theke, als überlege er, ob er sich noch einen Whisky gönnen sollte. »Es sind ein paar neue Gesichter in Derry aufgetaucht.« Gesichter, die er ganz offensichtlich nicht mochte. Warum sonst stand er der Polizei Rede und Antwort? Er wollte diese Leute loswerden.

»Paramilitärs?«

»Wann verlasst ihr endlich mal die ausgetretenen Pfade?«, fragte Billy zurück, »das sind Gangster. Stinknormale Gangster.« Zu denen er sich ganz offensichtlich nicht zählte. »Meistens aus dem Osten. Russen. Die wollen den Kuchen neu aufteilen.« Und das passte Billy MacGann überhaupt nicht.

»Könnte es sein, dass Raymond und seine Kumpels zwischen die Fronten geraten sind?«

»Möglich.«

Fin wusste, dass sie aufpassen mussten bei dem, was Billy ihnen auftischte. Billy konnte Menschen manipulieren und würde ihnen ohne zu zögern irgendwas erzählen, um sie für seine Zwecke einzuspannen.

»Kanntest du Ray?«, mischte er sich ein.

»Bin ihm ein, zweimal begegnet«, erwiderte Billy, »aber ich mochte den Kerl nicht.«

»Warum?«

»Er war 'n Großmaul und Weiberheld. Hatte immer irgendwas laufen und prahlte mit seinen Bettgeschichten. Wen er wo wann flachgelegt hatte.«

»Gibt es jemanden, der uns mehr über Raymond erzählen kann?«, wollte Caitlin wissen.

»Ich glaub', er hatte Familie in Derry.«

»'ne Frau oder Freundin?«, lenkte Fin ab.

»Wie gesagt, er wechselte die Frauen wie andere Männer die Socken.« Er ließ Zigaretten und Feuerzeug in seinem Jackett verschwinden.

»Und die anderen beiden?«, fragte Caitlin schnell, bevor Billy das Treffen für beendet erklären konnte.

»Welche anderen beiden?«

»Taylor und Craig? Was ist aus ihnen geworden?«

»Keine Ahnung.« Er stand auf und schüttelte den Kopf. Es war schwer zu sagen, ob er es tatsächlich nicht wusste oder es einfach nicht preisgeben wollte. Er hatte genug gesagt. »Denken Sie an meinen Führerschein.« Ohne einen weiteren Gruß verließ er den Tisch.

Sie sahen ihm nach, wie er sich zwischen den Gästen hindurchschlängelte und verschwand.

»Gordon Laverty. Hab' davon in der Zeitung gelesen«, sinnierte Fin, »vielleicht ist das deine Spur.«

»Die Kollegen in Lifford werden wenig erfreut sein, wenn ich mich in ihren Fall einmische«, entgegnete Caitlin, »aber erst muss ich rausfinden, wie viel Wahrheit uns Billy MacGann aufgetischt hat.«

»Sieh es doch nicht immer gleich so negativ, nur weil du mit anderen Dienststellen zusammenarbeiten musst«, meinte Fin, »Lifford wird froh sein für jeden Tipp.«

»Ich bin nun mal gern Herr des Verfahrens.«

»Herrin«, verbesserte Fin.

»Egal. Wenn das stimmt, was Billy uns erzählt hat, dann hatte Raymond O'Malley jedenfalls ausgiebig Gelegenheit, sich Feinde zu machen«, erwiderte Caitlin und nippte an ihrem Kaffee, der längst kalt geworden war.

»Wundert mich nicht«, sagte Fin, »aber vielleicht steckt auch wirklich einfach nur 'ne Weibergeschichte dahinter.«

Sie versuchte, seinen Gedanken zu folgen. »Ein eifersüchtiger Kerl?«

»Warum nicht? Ein lauschiges Schäferstündchen, der gehörnte Ehemann kriegt Wind davon, folgt ihnen vielleicht ins Liebesnest …« Das Ende der Geschichte war bekannt. Aber Fin ahnte, dass diese Version Caitlin da Silva nicht überzeugte. Nicht nach dem, was sie gerade von Billy MacGann gehört hatte.

»Sag mal, Fin, heute Mittag …« Sie suchte nach den passenden Worten. »Ich kann ja verstehen, dass du in Gegenwart von Sergeant Bradley natürlich offiziell keinen Auftrag annehmen kannst, aber … war das dein Ernst?«

»Mein voller Ernst.« Fin trank den letzten schalen Rest aus seinem Bierglas. »Caitlin, selbst wenn ich dir helfe, muss dir klar sein, dass dir alles, was ich dir möglicherweise an Spuren oder Beweisen liefere, nichts nützen wird. Vor Gericht wird das alles wertlos sein. Ich bin kein Polizist.«

Sie wusste, dass er recht hatte. Aber noch gab sie sich nicht geschlagen. »Alles, worum ich dich bitte, ist ein kleines unverfängliches Gespräch mit deinen Verwandten. So wie mit Billy eben. Niemand wird davon erfahren. Versprochen.«

»Das Treffen mit Billy war eine Ausnahme«, entgegnete Fin, »auch wenn Ray mein Cousin war, ich möchte mit dem Fall, den Ermittlungen und vor allem mit meinen Verwandten nichts zu tun haben.«

»Ich habe nicht gewusst, dass ihr so zerstritten seid«, gestand Caitlin ein.

»Die O'Malleys in Derry sind für mich genauso Fremde wie für dich. Ich wäre keine große Hilfe.«

Caitlin seufzte und nickte. »Okay. Aber wenn ich mal reden muss …?«

»Kannst du jederzeit nach Foley kommen.«

7. Foley

»Tiere haben hier im Laden nix verloren!«, meckerte Ciarán. »Draußen hängt ein Schild, falls du's noch nicht gesehen hast.«

»Meine Katze kann aber nicht lesen«, erwiderte Fin ungerührt, »außerdem steht da *Keine Hunde* – siehst du hier irgendwo einen Hund?«

Nein, nur eine Katze, die in ihrem plüschigen roten Winterfell aussah wie ein Westentaschentiger. Sie spazierte wie selbstverständlich durch den kleinen Supermarkt, kletterte mit eleganter Geschicklichkeit durch die Regale und inspizierte das Angebot an Katzenfutter.

»Thunfischpastete und Kaninchenleber sind alle«, beschwerte sich Fin und kramte in den Tiefen des Regalfachs.

»Deine Hausgenossin hat aber einen ganz schön elitären Geschmack«, gab der Ladenbesitzer zurück.

»Hätte nichts dagegen, wenn sie diesen Geschmack auch selber bezahlen könnte«, seufzte Fin.

»Vorne am Eingang hab' ich noch ein Sonderangebot. Bei Abnahme von zehn Dosen gibt's zwei gratis dazu.«

»Nee, lass mal.« Fin reihte seine Einkäufe neben der Kasse auf. Er wusste aus Erfahrung, dass es wenig Sinn machte, diese Katze überlisten zu wollen und ihr schnöde Discounterware zu servieren.

Er bezahlte, packte alles in eine Tüte und verließ den Laden. Kaum hatte er die Tür geöffnet, schoss das rote Pelzknäuel zwischen seinen Beinen hervor – und blieb wie angewurzelt stehen.

»Stell dich nicht so an, der Schnee lag eben auch schon da«, meinte Fin.

Über Nacht war ein kleiner Wintersturm die Küste entlang gefegt und hatte Foley unter einer dünnen Schneedecke zurückgelassen. Die einzige Straße des Dorfes war weiß gepudert, durchzogen von erst wenigen Fahrspuren. Aber der Tag war sonnig, wenn auch kalt, unter dem wolkenlosen blauen Himmel würde der Schnee bald weggetaut sein.

Die Katze schüttelte angewidert eine nasse Pfote.

»Du wolltest ja unbedingt mitkommen.« Fin zeigte kein Mitleid. »Ich sagte noch, bleib zu Hause, draußen liegt Schnee, aber nein, du wolltest ja nicht hören.«

Die Katze blieb auf der Türschwelle zurück, maunzte kläglich und sah ihn aus ihren grünen Augen vorwurfsvoll an.

Eigentlich mochte Fin keine Haustiere, und es war ihm ein Rätsel, weshalb er sich mit diesem roten Stubentiger abgab. Vielleicht lag es daran, dass nicht er sich die Katze, sondern die Katze sich ihn ausgesucht hatte. Aus Gründen, die Fin ebenso schleierhaft waren. Die Katze lief ihm nach, als ob er der letzte Mensch auf diesem Planeten war, der wusste, wie man eine Dose öffnete.

»Na, komm schon.« Er beugte sich zu ihr hinab und wollte ihr einen aufmunternden Klaps geben. Die Katze allerdings schien die Geste völlig falsch zu interpretieren, vielleicht sah sie aber auch einfach nur ihre Chance. Mit einem beherzten Sprung krallte sie sich zuerst in sein Knie, dann in seinen Arm und robbte an ihm hoch.

»Aua, verflixt, lass das!« Er spürte ihre spitzen Krallen durch seinen dicken Pullover hindurch. »Runter von mir! Auf der Stelle!«

Die Katze dachte nicht im Traum daran.

Fin ließ die Einkäufe fallen und angelte nach dem kleinen Dämon, der sich auf seiner Schulter eingenistet hatte und plötzlich doppelt so viele Pfoten zu haben schien, von den Krallen ganz zu schweigen. Wohin er auch fasste, die Katze war immer woanders. Wie ein Betrunkener torkelte Fin über den Gehweg, heftig bemüht, sein Gleichgewicht nicht zu verlieren.

»Verschwinde!«

Die Tür eines geparkten Autos öffnete sich. Fin sah nur eine Uniform, einen schmalen Schlips, den eine silberne Nadel in Brusthöhe festklemmte, und lange dunkle Haare, die zu einem straffen Pferdeschwanz zurückgebunden waren. Dazu ein resoluter Blick aus braunen, mandelförmigen Augen.

Verdammt, was wollte Anna Bradley hier?

Fin erstarrte zur Salzsäule, was die Katze umgehend ausnutzte und die Schulter wechselte, ehe seine Hände nach ihr schnappten, aber ohne Erfolg. In Nullkommanix hatte sie sich rettungslos mit den Krallen in seinem Schal verhedderte, was bei Fin wiederum leichtes Würgen hervorrief.

Wie peinlich war das denn?

Während er hektisch versuchte, sich die Katze aus dem Nacken zu klauben, wartete Sergeant Anna Bradley geduldig auf das Ende der Vorstellung. Schließlich gelang es ihm, das Tier halb in den Schal gewickelt irgendwie in seine Arme zu bugsieren und festzuhalten. Die Katze fauchte und schlug mit dem Schwanz.

»Was soll das, Mr. O'Malley?«

Fin sah erst sie an, dann die Katze. »Sie hat angefangen. Ich bin unschuldig.«

Sie ignorierte die Katze. »Raymond O'Malley war Ihr Cousin, nicht wahr?«

»Äh, ... ja.«

»Also, was soll das Theater? Was bezwecken Sie damit?«

»Bezwecken? Womit?« Fin kapierte überhaupt nichts.

»Sie sind kein Sergeant«, stellte Anna messerscharf fest, »Sie sind vor einem Jahr bei der Polizei in Dublin rausgeflogen.«

»Moment, ich bin nicht rausgeflogen. Ich habe gekündigt«, stellte er richtig.

»Sie sind kein Polizist mehr«, fuhr sie unbeirrt fort, »wieso schleichen Sie sich also in unsere Ermittlungen ein?«

»Woher –«

»Woher ich das weiß?« Sie tat, als müsse sie nachdenken. »Lassen Sie mich überlegen ... Ich hab's rausgefunden?«

»Rausgefunden.«

»Ja. Rausgefunden. Im Gegensatz zu Ihnen arbeite ich nämlich tatsächlich bei der Polizei.«

»Oh ja. Richtig.« Er hatte geahnt, dass es Ärger geben würde. Auf der Straßenseite gegenüber waren Leute stehengeblieben und verfolgten den verbalen Schlagabtausch. In ihren Blicken lag Neugier, aber auch Misstrauen. Fin wollte Annas exotischem Aussehen die Schuld geben, aber es lag wohl eher an der Tatsache, dass sie es gewagt hatte, mit einem Polizeifahrzeug nach Foley zu kommen und es auch noch gut sichtbar mitten auf der Hauptstraße abzustellen. Anna war neu hier und sie wusste es nicht besser, aber dieses Dorf war kein gutes Pflaster für Polizisten.

Jeder der Dorfbewohner konnte sich damit brüsten, wenigstens einen berüchtigten Piraten oder Schmuggler unter seinen Vorfahren zu wissen. Und so war es nicht weiter verwunderlich, dass sich hier niemand gern auf die Finger schauen ließ oder neugierige Fragen beantworten wollte. Man behauptete gerne, ein Gardai, den es nach Foley verschlug, hatte in etwa dieselbe Überlebenschance wie ein Lamm in einem Wolfsgehege. Nein, Tote hatte es noch keine gegeben, die Leute im Dorf waren da subtiler. Meist genügte die Mauer des Schweigens, hinter der man in aller Ruhe seinen kleinen, manchmal nicht ganz legalen Geschäften nachgehen konnte.

Fin hatte sich daran gewöhnt, so wie man sich im Dorf daran gewöhnt hatte, dass ein Ex-Polizist unter ihnen lebte. Aber

Anna musste erst noch lernen, dass sie sich gerade in einem rechtsfreien Raum bewegte.

»Ist das Ihre Katze?«

Fin betrachtete das beleidigte Bündel in seinen Armen. »Ich glaube schon.«

»Sie glauben es?«

Sie griff beherzt zu und befreite ihn von der Katze. »Sie ist hübsch.« Die Katze witterte Morgenluft. Sofort wechselte sie in den Schnurrmodus, schmuste sich an den unbekannten Menschen ran und rubbelte ein paar rote Haare auf die dunkle Uniformjacke. »Wie heißt sie?«

»Sie hat keinen Namen.«

»Keinen Namen? Warum nicht?« Anna sah ihn erstaunt an.

»Warum sollte ich ihr einen Namen geben«, erwiderte Fin, »sie kommt ja doch nicht, wenn ich sie rufe.«

Für einen Augenblick dachte er an Charlotte. Die ursprüngliche Besitzerin der Katze. Aber er verdrängte den Gedanken rasch wieder. Er würde nie begreifen, was Frauen so an Katzen faszinierte. Wenn er als Mann sich dasselbe rausnähme, was Frauen diesen Stubentigern so alles durchgehen ließen. Rumstreunen, den ganzen Tag pennen, tote Mäuse ins Bett legen, auf den Teppich kotzen …

»Eigentlich mache ich mir nicht viel aus Katzen«, fügte er wahrheitsgemäß hinzu.

»Warum haben Sie dann eine?«

Gute Frage. »Vielleicht weil dann die Wohnung nicht so leer ist, wenn man abends nach Hause kommt.«

Fin hatte seine Einkäufe zusammengerafft, und sie waren ein paar Schritte die Straße entlanggegangen. Vor dem Pub hätte er die Unterhaltung beenden können, aber er tat es nicht. Er schlug eine andere Richtung ein, schlenderte zum Hafen hinunter. Anna begleitete ihn.

War sie wirklich nur hergekommen, um ihn zur Rede zu

stellen? Das hätte sie einfacher haben können. Ein Gespräch mit Caitlin da Silva hätte alle ihre Fragen beantwortet. Oder hatte Caitlin Anna hergeschickt, um ihn zu überreden, doch nach Derry zu fahren?

»Weiß Inspector da Silva, dass Sie hier sind?«

Anna schüttelte den Kopf. »Nein.«

Würde er Caitlin zutrauen, dass sie Anna vor ihren Karren spannte? Würde sie so weit gehen? Oder schickte er seine Gedanken einfach um zu viele Ecken?

»Machen Sie das immer so? Neue Kollegen erstmal gründlich durchleuchten?«

»Nur wenn sie mit Nachnamen so heißen wie das Mordopfer«, antwortete sie, »es gibt keine Zufälle im Leben eines Polizisten.«

Der kleine Hafen lag verschlafen da wie immer. In Foley verdiente niemand mehr seine Brötchen mit Fischfang, diese Zeiten waren lange vorbei. Ein paar Möwen hockten auf dem Pier gegenüber und dösten in der Sonne. Im Hafenbecken trieben zwei Hummerkörbe, die der nächtliche Sturm hineingefegt hatte. Das einzige Boot schaukelte festvertäut an der Mole. Ciarán hatte die *Henrietta*, einen ausrangierten Fischkutter, in mühevoller Kleinarbeit wieder in Stand gesetzt. Den ganzen Sommer über hatte er gewerkelt. Seine Kinder Noel und Imogen hatten ihn tatkräftig unterstützt und am Ende den Kutter farbenfroh angepinselt.

Fin musste an seine Tochter denken. An Lily, die auch in diesem Jahr Weihnachten ohne ihren Vater feiern würde. Susan hatte für sie und ihren neuen Partner ein Leben eingerichtet, in dem kein Platz mehr war für Fin.

»Sie mögen Ihre Verwandten im Norden nicht besonders, hab' ich recht?« Anna setzte sich auf eine niedrige Mauer, die Katze räkelte sich zufrieden in ihrem Schoß und ließ sich die Streicheleinheiten gefallen.

Fin setzte sich neben sie. »Unsere Familienverhältnisse sind sozusagen der Geschichte zum Opfer gefallen. Ursprünglich stammt meine Familie aus Derry. Ich bin dort geboren.« Anna sah ihn abwartend an, also erzählte er weiter. »Mein Vater und sein Bruder waren beide bei der *Royal Ulster Constabulary*. 1972, ein paar Tage nach dem Bloody Sunday, wurde mein Onkel hinterrücks erschossen. Bis heute weiß man nicht, wer ihn auf dem Gewissen hat. Mein Vater fürchtete um das Leben von Frau und Kindern, packte uns und seine Sachen und zog nach Dublin. Meine Verwandten in Derry haben ihm das übel genommen. Es war, als sei er desertiert.«

»Aber das ist doch schon so lange her. Vielleicht –«

»Nein.« Fin ahnte, was sie sagen wollte. »Es gibt Dinge, über die wird niemals Gras wachsen.«

»Vielleicht muss einfach jemand den ersten Schritt machen?«

» ›Einfach‹ ist in diesem Fall das falsche Wort.«

»Leben Ihre Eltern noch?«

»Mein Vater ist vor ein paar Jahren gestorben. Meine Mutter lebt in Dublin. Bei meiner Schwester.«

»Haben Sie viele Geschwister?«

»Außer Deirdre noch einen Bruder«, gab Fin freimütig Auskunft, »Sean.«

»Lassen Sie mich raten.« Anna lächelte. »Er ist auch Polizist.«

»Nein.«

Als Fin ihr die Antwort schuldig blieb, sah sie ihn fragend an.

»Ich hab' keine Ahnung, was er macht«, musste er gestehen, »ich hab' ihn seit dreißig Jahren nicht gesehen.«

Anna war überrascht. »Dreißig Jahre? Was ist passiert?«

»Er ist eines Tages verschwunden«, antwortete Fin, »er war Anfang zwanzig, hatte Streit mit unserem Vater. Vielleicht stellte er zu große Erwartungen an Sean. Sie haben sich ständig gestritten. Eines Abends hat er seine Sachen gepackt, ist durch die Tür gegangen und nicht zurückgekommen.«

»Sie haben nie wieder von ihm gehört.«

Fin schüttelte den Kopf. »Er wollte rüber nach England, mehr weiß ich nicht.«

Er hatte sich irgendwann damit abgefunden, dass sein Bruder einen anderen Weg gewählt hatte. Sean, das war ein anderes Leben gewesen, ein früheres Leben, ein Leben, mit dem er ebenso abgeschlossen hatte wie mit den Verwandten in Nordirland. Er wollte das Thema nicht vertiefen.

»Sie kommen auch aus Dublin, oder?«

»Ja, ich bin in Dublin aufgewachsen, habe dort studiert und bin dann über mein Fachgebiet IT zur Polizei gekommen«, erzählte Anna.

Er war sich sicher, dass er sich an Anna Bradley erinnert hätte, wäre sie ihm zu seiner aktiven Zeit über den Weg gelaufen. »Wo haben Sie gearbeitet?«

»Cyber Security.«

Die Abteilung war erst in den letzten Jahren aufgebaut worden, nachdem auch die irische Regierung Angriffe über die Computernetzwerke nicht länger hatte ignorieren können.

»Aber Ihre Eltern sind keine Iren …« Er wusste nicht, wie er es formulieren sollte. »Verzeihung, ich meine, Sie sehen nicht sehr irisch aus …«

Sie lächelte. »Ja und Nein. Eigentlich stamme ich aus Vietnam. Ich bin als Baby adoptiert worden. Meine Eltern sind waschechte Iren. Joan und Patrick Bradley aus Dundalk. Sie sind ganz wunderbare Menschen.« Ihre Miene wurde plötzlich ernst. »Auch wenn es Streit in Ihrer Familie gibt, gehen Sie nicht so hart mit ihren Leuten ins Gericht. Eine Familie zu haben ist so wichtig im Leben. Ziehen Sie einen Schlussstrich unter die alten Geschichten. Es wird etwas Befreiendes haben, glauben Sie mir.«

Fin war nicht so leicht zu überzeugen. Hatte am Ende doch Caitlin sie geschickt, um ihn zu überreden?

»Wissen Sie etwas über Ihre richtigen Eltern?«, lenkte er ab.

Gedankenverloren kraulte sie die Katze, deren Schnurren mittlerweile einem Traktor Ehre gemacht hätte. »Ich habe mir fest vorgenommen, eines Tages in meine Heimat zu fahren und nachzuforschen.«

Er spürte ein wenig Wehmut in ihrer Stimme. »Na, dann haben Sie ja den passenden Job gewählt.«

Sie musste lachen. Ein wunderbares helles Lachen, das ihrem Gesicht die Strenge nahm, die der straffe Pferdeschwanz ihm verliehen hatte. Mit offenem Haar gefiel sie ihm besser. Er schätzte ihr Alter auf Anfang oder Mitte dreißig, aber er war noch nie gut in sowas gewesen.

»Aber was hat Sie ausgerechnet nach Donegal verschlagen?«

»Na, was wohl?«

Fin verstand nicht. Müsste er das jetzt wissen?

»Liebeskummer.«

»Liebes …?«

»Eine kaputte Beziehung. Und ich wollte so weit weg wie möglich. Ganz einfach.«

War es wirklich so einfach? Fin wollte es nicht glauben. »Und? Hat's funktioniert?«

»Bestens.« Ihr Lächeln verschwand. »Aber lassen Sie sich einen guten Rat geben: Fangen Sie nie was mit 'nem Kollegen an. Schon gar nicht bei der Polizei.«

Fins Neugier war geweckt, aber er beließ es dabei. Er wollte ihr nicht zu nahe treten. »Keine Sorge, ich bin nicht mehr bei der Polizei. Und was Beziehungen angeht …« Er hatte kein Problem damit, Anna von Susan zu erzählen. Von seiner gescheiterten Ehe. Und von seiner Tochter Lily, gerade sechzehn, die er viel zu selten sah. Von seinem Job, den er geschmissen hatte. Von seinem Leben, in dem es gerade alles andere als rund lief.

»Das ist hart«, meinte sie.

Es fühlte sich gut an, ein klein wenig bedauert zu werden. »Ja, besonders jetzt, wo Weihnachten vor der Tür steht …«

Die Möwen flogen auf. Irgendetwas hatte sie aufgescheucht. Sie drehten ein paar Runden über dem Hafenbecken und verkündeten der Welt laut keifend ihren Protest, aber außer der Katze schien sich niemand dafür zu interessieren. Die Katze hob kurz den Kopf, als wolle sie ihre Chance einschätzen und ließ sich wieder in Annas Schoß zurückplumpsen. Ein anderes Mal vielleicht. Die Möwen ließen sich wieder auf dem Pier nieder. Bis auf die Krähen waren sie die einzigen Vögel, die sich zeigten, alle anderen hielten Winterruhe oder waren mit der Wärme gen Süden gezogen. Zwar war der Golfstrom auch hier an der Küste Donegals zu spüren, aber dann und wann ein paar Flocken Schnee oder eine frostige Nacht konnte auch er nicht verhindern.

Die winterliche Ruhe war angenehm, das Leben hatte einen Gang zurückgeschaltet. Selbst das tiefblaue Wasser des Atlantiks plätscherte schläfrig gegen die Kaimauer.

»Kennen Sie Inspector da Silva schon länger?«, wollte Anna wissen.

War ein halbes Jahr lange? »Eigentlich nicht«, fand Fin, »wir haben vor einiger Zeit mal zusammen an einem Fall gearbeitet.«

»Ich mag sie«, erwiderte Anna, »ihre unkonventionellen Methoden. Auch wenn sie damit schon mal aneckt. Ich glaub', ich kann noch 'ne Menge von ihr lernen.«

»Ich hoffe nur, dass sie keinen Ärger kriegt, weil ich mich eingemischt habe.« Hatte er genau genommen gar nicht, schließlich war es Caitlins Idee gewesen, ihn zum Tatort mitzuschleppen. Aber in Annas Gegenwart hörte es sich so viel besser an.

»Unsere Abteilung ist eh gnadenlos unterbesetzt, da können wir jeden Kopf gebrauchen, der mitdenkt«, sagte sie, »ich finde es gut, dass Sie mit an Bord sind. Und keine Angst.« Sie lächelte. »Ich werde Sie nicht verraten. Ihr Geheimnis ist bei mir gut aufgehoben.«

Die Katze gähnte ungeniert, rollte sich auf den Rücken und reckte Anna auffordernd ihren hellen, flauschigen Bauch entgegen. Sie musste nicht lange auf Streicheleinheiten warten.

»Sagen Sie, Fin, was machen Sie eigentlich sonst so? Ich meine, wenn Sie nicht bei der Polizei aushelfen.«

»Meistens arbeite ich in der Küche.« Als er merkte, dass es sich eher nach Tellerwäscher anhörte, fügte er rasch hinzu: »Ich koche. Hier im Pub.«

»Wow, ein Mann, der kochen kann!«, stieß Anna entzückt aus.

»Sie sollten mal mein Lammkarree probieren«, versuchte Fin, sie zu beeindrucken, »oder mögen Sie lieber Fisch?«

»Ich liebe Fisch.«

»Dann müssen Sie unbedingt mal zum Essen vorbeikommen.«

»Gerne.«

8. Christine

»Schön, dass du mitkommst. Aber woher diese plötzliche Kehrtwendung?«

Fin hatte diese Frage befürchtet. Und trotzdem keine Antwort parat. Ihm war klar, dass sein Sinneswandel was mit Anna Bradley zu tun hatte, aber ein Gefühl riet ihm, ihr Auftauchen in Foley Caitlin gegenüber lieber nicht zu erwähnen.

Natürlich hatte er sich geschmeichelt gefühlt, dass Anna seine Mitarbeit zu schätzen wusste. In Dublin hatte es nur wenige Kollegen gegeben, die so dachten.

»Es lässt mir halt keine Ruhe«, versuchte er zu überzeugen und probierte es mit einem Standardsatz, »du weißt ja, einmal Polizist, immer Polizist.«

Am Morgen hatte Fin in Letterkenny angerufen und sich nach Neuigkeiten erkundigt. Caitlin war gerade auf dem Weg nach Lifford, um die Familie von Gordon Laverty zu besuchen, und hatte ihn kurzerhand abgeholt.

»Andererseits ..., du hättest ja auch Sergeant Bradley mitnehmen können.«

Caitlin antwortete nicht sofort.

Der Gedanke, dass sie Anna nach Foley geschickt haben könnte, nagte noch immer an Fin.

»Anna ist in Dublin. Sie wollte übers Wochenende ihre Eltern besuchen.« Caitlin überholte einen Viehtransporter, der ein unüberschaubares Knäuel aus Schafen geladen hatte. »Bei der Gelegenheit will sie bei den Dubliner Kollegen vorbeischauen.

Einer der Fab Four, Terrence Taylor, ist nämlich vor vier Monaten bei einem Brand in seiner Autowerkstatt ums Leben gekommen.«

»Ein Brand?«

Caitlin nickte. »Es war möglicherweise Brandstiftung, aber bisher konnte kein Täter ermittelt werden«, erzählte sie. »Dublin ist Annas altes Revier. Was liegt näher, als sich die Sache unter neuen Aspekten noch mal anzuschauen. Vielleicht sind ihre Ex-Kollegen froh über ein wenig Unterstützung.«

Fin wünschte ihr, dass sie nettere Ex-Kollegen hatte als er. Wenn allerdings einer von ihnen für die unglückliche Liebesaffäre verantwortlich war, würde es womöglich kein schönes Wiedersehen werden.

»Sie ist gut, nicht wahr?«

»Wer?«

»Anna Bradley.«

»Ja. Sie hat verdammt gute Zeugnisse mitgebracht«, antwortete sie knapp. Sie schien zu zögern. »Würdest du lieber mit ihr hier sitzen?«

Fin sah sie überrascht von der Seite an. »Wie kommst du darauf?«

Sie konnte sich ein kleines boshaftes Grinsen nicht verkneifen.

»Quatsch.« Er fühlte sich ertappt. »Ist Raymonds Schwester da gewesen?«, versuchte er abzulenken.

»Ja. Eve Richards.«

»Hat sie irgendwas erzählt?«

»Verschlossen wie ’ne Auster.«

»Hätte mich auch gewundert.«

»Ist verheiratet und lebt in Belfast. Kennt weder Laverty noch sonst einen von seinen Kumpels. Hatte kaum Kontakt zu ihrem Bruder, sagt sie. Angeblich hat sie ihn seit einem Jahr nicht gesehen.«

Wer's glaubt, wird selig, dachte Fin. Diese Familie klebte zusammen wie Kaugummi an einer Schuhsohle. »Haben deine Kollegen aus dem Norden was rausgefunden?«

»Dein Cousin scheint ausgesprochen beliebt gewesen zu sein. Egal, wen man fragt, ob Familie, Nachbarn oder seine Angestellten in der Gärtnerei, alle erzählen nur, was für ein netter Kerl und toller Chef er gewesen ist«, berichtete Caitlin, »eine erste Überprüfung seiner Konten und Geschäftsbücher hat nichts Auffälliges ergeben. Keine Spur von krummen Geschäften, keine dubiosen Überweisungen, nichts.«

»Klar, mit dem Verkauf von Blumenerde und Topfpflanzen lässt sich heutzutage sicher ein Vermögen machen«, kommentierte Fin ironisch.

»Seine Auftragsbücher sind voll.«

Sie näherten sich der Grenze zu Nordirland. Der Osten Donegals war lieblicher als die zerrissene Küstenregion im Westen, die sich ständig unter den Winden des Atlantiks ducken musste. Die Wiesen waren grün, das Vieh weidete friedlich. Wären die kahlen Bäume nicht gewesen, es hätte jede andere Jahreszeit sein können.

»Und Taylor hatte eine Autowerkstatt?«

»Er hatte die Generalvertretung für irgendeine LKW-Marke für das gesamte County Wicklow.«

»Laverty machte in Landmaschinen, Raymond in Grünzeug, Taylor in Nutzfahrzeuge. Da hat niemand schräg geguckt, wenn die drei mal zusammen ein Bier getrunken haben«, sinnierte Fin, »oder was anderes zusammen ausgeheckt haben.«

»Ich frage mich, was die Jungs nach ihrem Karriereende als Fab Four gemacht haben«, dachte Caitlin laut nach, »kann mir nicht vorstellen, dass sie über Nacht brave Bürger geworden sind.«

»Vielleicht haben sie ein neues Engagement gefunden«, vermutete Fin, »oder glaubst du, dass dieser Anderson trotz allem noch seine Finger im Spiel hat?«

»Wenn er seine Handlanger vor acht Jahren gefeuert hat, warum jetzt nach so langer Zeit die endgültige Kündigung?«

»Vielleicht haben ja die Neuen ihre Finger im Spiel.«

»Du meinst Billys Russenmafia?«

»Warum nicht?«

»Wir brauchen mehr Einzelheiten zu den Tatumständen. Taylor ist bei einem Brand ums Leben gekommen, die anderen beiden durch ein paar Kugeln. Noch ist nicht raus, ob wir einen oder mehrere Täter suchen«, erklärte Caitlin, »ich hab' den Bericht der Kollegen aus Lifford angefordert. Wenn wir dieselbe Tatwaffe wie bei Raymond hätten, wären wir einen Riesenschritt weiter.«

»Was weiß man über die Nummer vier, diesen Craig?«, wollte Fin wissen. »Lass mich raten, er verkauft Saatgut oder Düngemittel.«

»Nein, das gerade nicht«, antwortete sie, »das einzige, was wir von ihm haben, ist eine Adresse in Portstewart.«

»Und?« Fin ahnte, dass die Polizei bereits an seine Haustür geklopft hatte. Vermutlich ohne Erfolg.

»Bis vor acht Jahren hatte er dort einen Handyladen. Seitdem ist er wie vom Erdboden verschluckt.«

»Das klingt nicht gut.«

Riverside Court hörte sich besser an als es aussah. Ein paar Straßenzüge, ein paar bescheidene Einfamilienhäuschen, zwei oder drei Haustypen, zu mehr hatte die Phantasie des Architekten nicht gereicht. Das ehemals freundliche Gelb der Fassaden war im Lauf der Zeit zu einem schmuddeligen Graubraun verwaschen. In den winzigen Gärten hing auch jetzt im Winter die Wäsche zum Trocknen.

Der River Foyle, der die beiden Städtchen Lifford und Strabane trennte und gleichzeitig die Grenze zwischen Irland und Nordirland bildete, plätscherte irgendwo in der Ferne.

Caitlin umrundete einen kleinen Sportplatz und suchte nach

der Adresse. In den meisten Fenstern der Siedlung hatte sich Weihnachtsdekoration breitgemacht, Haustüren waren mit Schleifen und Stechpalmenzweigen verziert. Das Haus mit der Nummer 15 erschien schmucklos und dunkel.

Eine junge Frau Anfang zwanzig öffnete ihnen die Tür. Die langen weißblonden Haare verliehen ihr ein blasses, fast elfenhaftes Aussehen.

Caitlin stellte sich und Fin vor. »Christine Laverty? Wir hatten telefoniert.«

»Kommen Sie herein.« Ihre Stimme war so dünn wie ihre Figur.

Im Haus war es eng und düster. Durchs Treppenhaus wummerte laute Rockmusik aus der oberen Etage.

Christine führte sie ins Wohnzimmer. Der süße, intensive Duft eines Raumerfrischers schlug ihnen entgegen. Fin wusste, dass er spätestens in zehn Minuten Kopfschmerzen haben würde.

Eine überdimensionierte Couchgarnitur beherrschte den Raum, mittendrin eine kleine, schmale Frau, das graue Gesicht teilnahmslos dem Fenster zugewandt, auch wenn es nichts zu sehen gab außer kahlen Sträuchern und einer leeren Straße. Sie reagierte überhaupt nicht, als sie eintraten. Nur die kleine weiße Promenadenmischung, die auf ihrem Schoß lag, hob kurz den Kopf und wedelte mit dem Schwanz, verließ ihren Platz aber nicht.

»Meine Mutter.«

Fin und Caitlin nickten ihr zu, aber sie schien sie noch immer nicht wahrzunehmen. Sie hockte reglos da, aufrecht wie eine in Stein gemeißelte Statue, nur ihre Hand bewegte sich kaum merklich, kratzte leise über die Armlehne des Sofas, als müsse sie Fusseln wegfegen, die nur sie sehen konnte.

»Sie … der Tod meines Vaters …« Christine suchte nach den passenden Worten, fand aber keine. »Nehmen Sie doch Platz.«

Sie setzten sich gegenüber der kleinen Frau. Das Mädchen blieb unschlüssig stehen. »Möchten Sie was trinken? Tee vielleicht?«, fragte sie und knetete nervös ihre mageren Finger. Die Rolle als Gastgeberin in diesem Haus schien ungewohnt für sie.

»Danke, das ist nett, aber wir werden Sie nicht lange stören«, erwiderte Caitlin freundlich. »Miss Laverty, würden Sie uns noch mal erzählen, was an dem Abend im November passiert ist?«

»Aber ich habe Ihren Kollegen doch schon alles erzählt.« Christine hatte sich aufs Sofa neben ihre Mutter gesetzt, ganz vorne auf die Kante, sprungbereit, als wolle sie jeden Moment die Flucht ergreifen.

»Miss Laverty, Sie haben etwas Furchtbares erlebt. Kein Mensch kann auch nur erahnen, was es bedeutet, einen geliebten Menschen auf so grausame Weise zu verlieren«, versuchte Caitlin das Mädchen zu beruhigen, »aber manchmal, wenn man etwas Abstand gewonnen hat, fallen einem Dinge ein, die vielleicht bisher nicht wichtig erschienen. Und wir alle wollen, dass der Täter gefunden wird.«

Christine warf ihrer Mutter einen Blick zu, als suchte sie Unterstützung für dieses Gespräch. Als hoffte sie auf eine Reaktion, ein einziges Wort, das ihr signalisierte, dass ihre Mutter bei ihr war und nicht nur als leblose Hülle neben ihr hockte. Aber sie hoffte vergebens.

»Nichts ist mehr so wie es vorher war, von einer Sekunde auf die andere fliegt dir alles um die Ohren«, brach es leise aus ihr heraus, »mein kleiner Bruder verlässt kaum noch sein Zimmer …« Ihre Augen wanderten zur Decke, von wo gedämpft die harten Bässe herabrieselten. »Und meine Mutter …« Sie blickte neben sich zu der stillen Frau, die noch immer ohne Unterlass an der Armlehne herumzupfte. Der Bezug hatte bereits sichtbar gelitten. Christine stand auf und legte beruhigend ihre Hand auf die ihrer Mutter. »Lass das doch, Mom«, bat sie leise.

Das Zupfen hörte auf.

Es dauerte einen Augenblick, bis sie die Hand wieder wegnahm und zu ihrem Platz zurückkehrte.

»Mein Vater war ein herzensguter Mensch. Er konnte keiner Fliege etwas zuleide tun.« Sie hatte ihre Hände zwischen die Knie geklemmt, als könne sie so verhindern, dass sie unkontrolliert zitterten. »Wer um alles in der Welt tut so was?«

Offenbar hatten die Kollegen die Familie noch nicht mit dem Verdacht konfrontiert, dass der Vater möglicherweise ein Doppelleben geführt hatte. Sie würde es noch früh genug erfahren.

Caitlin ließ dem Mädchen Zeit. Und Fin hütete sich, sich einzumischen. Er fügte sich in seine Rolle als stiller Beobachter.

»Sie waren dabei an dem Abend, als es passierte.« Caitlin kehrte behutsam zu ihrer Ausgangsfrage zurück.

Christine nickte langsam. »Es war an Allerheiligen. Wir waren in der Kirche. Großmutter ist zum Abendessen geblieben …« Ihre Worte gerieten ins Stocken. Caitlin sah sie aufmunternd an. »Danach ist mein Vater noch mit dem Hund raus.«

Das leise Kratzen setzte wieder ein. Christine versuchte, es zu ignorieren.

»Plötzlich hat es draußen geknallt. Wir dachten erst an ein Feuerwerk. Oder Jungs, die Knallfrösche warfen … Ein verspäteter Halloweenscherz. Wir sind rausgegangen.« Sie schluckte hörbar, kämpfte die aufsteigenden Tränen nieder. Sie wollte sich keine Blöße geben. Aber die Erinnerung an das Erlebte war stärker. »Er lag da … keine zwei Schritte von der Haustür … überall war Blut.«

Sie verstummte. Nur das leise Kratzen der Fingernägel war zu hören.

»War Ihr Vater immer derjenige, der mit dem Hund rausging?«, warf Fin dazwischen.

Sie nickte.

»Immer um die gleiche Zeit?«

»Eigentlich schon. Bessy ist halt ein Gewohnheitstier.«

Vielleicht war genau diese Gewohnheit Gordon Laverty zum Verhängnis geworden, dachte Fin.

»Haben Sie da draußen jemanden gesehen?«, fragte Caitlin.

Christine schniefte. »Nein.«

»Ist Ihnen sonst etwas aufgefallen? Haben Sie etwas gehört? Schritte? Ein Auto, das weggefahren ist?«

»Nein.«

»Ist Ihnen vielleicht früher am Tag etwas aufgefallen? Haben Sie jemanden gesehen, einen Fremden? Oder ein unbekanntes Auto, das auffallend langsam durch die Siedlung gefahren ist?«

»Nein.« Sie fuhr sich mit dem Pulloverärmel durchs Gesicht und wischte eine Träne weg. »Da war nur dieses Heulen.«

»Heulen?« Fin und Caitlin sahen sich an. »Was für ein Heulen?«

»Ach, eigentlich war es nichts«, tat sie es ab.

»Nein, erzählen Sie.«

»Ich weiß auch nicht. Ein Heulen halt.«

»Ein Tier?«

»Nein.« Sie schüttelte wie in Zeitlupe den Kopf. »Nein, das war nicht von dieser Welt.«

»Haben Sie das meinen Kollegen erzählt? Ich glaube nicht, dass ich davon irgendetwas im Polizeibericht gelesen habe«, forschte Caitlin nach.

»Ich dachte mir, das glaubt mir eh keiner. Ich wusste doch nicht, was es war. Zuerst dachte ich, ich hätte mir das alles bloß eingebildet.«

»Und dann?«

Sie zögerte. »Meine Großmutter hat es auch gehört. Sie sagte …« Plötzlich schien es ihr peinlich zu sein. »Sie sagte, sie hätte eine Banshee gehört … Und dass … dass jemand sterben würde …«

Fin beobachtete Caitlin. Er fragte sich, was ihr gerade durch den Kopf ging. Es gab keine Zufälle im Leben eines Polizisten.

»Können Sie dieses Heulen näher beschreiben?«, fragte sie. »Versuchen Sie sich zu erinnern. War es laut? Oder eher leise? War es ein durchgehender Ton? Ein hoher Ton oder ein tiefer …?«

Christine schloss die Augen, rief sich das Geräusch ins Gedächtnis. »Es war eher ein hoher Ton. Aber kein gleichbleibender Ton. Ein Auf und Ab.« Sie suchte nach einem Vergleich. »Ein bisschen wie ein heulender Wind.«

»Aber es war kein heulender Wind …«

»Nein. Ich hab' so was noch nie zuvor gehört.« Sie rieb ihre Arme als ob sie fröstelte. »Es war einfach nur gruselig …«

»Lange?«

Christine dachte nach. »Eine halbe Minute vielleicht?«

»Und wann haben Sie es gehört? Vor den Schüssen oder erst später?«

»Vorher. Ich war in der Küche und hab' meiner Mutter mit dem Abendbrot geholfen.«

»Wo war das Heulen? Vor dem Haus? Auf der Straße? Im Garten?«

Das Mädchen hob hilflos die Arme. »Es war überall.«

»Und Sie und Ihre Großmutter waren die Einzigen, die es gehört haben?«

»Ich war ja nicht mal sicher, ob ich überhaupt etwas gehört habe.«

»Ihr Vater?«

»Ich weiß es nicht. Gesagt hat er nichts.«

»Ist Ihnen an ihm etwas aufgefallen an diesem Abend? War er anders als sonst?«

»Nein, es war alles wie immer.«

Das Kratzen hörte plötzlich auf. Die Mutter scheuchte den Hund von ihrem Schoß, stand auf und glättete ihren Rock.

»Ich geh Abendbrot machen. Dein Vater kommt bestimmt gleich. Er wird pünktlich essen wollen.« Sie verschwand durch eine Tür. Sekunden später hörte man aus der Küche Geschirr klappern.

Christine schaute ihre Gäste an. In ihren Augen stand eine Entschuldigung für etwas, was man nicht entschuldigen musste. »Sie hat noch nicht begriffen, dass er nicht mehr nach Hause kommt …«

Caitlin erhob sich, Fin folgte ihr.

»Wenn Sie Hilfe brauchen, Miss Laverty, meine Kollegen in Lifford können Ihnen sicher einen guten Psychologen vermitteln«, bot Caitlin an.

»Danke. Es geht schon. Irgendwie«, seufzte das Mädchen.

Beim Verlassen des Wohnzimmers blieb Fins Blick an einer Kommode hängen. An unzähligen gerahmten Fotos, die Generationen von Lavertys zeigten, von alten Schwarz-Weiß-Fotos bis hin zu den letzten Schnappschüssen aus dem Urlaub.

»Sie kannten Raymond O'Malley?« Er deutete auf ein Foto, das aussah, als sei es im Garten entstanden. Eine fröhliche Runde beim Barbecue. Unter ihnen das mittlerweile vertraute Gesicht seines Cousins.

Christine betrachtete die Aufnahme. »Ja, das war an Dads 50. Geburtstag. Raymond war oft hier. Er hat eine Gärtnerei drüben in Strabane.«

Sie begleitete sie zur Tür.

»Ihr Vater ist bestimmt viel rumgekommen als Vertreter«, hakte Fin nach.

»Ja, er war viel unterwegs. Manchmal sahen wir ihn drei, vier Tage überhaupt nicht.«

»Ganz Irland?«

»Ja.«

Sie verabschiedeten sich.

»Sie kannten sich«, stellte Fin auf dem Weg zum Auto fest.

»Ich kann nicht behaupten, dass mich das jetzt wirklich überrascht«, entgegnete Caitlin, »offenbar hat Billy die Wahrheit gesagt.«

»Auch wenn sie nicht mehr für Anderson gearbeitet haben, haben sie doch all die Jahre Kontakt gehalten.«

»Und ihre Familien haben nichts geahnt.«

Sie stiegen ein.

»Und jetzt läuft da draußen irgendwer rum und schiebt einen nach dem anderen aufs Abstellgleis«, rekapitulierte Fin. »Auch wenn du nicht gerne mit denen im Norden zusammenarbeitest, du solltest diesen Anderson mal unter die Lupe nehmen. Mich würde schon interessieren, was da vor acht Jahren gelaufen ist.«

»Ich bezweifle nach wie vor, dass da ein Profi am Werk war«, warf Caitlin ein und startete den Wagen, »laut Polizeibericht fielen vor Lavertys Haus mindestens acht Schüsse, nur vier haben Laverty getroffen.«

»Das ändert nichts am Ergebnis.«

»Und welcher Killer kündigt sein Vorhaben mit Hilfe von Geistern an?«

»Stimmt, ist vielleicht ’n bisschen altmodisch«, fand Fin, »heutzutage schickt man eher ’ne WhatsApp.«

Sie verließen die Siedlung und fuhren nach Lifford hinein. Ein Kreisverkehr bremste sie aus. Caitlin schaute nach rechts, wo eine Brücke über den Foyle nach Nordirland führte. Fin glaubte, ihre Gedanken lesen zu können. Er wusste, es juckte sie unter den Fingernägeln, jetzt einfach über die Grenze zu fahren. Aber die Vernunft siegte. Sie ordnete sich ein und schlug den Rückweg nach Letterkenny ein.

Irgendwie konnte er sich nur schwer vorstellen, dass seine Verwandten in Derry nicht gewusst hatten, was Ray in Wirklichkeit getrieben hatte, wenn er keine Beete harkte oder Blumenzwiebeln setzte. Das passte einfach nicht zu den Menschen, an die er sich so ungern erinnerte.

Er sah in den Seitenspiegel, sah die Brücke, die hinter ihm langsam kleiner wurde.

Vielleicht hatte Anna ja recht. Vielleicht war es an der Zeit, einen Schlussstrich zu ziehen.

9. Fiona

Graupelschauer gingen über Derry nieder. Die Stadt verschwand unter einer grauen Decke, gewebt aus feinen eisigen Hagelkörnern. Die Wetterprognose für die Weihnachtsfeiertage lautete Sturm. Der Ausläufer eines Hurrikans, der kurz zuvor noch die amerikanische Ostküste heimgesucht hatte und nun mit dem Golfstrom nach Europa zog. Die Stürme hatten zugenommen in den vergangenen Jahren. Besonders im Winter.

Fin kannte die Adresse, auch wenn er Jahre nicht mehr dort gewesen war. Er lenkte den Landrover durch das Viertel, in dem er geboren war und die ersten vier Jahre seines Lebens verbracht hatte. Die Straße und die Häuser wirkten vertraut, weckten Erinnerungen an einen kleinen Jungen, der Angst hatte vor der Dunkelheit. Und an eine Zeit, an die er sich nicht erinnern wollte.

Er hatte seinen Besuch nicht angekündigt. Er wollte Fiona keine Gelegenheit geben, das Messer zu wetzen.

Eigentlich hatte er damit gerechnet, seine Tante am Sonntagnachmittag zu Hause anzutreffen, so kurz nach dem Tod des Sohnes vielleicht umringt von Verwandten und Nachbarinnen, die Trost spendeten. Aber er klingelte vergebens. Fast wollte es ihm wie ein Zeichen erscheinen, doch lieber umzukehren und schleunigst wieder nach Hause zu fahren anstatt dieser bescheuerten Idee von einer möglichen Versöhnung nachzugeben. Aber kneifen wollte er nicht. Nicht so kurz vorm Ziel, nicht hier auf der Türschwelle.

Eine Nachbarin sagte ihm schließlich, wo er Fiona finden konnte. Keine fünf Minuten später parkte er den Wagen vor dem örtlichen Gemeindezentrum.

Der Saal war vollgestopft mit langen Tischen und Stühlen. Frauen waren dabei, Geschirr zu verteilen und Kerzen aufzustellen. Andere hantierten mit Lichterketten, schmückten Wände und Fenster mit bunten Papiergirlanden. Kleine Kinder wuselten zwischen ihnen umher, übertönten mit ihrem Lachen und ihrem Lärm die Weihnachtsmusik, die aus den kümmerlichen Lautsprechern schepperte.

Fin blieb unschlüssig am Eingang stehen. Würde er sie wiedererkennen?

Nein, er konnte sie nicht übersehen. Als Einzige der Frauen trug sie schwarz. Jetzt, nach Raymonds Tod, schien es nur natürlich, aber Fin wusste es besser.

Die Frau hielt inne, als sie ihn entdeckte, zögerte, ob sie sich das Wiedererkennen eingestehen wollte.

»Jetzt wird's ernst. Die Garda schickt ihren besten Mann.«

Sie hatte sich nicht verändert.

Mit entschlossenen Schritten kam sie auf ihn zu. »Was willst du hier? Warum bist du gekommen? Du hast dich all die Jahre nicht um deine Familie gekümmert, warum jetzt?« Sie bombardierte ihn regelrecht, als wollte sie ihn mit ihren Fragen aus dem Saal hinaustreiben.

Fin behauptete seinen Platz. »Eine Nachbarin hat mir gesagt, wo ich dich finde. Ich dachte, nach Raymonds Tod –«

»Eine Weihnachtsfeier für Bedürftige und Obdachlose«, schnitt sie ihm das Wort ab und wies mit dem Kopf hinter sich in den Saal, »so was kann man schließlich schlecht aufschieben, oder? Außerdem … es bringt einen auf andere Gedanken.« Sie verschränkte die Arme vor der Brust. »Also? Was willst du? Dein Beileid bekunden?«

Ihr Blick sagte ihm unmissverständlich, wohin er sich sein Beileid stecken konnte.

»Ich will rausfinden, wer Ray auf dem Gewissen hat.«

»Du hast keine Befugnisse auf dieser Seite der Grenze.«

Sie war nicht ganz auf dem Laufenden, was seine Karriere anging. Umso besser. Fin konnte es nur recht sein. »Können wir irgendwo reden?«

Sie taxierte ihn, reckte ihm trotzig ihr Kinn entgegen, schaute auf ihn herab, so weit ihr das mit einer Körpergröße von einsfünfundsechzig möglich war. Sie hatte sich tatsächlich kaum verändert. Sicher, sie war älter geworden, sie musste jetzt Mitte siebzig sein. Das Haar war grauer geworden, noch immer kurzgeschnitten, so wie sie es seit jeher getragen hatte. Die Falten um ihren Mund waren tiefer als er sie in Erinnerung hatte, ihre Gesichtszüge hart und verkniffen. Das schlichte schwarze Kleid, die schwarze Strickjacke, die flachen schwarzen Schuhe, das alles machte ihr Erscheinungsbild nicht freundlicher. Aber es war nie Fionas Absicht gewesen, freundlich zu erscheinen.

Sie war ein Drache, gewappnet mit einem Panzer aus Misstrauen und Ablehnung.

Sie zog ein Päckchen Zigaretten und ein Feuerzeug aus ihrer Jackentasche. »Lass uns nach draußen gehen«, erwiderte sie gnädig.

Der Hagel hatte aufgehört. In den Pfützen spiegelten sich schwarze Wolken, zwischen denen sich zaghaft die Sonne durchkämpfte.

Sie blieben auf der Treppe vor dem Eingang stehen. Fiona steckte sich eine Zigarette an, atmete tief ein und blies den Rauch in die klare Luft. Sie bot Fin eine an, aber er lehnte dankend ab. »Also? Sind dir noch Fragen eingefallen, die mir deine Kollegen aus Derry noch nicht gestellt haben?«

Er wusste nicht so recht, wie er anfangen sollte. »Eve war

in Letterkenny, um Raymond zu identifizieren.« Sollte er sie fragen, weshalb sie nicht selber gekommen war?

Fiona ließ es unkommentiert und schaute ihn weiter abwartend an.

»Wie geht es Eve? Was macht sie so?«

»Das was sie immer schon gemacht hat. Sich raushalten«, schnappte Fiona, »sie lebt in Belfast. Hat 'nen Klempner geheiratet. Wir sehen uns nicht oft.«

Stimmen und Schritte schallten zu ihnen herüber. Auf dem Pausenhof der benachbarten Schule spielten ein paar Jungen Fußball, die Sporttaschen um das Spielfeld herum verstreut.

»Und Ray? Wann hast du ihn zuletzt gesehen?«

»Vor zwei Wochen.«

»Irgendein besonderer Anlass?«

»Brauchte er nicht. Er hat seine Mutter oft besucht.« Sie rauchte hektisch, schnippte unaufhörlich die Asche in den Wind.

»War er irgendwie anders als –«

»Hör zu, Fin, diese Fragen habe ich deinen Kollegen schon beantwortet«, unterbrach sie ihn ärgerlich, »nein, er war wie immer. Nein, er wurde nicht bedroht. Nein, ich habe keinen Verdacht, wer ihn ermordet hat«, ratterte sie herunter, »und nein, er hatte keine Feinde.«

Letzteres würde Fin nicht unterschreiben, aber er ließ es erstmal so stehen. »Gab es eine Frau in Rays Leben?«

»Eine?« Sie musste plötzlich lachen. »Da gab es viele.«

»Eine besondere vielleicht?«

Fiona schwieg. Fin war sich nicht sicher, ob sie seine Frage nicht beantworten wollte oder ob sie einfach nur nachdachte. »Wir suchen vielleicht eine Mörderin.«

Sie antwortete immer noch nicht. Sie schaute hinüber zu den Jungen, die dem Ball nachjagten, und ihre Gesichtszüge wurden für einen Augenblick weich. Vielleicht sah sie ihren Sohn unter ihnen, damals, als die Welt noch in Ordnung gewesen war. »Ich habe immer gewusst, dass ihm das eines Tages das Genick brechen wird.«

»Was?«

»Seine Weibergeschichten.« Ihre Worte klangen nicht böse, eher wie die einer nachsichtigen Mutter. »Er hat viele Herzen gebrochen. Er sah gut aus, konnte sehr charmant sein.«

»Und wessen Herz hat er als letztes gebrochen?«

»Glaubst du im Ernst, er stellt seiner alten Mutter jedes Mädchen vor, das er abschleppt?«

»Fällt dir irgendein Name ein?«

Sie nahm einen weiteren Zug aus ihrer Zigarette, betrachtete den glimmenden Rest zwischen ihren Fingern, kaum mehr als ein Stummel. Filterlos.

»Kate ... Katherine Oliver.«

»Hier aus Derry?«

Sie nickte. »Nettes Mädchen. Mit ihr war er eine ganze Weile zusammen. Ich dachte schon, die zwei heiraten mal. Aber er konnte einfach keiner treu sein.«

»Hast du 'ne Adresse?«

»Nein, ist schon 'ne Weile her. Es war plötzlich aus zwischen den beiden. Sie ist von einem auf den anderen Tag von der Bildfläche verschwunden, und ich hab' nie wieder von ihr gehört. Danach ...« Sie seufzte. »Irgendwann hab' ich aufgehört, mir ihre Namen zu merken.«

»Kannst du dich noch an Namen seiner Freunde erinnern? Kumpels von früher?«

»Raymond hatte viele Freunde.« Sie blieb vage. »Er war sehr beliebt.«

Fin hatte nicht vor, seinen Cousin von dem Sockel herunterzuholen, auf den seine Mutter ihn gestellt hatte. Aber er würde der Wahrheit nicht näherkommen, wenn er ihn da oben stehen ließ. »Er hatte aber auch Ärger mit der Polizei.«

»Jugendsünden. Ein paar falsche Freunde. Aber das ist lange vorbei.« Sie warf ihre Kippe zu Boden und trat sie aus. Mit Nachdruck. Ein Tritt, als hätte sie ein besonders ekliges Insekt unter der Schuhsohle. »Er war ein guter Junge.«

Auf dem Schulhof nebenan fiel ein Tor. Der Jubel auf der Siegerseite artete umgehend in eine kleine Prügelei aus.

»Barry! Das hab' ich gesehen!«

Fionas schneidende Stimme ließ die Jungen augenblicklich auseinanderfahren. Eingeschüchtert zogen sie die Köpfe ein und setzten ihr Spiel fort, als sei nichts gewesen.

»Vor acht Jahren ist er vom Radar der Polizei verschwunden. Was ist damals passiert?«, wollte Fin wissen.

»Keine Ahnung.«

»Fiona, ich will einen Mörder finden!«, reagierte er ungeduldig.

Sie vergrub ihre Hände in den Jackentaschen. »Er hat mir nicht immer alles erzählt.«

So wie sie nun ihrem Neffen nicht alles erzählte. Oder war sie tatsächlich ahnungslos? Hatte sie all die Jahre ihre Augen vor der Realität verschlossen, weil sie nicht sehen wollte, was nicht sein durfte? Eine Mutter, die sich schützend vor ihren Sohn stellte. Selbst nach seinem Tod.

»Er hatte ein Geschäft in Strabane und in Castlederg.«

»Eine Gärtnerei. Aber das weißt du sicher alles.«

»Trotzdem hat er sich ein Haus in Irland gekauft. Hatte er einen besonderen Grund für den Umzug?«

»Es war nur ein Ferienhaus.«

»Ein verdammt großes Ferienhaus. Er muss ziemlich gut verdient haben mit Buchsbäumen und Blumenzwiebeln.«

»Er hat es billig bekommen.« Sie fingerte eine weitere Zigarette aus der Packung und steckte sie an. Sie würde auf alles eine Antwort haben.

»Das war also okay für dich?«

Sie schaute ihn irritiert an. »Okay? Was meinst du damit?«

Fin hatte nicht vorgehabt, die alten Wunden wieder aufzureißen. Aber ihm war klar, dass bei manchen Wunden ein regelmäßiger Verbandswechsel nicht half. Manchmal brauchte man Nadel und Faden. Auch wenn es weh tat.

»Als mein Vater damals nach Irland gegangen ist, hast du ganz andere Maßstäbe angelegt.«

»Das waren auch andere Zeiten.«

»Das hörte sich bei Großmutters Beerdigung aber nicht so an.«

Fiona hatte seinen Vater am offenen Grab der Mutter als Verräter beschimpft, der sich mit seinem irischen Flittchen aus dem Staub gemacht hatte. Keiner der Anwesenden war eingeschritten, alle hatten sie sich geduckt. Mit Fiona O'Malley wollte sich niemand anlegen.

»Er hat uns im Stich gelassen!«, spuckte sie wütend aus.

»Mir kommen gleich die Tränen.«

»Wir haben es nicht leicht gehabt nach Daniels Tod, das kannst du mir glauben!«, fuhr sie ihn giftig an. »Raymond musste ohne Vater aufwachsen. Sein Onkel hat sich all die Jahre einen Scheißdreck um ihn gekümmert!«

Das sollte es gewesen sein? Der Grund für den jahrelangen Streit? Fin wollte es nicht glauben.

»Du hattest eine Familie, Finbar«, entgegnete sie verbittert, »ich musste mit allem alleine fertig werden …«

»Aber du hattest Großmutter, du hattest zwei Schwestern –«

»Das war nicht dasselbe!«

Fin bemerkte das verräterische Glitzern in ihren Augenwinkeln, ehe sie sich abwandte. Sie würde sich nicht gehen lassen, nicht in seiner Gegenwart.

All die Jahre war Fin überzeugt gewesen, die politischen Verhältnisse seien für den Riss in seiner Familie verantwortlich gewesen. Der Vater war zum Feind übergelaufen. Wir im

Norden, ihr im Süden. Die große Politik projiziert auf eine kleine Familie.

Er hatte es nie aus Fionas Sicht betrachtet. Dazu hatte er gar keine Gelegenheit gehabt. In seiner Familie war nie über die Verwandten im Norden gesprochen worden. Niemanden hatte interessiert, wie es Fiona und den Kindern ergangen war.

Fin hatte sich nie besonders gut mit seinem Vater verstanden, aber er hatte wenigstens einen Vater gehabt. Oder das, was man als eine richtige Familie bezeichnete.

»Wir hatten es auch nicht einfach. Die haben in Dublin nicht gerade auf einen Protestanten aus dem Norden gewartet.« Es war ein halbherziger Versuch der Rechtfertigung.

Fiona zog ein letztes Mal an ihrer Zigarette, bevor sie sie in der nächsten Pfütze versenkte. »Michael hat's immerhin zum Zollinspektor gebracht. Der große Michael O'Malley.« Sie schnaubte verächtlich. »Ich hab' jeden Scheißjob angenommen, um meine Kinder durchzubringen.«

»Das hab' ich nicht gewusst«, musste Fin eingestehen.

»Nach Daniels Tod gab es von der Polizei eine Urkunde für seine tapferen Dienste und eine magere Abfindung.« Sie schaute ihn nicht an, schaute stattdessen hinüber zum Schulhof, wo die Jungen genug hatten und ihre Sachen zusammensuchten. »Im ersten Jahr kamen wir gerade so über die Runden. Danach … manchmal sind die Kinder losgezogen und haben Torf geklaut, damit wir was zum Heizen hatten …«

»Du hast nie etwas gesagt …«

Sie antwortete nicht. So wenig wie sie sich Tränen erlaubte, so wenig hätte sie sich erlaubt, um etwas zu bitten. Dazu war sie zu stolz.

»Michael O'Malley hat sich immer schon für was Besseres gehalten.«

»Ich habe das nie getan«, wehrte sich Fin, »oder Deirdre. Oder Sean.«

»Nein.« Sie sah ihn an. »Ihr vielleicht nicht. Aber das ändert die Sache nicht.«

Die Sonne stand tief und warf lange Schatten. Es war kalt geworden. Fiona zog die Strickjacke enger um ihren Körper. Sie wirkte dünn, eine müde Frau, mit der das Leben es nicht immer gut gemeint hatte.

So sehr sich Fin auch bemühte, er sah keinen Drachen mehr. Höchstens einen, dem das Feuer ausgegangen war. Dessen Schuppenpanzer Risse bekommen hatte. Sie hatte ihren Mann verloren, und niemand war zur Rechenschaft gezogen worden. Jetzt hatte man ihr auch den Sohn genommen. Sollte auch dieser Mörder ungestraft davonkommen? Nein, das hatte selbst eine Frau wie Fiona nicht verdient.

Sie machte es einem wahrhaftig nicht leicht, sie zu mögen. Und sie würden gewiss niemals Freunde werden. Aber vielleicht reichte es ja für ein kleines, persönliches Karfreitagsabkommen.

»Ich glaub', da drinnen warten sie auf dich.«

Sie nickte stumm.

Er ging die Stufen zum Parkplatz hinunter. Drehte sich noch einmal um.

»Fiona?«

Sie hatte die Tür schon in der Hand.

»Frohe Weihnachten.«

Sie zögerte.

»Dir auch, Fin.«

10. Banríon Sneachta

Es war spät geworden, als er nach Foley zurückkehrte. Er hatte einen Zwischenstopp in Letterkenny eingelegt, um Caitlin von seinem Besuch zu unterrichten, aber sie war nicht in ihrem Büro gewesen. Was nicht verwunderlich war, es war immerhin Sonntag, aber Caitlin da Silva war mit ihrer Arbeit verheiratet. Fin kannte sie nicht anders. Ungewöhnlich war allerdings, dass auch ihr Handy ausgeschaltet war.

Die Dorfstraße lag in völliger Finsternis, nur in wenigen Fenstern brannte noch Licht. Fin war kurz versucht, im *Fisherman* reinzuschauen, aber an einem Sonntagabend schaffte Ronan die Arbeit auch alleine.

Er stellte den Landrover neben das Pub und ging weiter in den Hinterhof. Hier lag seit einigen Wochen sein neues Zuhause. Ein kleines Cottage. Ronans ehemaliges Elternhaus. Nachdem er nach dem Tod des Vaters das Pub übernommen hatte und seine Mutter zu ihm und Isobel gezogen war, hatte das kleine Häuschen als Lagerschuppen gedient für Bierfässer, Getränkekisten und ausrangierte Barhocker. Fin war überrascht gewesen, als Ronan ihm das Cottage eines Tages angeboten hatte. Mietfrei gegen ein wenig Hilfe im Pub.

Nur renovieren musste er selber, eine Arbeit, die er gründlich unterschätzt hatte. Neidvoll dachte er an Raymonds Farmhaus, aber von neuen Fenstern oder gar einem neuen Dach war Fin noch meilenweit entfernt.

Im Vergleich war sein Cottage geradezu winzig. Ein zentraler

Raum mit einer Küchenzeile, zwei kleine Kammern, von denen er eine als Schlafzimmer nutzte, und ein Badezimmer mit einer alten Zinkwanne, die so riesig war, dass sie fast den ganzen Platz beanspruchte.

In den vergangenen Monaten hatte er gründlich entrümpelt und nach und nach alles so weit hergerichtet, gestrichen und ein paar gebrauchte Möbel zusammengetragen, dass man es nun fast schon gemütlich nennen konnte. Sein eigenes kleines Reich, nachdem er beinahe ein ganzes Jahr in einem Zimmer über dem Pub gewohnt hatte.

Fin schloss die Tür auf. Im Dunkeln hörte er bereits das leise Schnurren der Katze. Er knipste das Licht an.

In der Mitte des Raums stand ein großer Eichentisch mit bunt zusammengewürfelten Stühlen. Einen davon hatte er mit viel Liebe restauriert. Vom alten Lack befreit, das dunkle Holz aufgearbeitet, die kunstvoll gedrechselte Rückenlehne und den Sitz mit rotem Samt aufgepolstert. »Seinen Thron« nannte er dieses Schmuckstück, auf dem er am liebsten saß, nah am Kamin, an einem kleinen Feuer, die Füße hochgelegt.

Auf eben jenem Stuhl lag die rote Katze und schnurrte.

Nein, das stimmte nicht ganz.

Genau genommen lag sie auf dem Schoß einer Frau, ließ sich die Streicheleinheiten gefallen und hatte nicht den geringsten Blick für ihren Dosenöffner übrig.

Schmale feingliedrige Hände. Dunkelrot lackierte Nägel. Langes glattes rotblondes Haar. Ein makelloser heller Teint. Kein Makeup, das hatten diese Augen nicht nötig. Hellblau. Und kühl wie ein zugefrorener See.

Banríon Sneachta.

Ja, so hätte er sich die Schneekönigin vorgestellt, wäre sie jemals aus den Seiten von Andersens Märchen zu ihm herabgestiegen.

Und wie eine Königin saß sie auf seinem Thron, auch wenn

sie statt einer prunkvollen Robe nur einen schlichten schwarzen Hosenanzug trug. Die Beine elegant übereinandergeschlagen. Stilettos mit mindestens zehn Zentimetern Absatz. Eine atemberaubende Mischung aus Cate Blanchett und Nicole Kidman.

»Wer sind Sie? Wie sind Sie hier reingekommen?«

Standardfragen. Mehr wollte ihm auf Anhieb nicht einfallen. Fragen, auf die er vermutlich keine Antwort erhalten würde.

Korrekt.

»Ich habe eine Einladung für Sie«, sagte eine leise, angenehme Stimme.

Ein gedeckter Tisch kam ihm in den Sinn. Benutztes Geschirr. Halbvolle Gläser. Eine heruntergebrannte Kerze. Garniert mit einer bösen Vorahnung.

»Zu Austern und Champagner?«

Ihre Augen verrieten nicht, was hinter ihnen vorging. Sie stand auf, setzte die Katze auf den Boden, die enttäuscht maunzte, und zupfte sich beiläufig ein paar Katzenhaare von der Hose. »Wir sollten losfahren. Wir sind spät dran.«

»Woher wissen Sie, dass ich mitkomme?«

Mit ihren eisblauen Augen hätte sie eine Schwester von Billy MacGann sein können. »Sie werden mitkommen.«

Was machte sie so sicher? Er sah nirgends eine Waffe, die ihn hätte überreden können. Und er hatte nicht das Gefühl, dass außer ihnen beiden noch jemand im Haus war, auf dessen Hilfe sie zählen konnte, sollte er ihre Pläne durchkreuzen.

»Warum sollte ich?«

Sie kam langsam näher. Blieb direkt vor ihm stehen. Auf ihren hohen Absätzen war sie fast so groß wie er. Sein Körper schien mit einem Mal in eine unerklärliche Starre zu verfallen, das Atmen fiel ihm schwer, sein Mund fühlte sich trocken an. Wie in Zeitlupe beugte sie sich zu ihm hin. Fast erwartete er, dass sie ihm einen scharfen Splitter aus Eis in sein Herz rammte, um wie im Märchen Macht über seine Gefühle zu erlangen. Aber er spürte nur einen warmen Hauch, als ihre Stimme dicht an seinem Ohr vorbeistrich.

»Weil Sie wissen wollen, wer hinter der Einladung steckt, und Sie es nie erfahren werden, wenn Sie jetzt hierbleiben und Ihrer Katze Gesellschaft leisten.«

Diese Frau wusste, wie man einen Mann überzeugte.

Sie ging an ihm vorbei zur Tür, öffnete sie und löschte das Licht. Wortlos wartete sie, bis er sich bequemte, ihr zu folgen.

Im Hinterhof schaute er sich um. Rechnete mit dunklen Gestalten, die aus noch dunkleren Ecken hervorsprangen. Aber nichts dergleichen geschah.

In der Küche des Pubs brannte Licht. Ein Schatten bewegte sich hinter der Gardine. Aber alles blieb still.

Sie war alleine.

Hinter dem Cottage parkte ein schwarzer Van. Das Nummernschild war so verdreckt, dass man es nicht erkennen konnte. Wahrscheinlich steckte Absicht dahinter. Fin merkte sich die Stelle, das Profil der Reifen konnte aufschlussreich sein.

Sie öffnete die hintere Tür.

»Ihr Handy, bitte.« Sie hielt ihm die offene Handfläche hin.

Er konnte nicht anders. Artig fügte er sich. Und stieg ein.

Sie schob die Tür zu. Leise, ohne unnötige Aufmerksamkeit zu erregen. Der Wagen hatte getönte Scheiben. Auch nach vorne zum Fahrer hin. Fin sah nur einen Schatten, als die Frau einstieg. Der Motor sprang an und im selben Moment verriegelte ein Mechanismus die Türen.

Und Fin fragte sich, worauf er sich eingelassen hatte.

Der Van setzte zurück, bog auf die Hauptstraße ein und verließ Foley ohne übermäßige Eile. Nachdem sie das Dorf und die Halbinsel Days Foreland hinter sich hatten, verlor Fin die Orientierung. Anfangs hatte er noch geglaubt, es ginge

Richtung Letterkenny, aber nach ein paar Kreuzungen und kurvigen Landstraßen gab er es auf. Er sah auf die Uhr. Kurz nach zehn.

Es war fast Mitternacht, als der Wagen endlich anhielt. Fin hatte nicht die leiseste Ahnung, wo er sich befand. Wäre seine Fahrerin im Kreis gefahren, er hätte es nicht bemerkt.

Er durfte aussteigen. Raureif knirschte unter seinen Schuhen. Vor ihm ragte die dunkle Fassade eines Hauses in den klaren und ebenso schwarzen Nachthimmel. Ein paar Sterne funkelten, etwa dort, wo das Dach zu Ende sein musste. Ein kubischer Bau, ein moderner kantiger Klotz zwischen hohen Bäumen, die sich leise knarrend im Wind wiegten. Licht schimmerte hinter zwei bodentiefen Fenstern, ein sanftes Leuchten hinter schweren Vorhängen.

Fin lauschte in die Nacht, aber nichts deutete darauf hin, dass eine Stadt oder auch nur eine Straße in der Nähe war.

Ein einsamer Rückzugsort. Für wen auch immer. Er würde es erfahren.

Seine schweigsame Begleiterin brachte ihn zur Tür, die sich umgehend wie von Geisterhand öffnete. Sie wurden erwartet. Ein junger Mann in einem dunklen Anzug begrüßte ihn mit einem Kopfnicken und bedeutete ihm ebenso wortlos, ihm zu folgen, während seine Schneekönigin zurückblieb. Er schob eine breite doppelflügelige Tür auf und ließ Fin eintreten.

Eine lange Zimmerflucht über mehrere Ebenen eröffnete sich ihm. Eine breite Fensterfront bot bei Tageslicht vielleicht einen grandiosen Panoramablick, jetzt reflektierte sie nur das dezente Licht indirekter Lampen und Fin, der sich neugierig umschaute. Helle Holzböden, weiße Möbel mit viel Chrom, alles in allem zu kühl für seinen Geschmack. An den Wänden großformatige moderne Gemälde, deren Schöpfer ihm unbekannt waren, die aber eines Tages sicher teuer gehandelt würden.

In einem alten ehrwürdigen Landsitz hätte man diese

Räumlichkeiten Salon oder Bibliothek genannt. Der einzige Unterschied war die völlige Abwesenheit von Büchern. Aber zweifellos war hier eine Menge Geld in Beton gegossen worden.

»Danke, Gregory.«

Die Stimme kam aus einer Sitzgruppe beim Kamin.

Fins Eskorte zog sich geräuschlos zurück und schloss ebenso leise die Tür hinter sich.

»Einen Whisky, Mr. O'Malley?«

Sein Gastgeber saß in einem hellen Ledersessel vor einem futuristischen Designerkamin aus Glas und Metall, in dem ein einzelnes mächtiges Holzscheit den Flammen zum Opfer fiel. Eine einladende Handbewegung bot Fin den Sessel gegenüber an.

Fin kam zögernd näher.

»Was bevorzugen Sie? Irischen? Schottischen?« Der Mann deutete auf ein gläsernes Kabinett neben seinem Platz, in dem eine unüberschaubare Anzahl von Flaschen auf den geneigten Kenner wartete. »Ich habe einen wunderbaren Caol Ila. Einunddreißig Jahre alt. Sehr zu empfehlen.«

Fin nickte und setzte sich, während sich sein Gastgeber an die Verteilung der Kostbarkeiten machte. Dazu musste er nicht einmal aufstehen, alles stand in bequemer Reichweite.

Fin ahnte längst, wen er vor sich hatte. Die schmale untersetzte Gestalt, die in dem riesigen Sessel fast unterging. Der Gehstock, der an der Seite lehnte.

»Was wollen Sie von mir, Mr. Anderson?«

Es konnte sich nur um Raymond drehen.

Sein Gegenüber reichte ihm ein Glas. Ein Lächeln überflog sein Gesicht. »Sie sind ein aufgeweckter Bursche«, meinte er anerkennend, »ich mag Menschen, die mitdenken.« Er hob sein Glas zu einem stummen Toast und nahm einen kräftigen Schluck.

Fin hielt sich zurück und wartete ab.

Timothy Anderson mochte irgendwo zwischen sechzig und siebzig sein. Sein wettergegerbtes Gesicht hatte tiefe Falten. Vielleicht war er oft draußen. Oder zu oft auf der Sonnenbank.

»Als erstes möchte ich mich bei Ihnen entschuldigen, dass ich Sie zu einer so unchristlichen Zeit hergebeten habe«, setzte er an.

Von Bitten konnte keine Rede sein, dachte Fin, aber er hielt den Mund.

»Leider duldet die Sache keinen Aufschub. Ich werde auch nicht lange drumherumreden, sondern erstmal etwas klarstellen. Sagen Sie Ihren Kollegen von der Polizei –«

»Ich bin kein Polizist«, fiel Fin ihm ins Wort.

»Ich weiß. Aber Sie haben gute Beziehungen zur Polizei und das genügt mir. Dies ist kein offizielles Treffen, das werden Sie sicher verstehen. Und das ist mir auch lieber so.«

Fin lehnte sich zurück und nippte an seinem Whisky. Anderson hatte nicht zu viel versprochen, der Caol Ila war ein Gedicht. Verstohlen spähte er in den Raum. Außer Gregory und seiner Schneekönigin hatte er niemanden gesehen oder gehört, aber das sollte nicht heißen, dass es in diesem Haus nicht von Angestellten wimmelte. Bewaffnet oder unbewaffnet. Diese Zimmerflucht war riesig. Mit vielen Ecken, in die das Licht nicht reichte.

»Mir sind Gerüchte zu Ohren gekommen, ich hätte drei meiner … Angestellten auf dem Gewissen.« Eine Hand, nicht größer als die eines Knaben, fuhr durch seinen eisengrauen Bürstenhaarschnitt. »Ich bringe niemanden um. Ich bin Geschäftsmann.«

»Geschäftsmann.« Fin wurde mutig. »Welche Geschäfte, wenn ich fragen darf?«

»Im- und Export.« Mehr als eine vage Andeutung hatte Fin

nicht erwartet. »Und ich beabsichtige, zu expandieren. Da kann ich mir eine solche Art der Rufschädigung nicht leisten.«

Das Holzscheit knackte im Kamin. Funken stoben.

»Nun, wenn man Sie denn zu Unrecht verdächtigt«, begann Fin, »wer steckt Ihrer Meinung nach denn wohl hinter den Morden?« Er glaubte Andersons Antwort zu kennen.

»Ich habe keine Ahnung, Mr. O'Malley. Aber ich bin sicher, die Polizei wird sich alle Mühe geben, es herauszufinden.«

»Und Sie haben keinen Verdacht?«, half Fin etwas nach. »Vielleicht einen kleinen Tipp? Sie wissen, die Polizei ist immer sehr dankbar für Hinweise aus der Bevölkerung.«

Anderson lächelte. Fin fragte sich, ob die Zähne alle seine eigenen waren.

»Mr. O'Malley, Ihnen wird gewiss zu Ohren gekommen sein, dass in unserem schönen Land seit einiger Zeit Leute ihr Unwesen treiben, die ... sagen wir es mal so ... die sich nicht an die Spielregeln halten«, formulierte er so gewählt wie vorsichtig, »zumeist kommen sie aus Osteuropa. Oder von noch weiter her ...«

Anderson stieß in dasselbe Horn wie Billy MacGann. Keiner wollte die Russen auf seinem Territorium haben. Jeder wollte sie loswerden. Wenn es sein musste, auch mit Hilfe der Polizei. Vorausgesetzt, es gab diese ominöse Russenmafia überhaupt.

»Und was soll ich Ihrer Meinung nach nun tun?« Seine Rolle in diesem Spiel war Fin nach wie vor nicht klar.

»Überzeugen Sie die Polizei von meiner Unschuld.«

»Und dazu dieses ganze Theater?«

Andersons Miene wurde ernst. »Ich möchte, dass Sie wissen, wie wichtig mir diese Angelegenheit ist. Schaffen Sie sie aus der Welt!«

»Wie stellen Sie sich das vor?«

»Das ist Ihr Problem. Nicht meins«, erwiderte Anderson kühl, »finden Sie den Mörder. In Ihrem eigenen Interesse.«

»Sonst?«

Anderson blieb ihm die Antwort schuldig.

Sollte Fin dies als Drohung auffassen? »Ich bin nicht Ihr Laufbursche.«

»Mr. O'Malley, bei mir stehen ganz andere Leute auf der Gehaltsliste.« Seine Hand betätigte einen Knopf, der unauffällig an der Seite seines Sessels angebracht war.

»Was ist vor acht Jahren passiert?«, beeilte sich Fin zu fragen, ehe dieses Gespräch beendet war.

»Vor acht Jahren?«

»Ihre sogenannten Angestellten haben einen Ihrer eigenen Leute getötet. Wohl aus Versehen, sagt man«, frischte Fin seine Erinnerung auf, »man hört auch, dass Sie untröstlich über diesen Verlust waren. Es muss sich um ein sehr geschätztes Mitglied Ihrer ... Firma gehandelt haben.«

»Jeder macht mal Fehler. Aber man muss auch verzeihen können«, entgegnete Anderson großmütig.

Die Tür öffnete sich. Gregory betrat den Raum und wartete auf Anweisungen.

»Mr. O'Malley, es war nett, mit Ihnen zu plaudern, aber ich bin müde«, sagte Anderson mit ausgesuchter Höflichkeit, »und verzeihen Sie bitte, wenn ich Sie nicht zur Tür begleite. Bei diesem kalten Wetter plagt mich die Gicht.«

Fin war entlassen.

Gregory brachte ihn ebenso stumm nach draußen wie er ihn in Empfang genommen hatte.

Nach der Wärme des Kaminfeuers war die Nachtluft eisig. Die Schneekönigin wartete beim Wagen auf ihn.

Fin konnte sich die Frage nicht verkneifen. »Haben Sie Raymond auf dem Gewissen?«

Sie lächelte kühl und öffnete ihm die Wagentür. Sie war wirklich keine Frau für überflüssige Worte.

Er stieg ein.

Die Rückfahrt erschien ihm nicht ganz so lang. Als der Van anhielt und er aussteigen durfte, war er allerdings einigermaßen überrascht, als er sich vor einem Supermarkt in einem Vorort von Letterkenny wiederfand. Bis auf eine grelle Neonreklame war alles dunkel, der Parkplatz verlassen.

Sie gab ihm sein Handy zurück. Sie trug Lederhandschuhe. Es war anzunehmen, dass sie mögliche Spuren sorgfältig abgewischt hatte.

»Ich habe Ihnen die Nummer eines Taxiunternehmens eingespeichert«, informierte sie ihn, »die Adresse, zu der Sie wollen, ist 25, St. Brigid's Terrace.«

Ohne ein weiteres Wort ließ sie ihn stehen, stieg ein und fuhr davon.

Wer, zum Teufel, wohnte in 25, St. Brigid's Terrace? Und warum wollte er dorthin?

Fin sah ihr nach.

Der Gedanke, dass Menschen, die er nicht kannte, mehr über ihn wussten als er selbst, behagte ihm überhaupt nicht.

11. Caitlin

Da Silva stand auf dem Schild am Briefkasten.

Fin wusste natürlich, dass Caitlin in Letterkenny wohnte. Und dass sie alleine lebte. Aber er hatte sie nie zu Hause besucht.

Ein schlichtes graues Häuschen mit einem Vorgarten, der gerade genug Platz bot für zwei Mülltonnen und ein handtuchgroßes Stück Rasen. So wie all die anderen Häuser in der kleinen Seitenstraße, soweit Fin im schwachen Schein der Straßenbeleuchtung sehen konnte.

Unschlüssig stand er vor der Haustür. Er schaute auf seine Uhr. Es war halb drei. Und es fing gerade an zu schneien.

Dann sollte es wohl so sein.

Er drückte auf den Klingelknopf und hoffte, dass Inspector da Silva einen leichten Schlaf hatte.

Danach sah es nicht aus. Er klingelte ein zweites Mal, war sogar kurz versucht, gegen die Tür zu hämmern, aber er verwarf den Gedanken sofort wieder. Bloß keine neugierigen Nachbarn aufschrecken.

Er wollte gerade ein drittes Mal klingeln, als fast im selben Moment über seinem Kopf ein Fenster knirschend aufgeschoben wurde. Er trat einen Schritt zurück ins Licht der Straßenlaterne.

»Fin?«

Er schaute nach oben. Eine Schneeflocke tropfte in sein Auge.

»Weißt du, wie spät es ist?«, zischte der Schatten am Fenster gerade so laut, dass er es hören konnte.

»Weiß ich. Und weißt du, wie scheißkalt es hier draußen ist?«

Er vernahm ein Seufzen. Das Fenster rumpelte wieder nach unten.

Es dauerte eine Weile, ehe Licht aus dem Hausflur nach draußen fiel. Ein Schlüssel drehte sich im Schloss, die Tür wurde aufgerissen.

Fin fiel ihr ins Wort, noch ehe sie den Mund öffnen konnte. »Ich war bei Anderson.«

»Du warst wo?« Im Halbdunkel ließ sich ihr Gesichtsausdruck nur ahnen.

»Darf ich reinkommen?«

Sie schien allen Ernstes einen Moment darüber nachzudenken, ehe sie ihm schließlich die Tür aufhielt. Vielleicht dachte sie, er sei betrunken. Eine Vermutung, die Fin an ihrer Stelle durchaus nachvollziehen konnte.

Die Tür krachte hinter ihm ins Schloss, sie ging voraus durch den Flur in die Küche und knipste Licht an.

»Wieso gehst du zu Anderson?« Es war schwer zu sagen, ob sie sauer war über seinen offensichtlichen Alleingang oder über die Tatsache, mitten in der Nacht aus dem Bett geworfen zu werden. »Erst muss ich dich auf Knien bitten, wenigstens –«

»Ich war nicht ganz freiwillig dort.«

Sie hielt inne, versuchte sich einen Reim auf den Satz zu machen. »Okay …« Sie ahnte, das würde länger dauern. Mit ein paar Handgriffen füllte sie den Wasserkocher, fischte Teebeutel aus einer Schachtel und holte eine Kanne und Tassen aus dem Schrank.

Fin stand im Weg. Er setzte sich schließlich an den Küchentisch und rubbelte ein wenig Wärme in seine klammen Finger. Es war eine kleine Küche für irische Verhältnisse, ausgestattet mit dem Nötigsten und extrem aufgeräumt. Hier lebte jemand, der nicht viel Zeit zu Hause verbrachte. In der Obstschale auf dem Tisch lagen drei schrumpelige Äpfel.

»Hab' versucht, dich anzurufen. Dein Handy war aus.«

»Ich war bei meiner Mutter. Sie rotiert mal wieder. Weihnachtsvorbereitungen.«

Caitlins Mutter hatte nach ihrem kurzen Abenteuer mit dem spanischen Fischer, der sie mit einer Tochter sitzengelassen hatte, nicht lange Trübsal geblasen und sich einen bodenständigen irischen Farmer gesucht, der keinerlei Absichten hegte, die heimatliche Scholle aus welchen Gründen auch immer zu verlassen. Die Verbindung hatte Caitlin fünf Stiefgeschwister beschert und ihrer Mutter als Kopf einer irischen Großfamilie einen fortwährenden blindwütigen Aktionismus, was das Planen von Festen und Familienfeiern betraf.

Sie drehte ihm den Rücken zu und wartete, dass das Wasser kochte. In einem karierten Flanellbademantel, in dem eine vierköpfige Familie bequem Platz gefunden hätte. Unter dem Saum blitzte eine lange Pyjamahose hervor, dazu ein Paar dicke Pantoffeln. Im Gegensatz zu ihrem alltäglichen Auftritt im Polizeirevier schien es Caitlin da Silva in ihrem Schlafzimmer eher warm und gemütlich zu mögen.

Sie goss Tee auf, stellte die Kanne auf den Tisch, zusammen mit Milch und Zucker, und setzte sich endlich. »Also erzähl. Was ist passiert?«

Und Fin erzählte von seiner unheimlichen Begegnung der besonderen Art. Von seinem Empfang durch die Schneekönigin und seinem Besuch bei Tim Anderson.

Caitlin hörte aufmerksam zu und unterbrach ihn nur kurz. »Wo liegt diese Villa?«

»Keine Ahnung.« Fin schüttelte bedauernd den Kopf. »Wie gesagt, der Wagen hatte getönte Scheiben und es war stockdunkel. Ich vermute, drüben im Norden. Wir sind 'ne ganze Weile gefahren.«

»Wir haben uns schon immer gefragt, auf welcher Seite der Grenze Anderson seinen Rückzugsort hat. Offiziell ist nur sein

Wohnsitz in Derry bekannt. Seine Geschäftsadresse sozusagen.« Der Tee hatte lange genug gezogen. Caitlin füllte zwei Tassen. Sie war mittlerweile hellwach, ganz im Gegensatz zu Fin. »Wundert mich, dass er sich derart aus der Deckung wagt.«

Fin schaufelte Zucker in seinen Tee, goss Milch nach und schloss seine Hände um die warme Tasse. Er wunderte sich über ganz andere Dinge, vor allem darüber, dass Tiny Tim Anderson ausgerechnet ihn dazu auserkoren hatte, die Probleme eines Gangsterbosses zu lösen.

»Diese Frau«, meinte Caitlin, »könnte sie unsere Mörderin sein?«

Fin zuckte mit den Achseln. »Möglich.« Er erwähnte die Reifenspuren hinter seinem Cottage. Caitlin versprach, gleich am Morgen die Spurensicherung vorbeizuschicken.

»Außerdem war ich bei Fiona.«

Sie sah ihn erstaunt über den Rand ihrer Tasse an.

Er berichtete in knappen Sätzen von ihrer Unterhaltung. Zuerst hatte er überlegt, ob er die familiären Aspekte dieses Treffens lieber unterschlagen sollte, aber Caitlin würde wohl ein besseres Bild von Raymond erhalten, wenn er alles auf den Tisch legte.

»Vielleicht ist Ray deshalb so ein –« Er setzte zwei Anführungszeichen in die Luft »Frauenversteher geworden, weil er ohne Vater aufgewachsen ist. Ständig nur von Mutter, Oma und Tanten umgeben, von morgens bis abends verhätschelt, da soll mal einer nicht zum Macho werden …«

»An dir ist ein Psychologe verlorengegangen.« Caitlin lächelte. »Wenn alles immer so einfach wäre.«

Fin leerte seine Tasse. Der Tee hatte gutgetan. »Und ich dachte all die Jahre, diese Scheißpolitik hätte einen Keil zwischen unsre Familien getrieben.«

»Hat sie ja auch. Irgendwie«, meinte Caitlin, »immerhin war sie der Auslöser für alles.«

»Aber warum hat sie sich nie gemeldet?«

»Vielleicht war sie zu stolz«, vermutete sie, »andererseits, du warst damals noch ein kleiner Junge. Hast du immer alles mitgekriegt, was zwischen den Erwachsenen gelaufen ist? Vielleicht hat sie ja Kontakt gesucht, aber dein Vater wollte es nicht.«

Das hätte Fin seinem Vater durchaus zugetraut. »Trotzdem finde ich, dass Fiona es sich sehr einfach macht. An allem ist mein Vater schuld. Am Ende ist es wahrscheinlich auch seine Schuld, dass Ray auf die schiefe Bahn geraten ist.«

Caitlin hob die Kanne. »Willst du noch eine Tasse?«

Er schüttelte den Kopf.

»Diese Kate Oliver ...«

»Ich weiß nicht, ob sie wichtig ist, aber mehr hab' ich aus Fiona nicht rausbekommen«, schränkte Fin ein, »sie lässt auf ihren Sohn natürlich nix kommen. Zu Lebzeiten ein Engel und jetzt im Himmel wohl erst recht.«

»Ich lass' sie später mal durch den Computer laufen.«

Fin schob seine leere Tasse über den blankpolierten Holztisch. »Anfangs war ich ja überzeugt, da steckt 'ne Weibergeschichte dahinter. Aber nach heute Nacht tippe ich eher auf diesen Anderson.« Er sah Caitlin an. »Was steckt hinter diesem Manöver?«

»Ich glaube, die Kollegen in Derry haben mit ihren Fragen einigen Staub aufgewirbelt und für Unruhe in seinem Revier gesorgt. Und so was kann jemand wie Tiny Tim, der lieber im Verborgenen arbeitet, überhaupt nicht gebrauchen.«

»Aber wir sind hier doch nicht in Dublin«, warf Fin ein, »was ist so interessant an einer Provinzstadt wie Derry? Hier kannst du bestenfalls ein paar Dealer dirigieren oder ein paar Mädchen auf die Straße schicken.«

»Es geht nicht um Derry«, widersprach Caitlin und goss sich einen frischen Tee ein, »ich hab' mich mal ein bisschen schlau gemacht. Das Zauberwort heißt Belfast.«

»Belfast?«

»Belfast ist ’ne andere Liga. Belfast ist das Sprungbrett nach England«, erklärte sie, »in den letzten Monaten gab es einige Unruhe in der Unterwelt. Machtkämpfe. Und die Konkurrenz schläft nicht.«

»Oh nein, nicht schon wieder diese Russland-Connection«, stöhnte Fin. In den letzten Tagen hatte er so viel von den geheimnisvollen Russen gehört, dass er allmählich an ihrer Existenz zweifelte.

»Nein, die Konkurrenz kommt eher aus den eigenen Reihen. Angeblich gibt’s da einen Typen aus Glasgow, der scharf ist auf den Chefsessel.«

»Den offenbar auch Anderson gerne besetzen möchte.«

»Erraten. Und genau deshalb ist er im Moment nicht scharf auf negative Publicity.«

»Sollte ich seine Drohung also ernst nehmen«, fragte Fin, »oder will er nur von sich ablenken, während er Hausputz macht und in seinen Reihen aufräumt?«

Caitlin dachte nach. Sie nippte an ihrem Tee, stellte die Tasse ab und sah Fin an. »Das hast du jetzt nicht von mir. Wir haben ein Konto von Ray gefunden. Auf Jersey. Seit fast acht Jahren gibt es regelmäßige Einzahlungen unbekannter Herkunft.«

»Wenn das mal nicht nach Erpressung klingt.«

»Ich möchte wetten, dass jeder seiner Kumpels genau so ein Konto hatte. Und dass der Goldesel Tiny Tim Anderson heißt.«

»Du musst rausfinden, was vor acht Jahren passiert ist.«

»Ich hab’ die Kollegen von PSNI drauf angesetzt. Sie haben versprochen, alle unaufgeklärten Morde im fraglichen Zeitraum noch mal rauszukramen und auf einen Zusammenhang mit Anderson zu überprüfen. Aber das kann dauern. Da heißt es abwarten.« Etwas, das nicht zu Caitlin da Silvas Stärken gehörte.

»Noch was«, fiel Fin ein, »Anderson sprach von drei Angestellten. Nicht von vier. Es ist also gut möglich, dass der Vierte im Bunde, dieser Craig, noch am Leben ist.«

»Dann sollten wir ihn finden, bevor der Mörder ihn findet.« Sie leerte ihre Tasse, stand auf und trug sie zum Abwasch. Sie ließ sich Zeit mit dem Spülen. »Sorry, dass ich dich da reingezogen habe, Fin, ich hätte es besser wissen müssen.«

»Ach, lass gut sein. Ich werd's überleben.« Er sah auf seine Uhr. »Ich denke, ich mach' mich dann mal wieder –«

»Red keinen Unsinn! Du kannst natürlich hier schlafen«, fiel sie ihm ins Wort, »ich fahr' dich dann nach Foley.«

»Danke.«

Sein Herz tat einen kleinen Hüpfer.

»Das Sofa im Wohnzimmer ist eigentlich ganz bequem.«

Es stolperte und schlug der Länge nach hin.

Aber Fin raffte sich wieder auf. So schnell würde er nicht kapitulieren. Er trug seine Tasse zur Spüle und reichte sie ihr. Ihre Hände berührten sich. Er konnte die Wärme ihres Körpers dicht neben seinem fühlen. Sie wich ihm nicht aus.

Vielleicht hatte sie denselben Gedanken. Er hoffte es. Ein Gedanke, mit dem Fin sich anfreunden konnte. Ein Gedanke, mit dem Caitlin eher zu kämpfen schien. Ein Gedanke, der an ihrer rauen Schale kratzte. Wenigstens für einen Augenblick.

Dann schien sie plötzlich ihr Spiegelbild im Küchenfenster über der Spüle zu entdecken. Eine besonders widerspenstige Strähne in ihrem Haarschopf, der eigentlich immer aussah, als wäre sie gerade aus dem Bett geklettert. Eine rasche Handbewegung brach den Bann, ordnete, wo nichts zu ordnen war.

Sie spülte die Tasse und wandte sich ab. »Ich hol' eben Bettzeug.«

Sie drückte sich an ihm vorbei.

Er betrachtete sein einsames Spiegelbild. Und die vertrocknete Topfpflanze auf der Fensterbank. Er tippte auf Geschenk.

Von wem auch immer. Er fühlte sich in diesem Augenblick genauso. Auf dem Trockenen.

»Wegen deiner Tante …«

Er drehte sich um. Sie hatte die Türklinke in der Hand. »Ich find's toll, dass du über deinen Schatten gesprungen bist.«

Damit war sie verschwunden.

Fin schaute auf die Tür.

Über den eigenen Schatten springen gehörte auch nicht zu Caitlin da Silvas Stärken.

12. Sean

Darren brachte Fin am Morgen nach Foley zurück. Der Chef der Spurensicherung wollte das Reifenprofil persönlich in Augenschein nehmen.

Caitlin hatte ihrem unerwarteten Gast ein bescheidenes Frühstück serviert, ihn zur Garda Station mitgenommen und dann der Einfachheit halber an Darren weitergereicht.

Fin war ratlos, was seine Beziehung zu Caitlin betraf. Wenn er es überhaupt eine Beziehung nennen konnte. Vielleicht eine Beziehung mit angezogener Handbremse. Eigentlich verstanden sie sich gut. Wussten immer irgendwie, was der andere gerade dachte. Konnten über dieselben Dinge lachen. Teilten oft ein und dieselbe Meinung. Aber dann war sie wieder die toughe Polizistin, kühl und rational, die ihre Arbeit über alles andere stellte.

Es sah ihr so gar nicht ähnlich, dass ihr im entscheidenden Moment der Mut fehlte. Hatte er irgendwas falsch verstanden? Warum, zum Teufel, wollte sie ihn dann bei ihren Ermittlungen dabei haben? Brauchte sie wirklich nur jemanden zum Reden? Vielleicht hatte er sich in den vergangenen Monaten nur eingebildet, dass sie etwas für ihn übrig hatte. Sicher, er hatte Geduld, er konnte warten. Aber nicht bis an sein Lebensende.

Und hatte ihm nicht erst neulich jemand geraten, nie was mit einer Kollegin anzufangen?

Darren war zufrieden mit der Reifenspur. In der Nacht war nur wenig Schnee gefallen, so dass er einen guten Abdruck nehmen konnte. »Wie sieht's aus mit Fingerabdrücken drinnen im Cottage?«

»Fühl dich wie zu Hause.«

Darren nahm Abdrücke von der Türklinke und vom Lichtschalter, aber er schien nicht besonders glücklich. »Jede Menge Spuren. Da einen einzelnen Abdruck rauszufiltern dürfte schwierig werden«, meinte er enttäuscht, »und sonst hat sie nichts angefasst?«

»Doch. Die Katze.«

Darren schnitt eine Grimasse, packte seine Ausrüstung zusammen und machte sich auf den Rückweg.

Der leichte Schneefall vom Vormittag war in Regen übergegangen. Der Wind hatte unangenehm aufgefrischt, die Wellen im Hafenbecken spülten Gischt über den Pier und ließen die *Henrietta* heftig schaukeln. Weiter im Süden regnete es schon seit Tagen. Das Bett des Shannon war zum Bersten gefüllt, die Anwohner bereiteten sich auf ein nasses Weihnachtsfest vor.

Fin hatte ein Feuer im Kamin entfacht. Die Katze lag auf seinem Thron und gähnte. Bei diesem Wetter jagte man keinen Hund vor die Tür, erst recht keine Katze. Also tat sie das, was sie nach Schlafen und Fressen am liebsten tat. Ihn anstarren.

Fin hatte sich daran gewöhnt. Er saß am Tisch und brütete über dem Weihnachtsmenu. Isobel wollte rechtzeitig eine Einkaufsliste haben, um dem Chaos kurz vor den Feiertagen zu entgehen. Da bei diesem Wetter mit einem Nachschub an Wachteln wohl eher nicht zu rechnen war, hatte sich Fin für Lammbraten und Beef entschieden. Um den klassischen Weihnachtstruthahn, begleitet von diversen Puddings und Pies, würde er wohl nicht herumkommen, aber vielleicht ließ sich ja an den traditionellen Rezepten noch etwas feilen.

Ein anderer Gedanke drängelte sich in den Vordergrund. Er hatte eine Einladung ausgesprochen. Was sollte er kochen, wenn Anna Bradley die Einladung tatsächlich annahm?

Ob sie schon aus Dublin zurück war? Sie hatte nichts von sich hören lassen. Warum sollte sie sich auch melden? Schließlich war er es gewesen, der sie gefragt hatte.

Vielleicht war es ja besser, mit der Einladung bis ins neue Jahr zu warten. Er hatte so viel anderes am Hals, das erledigt werden musste. Das Weihnachtsmenu war eine Sache, Geschenke besorgen mit Geld, das er nicht besaß, eine andere. Außerdem machten sie ihn nervös, seine vorschnell ausgesprochenen Worte. Wie würde Caitlin reagieren?

Es war ja nicht so, dass sie ein exklusives Anrecht auf seine Kochkünste hatte. Aber er kam sich schon ein wenig wie ein Verräter vor, der hinter ihrem Rücken ihre Mitarbeiterin anbaggerte.

Quatsch, er hatte Anna nicht angebaggert. Sie hatten sich nett unterhalten und er hatte sie zum Essen eingeladen, da war kein Platz für Hintergedanken.

Oder war es doch eine Trotzreaktion, gerade jetzt, wo Caitlin ihn hatte abblitzen lassen?

Was wusste er denn schon von Anna? Eigentlich gar nichts. Außer dass sie adoptiert worden war und gerade eine unglückliche Liebesaffäre hinter sich hatte. Vielleicht hatte sie ja schon längst Ersatz gefunden. Bei einer Frau wie Anna standen die Männer wahrscheinlich Schlange.

In seiner Erinnerung sah Fin einen pickligen zwölfjährigen Jungen, der in Elizabeth verschossen war. Elizabeth Flanagan. Oder Lizzie. Das schönste Mädchen in seiner Schule.

Zwei Klassen über ihm.

Unerreichbar.

Sein Handy klingelte.

Ob Anna Gedanken lesen konnte?

Er schielte auf das Handy, das neben ihm auf dem Tisch lag. Unbekannter Anrufer. Keine Nummer.

Er meldete sich. »O’Malley?«

»Fin?« Eine Männerstimme.
»Wer ist da?«
»Finbar O'Malley?«
»Ja. Wer will das wissen?«
»Ich bin's.«
»Wer?« Fin wurde ungeduldig.
»Sean.«
»Sean? Welcher Sean?«
»Dein Bruder.«

Fin spürte, wie sein Herzschlag für eine Sekunde aussetzte. Für zwei Sekunden. Drei Sekunden. »Sean?« Er schnappte nach Luft. Verschluckte sich. Hustete. »Das ist jetzt ein Scherz«, krächzte er.

»Keineswegs, Finbärchen. Ich bin es wirklich.«

Finbärchen. Es war eigenartig, als Erwachsener nach so vielen Jahren seinen Spitznamen aus Kindertagen zu hören. Nein, kein Zweifel. Es war tatsächlich sein Bruder.

»Was ...« Wie oft hatte Fin sich diesen Augenblick vorgestellt? Und jetzt wusste er nicht, was er sagen sollte. »Woher hast du meine Nummer?«

»Von Susan.«

»Du kennst Susan?« Fin war fassungslos.

Ein verhaltenes Lachen am anderen Ende der Leitung. »Ich hab' dich immer im Auge behalten, Brüderchen, auch wenn du es nicht gemerkt hast. Außerdem kann ich mich gut an Susan erinnern, du hast mit ihr schon rumgeknutscht, da wart ihr beide fünfzehn.«

»Und du hast sie einfach angerufen und gesagt ›Hallo, hier ist Sean. Kannst du mir bitte die Nummer von meinem Bruder geben, den ich seit dreißig Jahre nicht gesehen habe‹?« Fin wollte es immer noch nicht glauben.

»Nicht ganz. Ich hab' ihr erzählt, ich sei ein ehemaliger Schulkamerad, der nach Amerika ausgewandert ist und nun zu Besuch in der alten Heimat ist und alte Freunde wiedertreffen will«, erklärte Sean und fügte etwas gedämpft hinzu, »dass ihr zwei nicht mehr zusammen seid, wusste ich allerdings nicht. Sorry.«

Sean.

Sein großer Bruder.

Fin konnte sich noch genau daran erinnern, wann er ihn zum letzten Mal gesehen hatte.

Mitte der Achtzigerjahre. Er war damals gerade mit der Schule fertig geworden. Sean hatte schon mit einem Studium begonnen. Was war es noch gleich? Sozialpädagogik. Und Englisch. Er hatte Lehrer werden wollen.

Sean, der Ältere, war der Liebling des Vaters gewesen. Zwar hatte sich Michael O'Malley stets bemüht, beide Söhne gleich zu behandeln, aber Fin hatte immer gespürt, dass er Sean bevorzugte. Sean, dem alles in den Schoß zu fallen schien. Sean, der Schlaukopf. Sean, der Mädchenschwarm. Sean, der Souveräne. Sean, der all das war, was Fin nie sein würde.

Trotzdem hatten sich die beiden Brüder gut verstanden. Kein Blatt hätte zwischen sie gepasst. Immer schon hatte Fin den großen Bruder bewundert, hatte so werden wollen wie er, auch wenn es ihm nie gelungen war.

Seit Sean studierte, hatte sich das Verhältnis zum Vater kaum merklich verändert. Der Alte hätte es lieber gesehen, wenn sein Sohn einen anderen Weg gewählt hätte. Sicher, Lehrer war ein solider, ehrenwerter Beruf, aber insgeheim hatte er sich gewünscht, der Sohn wäre wie er selber zur Polizei gegangen.

Als Student war Sean selten zu Hause. Er habe viel zu lernen, wich er aus, aber in den Augen des Vaters, des immer noch stets misstrauischen Ex-Polizisten, steckten falsche Freunde dahinter.

Schließlich gestand Sean seinem kleinen Bruder, dass er das Studium geschmissen hatte. Er wollte Musiker werden und hatte eine Punkband gegründet, mit der er klammheimlich probte. Der Vater durfte nichts davon wissen, nur Fin war eingeweiht.

An jenem Abend Ende Mai gestand Sean seinen Eltern beim Abendessen, dass er seit zwei Monaten keine Vorlesung mehr besucht hatte, stattdessen Musik machte und mit seiner Band im Sommer auf Tournee gehen wollte. Dazu brauchte er Geld.

Der Vater war wie vom Donner gerührt. Fin hatte ihn noch nie so zornig erlebt. Wortlos stand er vom Tisch auf, ging zu Sean hin und verpasste ihm eine schallende Ohrfeige.

Sean stürmte aus der Küche, die Haustür krachte ins Schloss. Die Mutter brach in Tränen aus. Sie räumte den Tisch ab, es hatte Würstchen gegeben. Und draußen hatte es geregnet. Fin konnte sich an jede Einzelheit erinnern. Wie an einen Film, den er schon tausendmal gesehen hatte.

Spät in der Nacht war Sean zurückgekommen. Hatte eine Sporttasche gepackt. Nicht viel. Das, was er in seinen Augen am nötigsten brauchte. »Ich halt das nicht mehr aus, ich hau ab«, hatte er zu Fin gesagt, »mach's gut, Finbärchen. Ich lass von mir hören.« Mit diesen Worten war er verschwunden.

Fin hatte immer auf eine Nachricht gewartet. Hatte sich in seinen kühnsten Träumen ausgemalt, wie sein großer Bruder mit seiner Band Erfolg haben und im Fernsehen auftreten würde. Wie er es allen zeigen würde.

Aber Sean war stumm geblieben.

Fin hatte sich im Nachhinein oft gefragt, ob der Vater Nachforschungen angestellt hatte, insgeheim, ohne die Familie einzuweihen. Wenn ja, dann hatte er es für sich behalten.

Michael O'Malley war nicht nur streng, er war auch ein Meister im Verdrängen gewesen. Er löste Probleme, indem er sie totschwieg. Er hatte ein einfaches Motto: Worüber man nicht redete, das existierte nicht.

Und so wie die Verwandten in Nordirland, so existierte auch Sean fortan nicht mehr.

Die Monate nach Seans Verschwinden waren keine friedliche Zeit. Deirdre, im bockigen Teenageralter, wollte sich mit dem Verlust des Bruders nicht so einfach abfinden. Sie provozierte den Vater oft, wenn sie Sean wieder und wieder ins Gespräch brachte. Streit war an der Tagesordnung. Fin, der um Ausgleich bemüht war, versuchte sich als Friedensstifter. Er ging sogar so weit, dass er Polizist werden wollte. Der Beruf, den Michael O'Malley sich für seinen Ältesten gewünscht hatte, der ihn so enttäuscht hatte. Fin traute er nicht allzu viel zu, doch mit den Jahren wurde das Verhältnis besser. Fin gründete eine Familie und machte seine Eltern zu Großeltern. Aber die ersehnte Anerkennung und die Liebe, die trotz allem immer Sean gegolten hatte, blieb Fin versagt. Egal, was er anstellte.

Natürlich hatte er seine Möglichkeiten als Polizist genutzt, hatte Verbindungen spielen lassen, um etwas über das Schicksal seines Bruders herauszufinden. Das Einzige, was er in Erfahrung gebracht hatte, war, dass Seans Name auf der Passagierliste für die Nachtfähre von Dublin nach Wales gestanden hatte. Von dort hatte er den Bus nach London bestiegen. Dann verlor sich seine Spur.

Fin hatte in den folgenden Jahren oft genug mit Vermisstenfällen zu tun gehabt, er wusste, dass viele Menschen nicht gefunden wurden, weil sie einfach nicht gefunden werden wollten. Und jedes Jahr, das verstrich, ohne Nachricht von Sean, machte ihm mehr und mehr klar, dass Sean zu diesen Menschen gehörte. Er hatte einen Schlussstrich unter seine Familie gezogen. Fins Bemühungen, ihn zu finden, ließen merklich nach. Er schwankte zwischen Zorn und schlechtem Gewissen. Der Zorn, im Stich gelassen worden zu sein, und das Schuldgefühl, nicht genug dagegen getan zu haben. Sein schlechtes Gewissen brachte ihn schließlich zu einem Punkt, an dem er sich dabei ertappte, froh darüber zu sein, den Rivalen um die Gunst des Vaters endlich los zu sein. Am Ende war er sich nicht einmal mehr sicher, wie er reagiert hätte, wenn man ihm die Nachricht von Seans Tod überbracht hätte.

Der Vater dagegen war unerschütterlich. Bis zuletzt hatte er gehofft, der verlorene Sohn würde zurückkommen, dessen war Fin sich sicher, auch wenn er es nie ausgesprochen hatte.

Nun war er zurückgekehrt.

Zu spät.

»Du weißt, dass Vater tot ist?«

»Ja. Ich war sogar auf der Beerdigung.«

»Du warst was?«

»Ich hab' mich ferngehalten von der ganzen Zeremonie, keiner von euch hat mich bemerkt«, sagte er, »ich wollte nur sichergehen, dass der Alte auch wirklich unter der Erde ist.«

So zynisch hatte er Sean gar nicht in Erinnerung. Dreißig Jahre waren eine lange Zeit. Eine Zeit, die viel mit einem Menschen anstellen konnte. »Warum hast du dich nie gemeldet?«

Sean antwortete nicht sofort. Dann hörte er einen tiefen Seufzer. »Ach, Fin ...«

Dreißig Jahre, in denen sich so viele Fragen angehäuft hatten, dass Fin gar nicht wusste, wo er anfangen sollte. »Wo hast du all die Jahre gesteckt? Was hast du gemacht?«

Wieder kam die Antwort nicht sofort. Sean schien einen Gedanken hin und her zu wälzen. Vielleicht den wahren Grund seines Anrufs. »Sag mal, willst du mich nicht einfach besuchen kommen?«

»Wo wohnst du?«

»In Spanien.«

»Spanien!«

»Andalusien. San Ciriaco. Ein kleines Dorf direkt am Meer.«

San Ciriaco. Das klang nach Sonne, weißem Sand und Palmen. Die Versuchung war groß. Und sie hatte einen Preis. »Weißt du, Sean, das klingt alles ganz toll, aber –«

»Ich bezahl' dir den Flug«, kam Sean ihm zuvor.

»Okay.« Das war ein Argument, dem sich Fin nicht verschließen konnte. »Wann passt es dir?«

»Hast du nicht Lust, über die Weihnachtsfeiertage zu kommen? Wenn ich mich richtig erinnere, sind die irischen Winter ziemlich beschissen.«

Fin schaute zum Fenster, wo gerade ein Hagelschauer gegen die Scheibe prasselte.

Spanien.

Warum eigentlich nicht?

»Gut.«

»Du müsstest nur unterwegs was für mich erledigen.«

13. London

Fin verlor keine Zeit. Er checkte die Flugverbindungen im Internet und entschied sich für Belfast. Der Flughafen in Nordirland lag näher als Dublin.

Isobel war einigermaßen überrascht, als er ihr eröffnete, dass er noch am selben Tag gedachte, nach Spanien zu fliegen. Er erzählte ihr was von Burn-out, dass er dringend Urlaub brauchte und dieses Last-Minute-Schnäppchen, das er zufällig aufgetan hatte, sei die beste Gelegenheit.

Es tat ihm leid, sie mit all den Weihnachtsvorbereitungen alleine zu lassen. Mit der Zeit hatte sie sich an seine Unterstützung in der Küche gewöhnt. Weshalb er sie aber nicht einweihte, ihr nichts von seinem Bruder erzählte, den er dreißig Jahre nicht gesehen hatte, wusste er nicht. Vielleicht konnte er es selber noch nicht wirklich glauben.

Die Katze war versorgt, eine kleine Reisetasche schnell gepackt, und Ciarán bot sich an, ihn zum Flughafen zu fahren.

Pünktlich am frühen Nachmittag landete die Maschine in Gatwick. Fin nahm den Bus in die Stadt.

London.

»Könntest du bitte in meiner Londoner Wohnung vorbeischauen und etwas mitbringen?«, hatte Sean ihn gebeten.

Sicher. Kein Problem.

Ein Wohnsitz in Spanien, eine Adresse in London. Fin spürte, wie der Neid in ihm hochkroch. Im Vergleich zu ihm hatte es Sean zu was gebracht. Die Entscheidung, dem Elternhaus den Rücken zu kehren, war offenbar richtig gewesen. Aber er fragte sich schon, was sein Bruder all die Jahre getrieben hatte. Eine von vielen Fragen, auf die er in Spanien Antworten finden wollte. Und wenn Sean für alle Unkosten aufkam, dann eben ein Zwischenstopp in London.

In der City stieg er in die U-Bahn. An der Station Finchley Road kletterte er wieder ans Tageslicht. Er war in Hampstead gelandet, im Norden Londons.

Eine dichtbefahrene Hauptstraße, Menschengewimmel auf den Gehwegen. Viele alte Häuser, nur wenige moderne Gebäude. Rote Backsteinfassaden, drei oder vier Stockwerke, im Erdgeschoß ein kleiner Laden. *Popeye Pizza* oder *Beacon Bingo* stand auf bunten phantasievollen Schildern, *Oriental Deli* über einem winzigen Supermarkt. Andere Schilder warben mit fremden Schriftzeichen, für die Menschen auf der Straße ein Stück Heimat. Ein Viertel voller Einwanderer. Inder, Pakistani, Filipinos, Chinesen.

Nach einigem Suchen fand Fin die Adresse. Genau wie Sean es beschrieben hatte. *Your Local Convenience Store* stand über dem Laden, dem Warenangebot im Schaufenster nach zu urteilen war der Inhaber Asiate. Das Haus war in die Jahre gekommen, so wie die Nachbarschaft. Vom Gesims bröckelte der Putz. Im zweiten Stock war eine Wohnung zu verkaufen.

Der Eingang lag neben dem Laden. Fin stieß die angelehnte Tür auf und stand im Treppenhaus vor einer Reihe Briefkästen. Er klappte das Türchen zu *O'Malley* auf, fand eine kleine, an die Rückwand montierte Box mit einem Tastenfeld vor und tippte den Zahlencode ein, den Sean ihm verraten hatte. Die Box öffnete sich und gab einen Schlüssel preis.

Die Wohnung lag im ersten Stock direkt über dem Laden. Ein bescheidenes Domizil. Zwei Zimmer, eine Küchenzeile, ein kleines Bad. Wer allerdings die Londoner Immobilienpreise kannte, für den war es ein Luxusappartment.

Fin stellte seine Reisetasche ab.

Die Einrichtung wirkte puristisch und auf den ersten Blick unpersönlich. Keine Fotos, keine Post, die herumlag, nichts, das Rückschlüsse auf den Bewohner zuließ.

Vielleicht lebte Sean mehr im sonnigen Andalusien als im grauen London, das würde erklären, weshalb die Wohnung nur mit dem Nötigsten ausgestattet war. Er hatte seinen Bruder noch so vieles fragen wollen, aber sie hatten am Telefon nicht mehr lange geredet. Das konnte warten.

Trotzdem war er neugierig und versuchte, sich aus den wenigen Puzzlesteinen ein Bild von dem Menschen zu machen, der sich vor dreißig Jahren aus seinem Leben gestohlen hatte. Es fühlte sich an wie die Besichtigung eines Tatorts.

Ein Regal mit Büchern, eine ganze Reihe DVDs, meistens Klassiker. Eine besondere Vorliebe ließ sich nicht erkennen.

Der Kleiderschrank bot eine solide Grundausstattung. Jeans, Hemden, T-Shirts, Wäsche und Schuhe. Ein grauer Anzug. Was auch immer Sean arbeitete, es sah nicht nach einem Bürojob aus.

In den Schubladen Alltagsgegenstände, wie man sie in jedem Haushalt fand. Briefpapier, Schere, ein kaum benutztes Kartenspiel, Batterien, ein Feuerzeug.

Der Kühlschrank war erwartungsgemäß leer. Ein kleiner Vorrat an haltbaren Fertiggerichten legte die Vermutung nahe, dass Sean nicht viel Aufhebens beim Kochen machte.

Das einzig Auffällige waren die Orchideen. Große und kleine Vertreter dieser exotischen Pflanzen mit ihren weißen, rosa- oder lilafarbenen Blüten bevölkerten die beiden Fensterbänke im Wohnzimmer. Zuerst hatte Fin geglaubt, sie seien künstlich, beim näheren Hinschauen wurde er eines Besseren belehrt.

Vorsichtig schob er einen Topf zur Seite und das Fenster nach oben. Sofort strömte der Lärm der Straße ins Zimmer. Stop-and-go im dichten Berufsverkehr, dazwischen die typischen roten Busse, ein Krankenwagen, der sich mühsam seinen Weg bahnte.

Fast hätte er es überhört, das Geräusch hinter seinem Rücken. Die hölzernen Dielen, die plötzlich knarrten. Schritte.

Er fuhr herum.

Eine junge Frau stand mitten im Zimmer. Sie trug eine weiße Hose und eine lange weiße Bluse, beides weit und bequem geschnitten. Das glänzende schwarze Haar floss über ihre Schultern, umrahmte ein schmales Gesicht mit olivfarbenem Teint. Ein auffälliges Makeup betonte die dunklen Augen, ein Makeup, das bei jeder Europäerin aufgesetzt wirkte, aber aus jeder Inderin eine Scheherazade machte.

Sie taxierte ihn abwartend.

Fin räusperte sich. »Ich dachte, ich hätte die Tür geschlossen.«

Langsam hob sie eine Hand. Am Mittelfinger baumelte ein Schlüsselring. Sie schien noch immer auf eine Erklärung für sein Eindringen zu warten. Als diese nicht kam, ergriff sie schließlich selber das Wort. »Ich habe Schritte gehört. Meinem Vater gehört der Laden im Erdgeschoss. Ich bin Chandra. Und Sie sind?« Ihr Englisch war akzentfrei.

»Fin. Fin O'Malley. Der Bruder von Sean.« Sean hatte das Mädchen mit keiner Silbe erwähnt. »Und Sie sind … Seans …?« Er wusste nicht, wie er es formulieren sollte, ohne ihr möglicherweise zu nahe zu treten.

Sie legte fragend den Kopf zur Seite, dann begriff sie. Sie lächelte und schüttelte den Kopf. »Nein, ich schaue hier nur nach dem Rechten, wenn Sean nicht da ist.«

Fin deutete auf die Orchideen. »Ich nehme nicht an, dass die Sean gehören.«

»Nein, aber er hat mir erlaubt, sie da hinzustellen. Es ist ein idealer Platz. Sie mögen keine pralle Sonne.«

»Dann ist Sean wohl nicht oft in London?«

»Er ist häufig auf Geschäftsreise«, antwortete sie, »er war schon eine ganze Weile nicht mehr in London.«

Fin war die dünne Staubschicht auf den Möbeln nicht entgangen. Den Winter im Süden zu verbringen war keine schlechte Idee. »Wissen Sie, in welcher Art Geschäfte er unterwegs ist?«

Ihre dunklen Augen hielten seiner Frage stand. Trotzdem spürte er, dass sie ihm auswich. »Tut mir leid, das weiß ich nicht«, erwiderte sie, »aber er hat mir Bescheid gegeben, dass Sie kommen.«

Fin fragte sich, wie viel asiatische Höflichkeit in ihren Worten lag. Wie viel davon war Zurückhaltung, wie viel davon Misstrauen?

»Von der Frau hat er allerdings nichts gesagt.«

»Von welcher Frau?«

»Die Frau, die vorgestern hier war. Sie hat nach ihrem Bruder gefragt. Sie sagte, sie sei eine Freundin.«

»Eine Freundin ...? Es tut mir leid, aber ich kenne seine Freunde nicht«, musste Fin widerstrebend eingestehen. Er wusste so gut wie gar nichts von seinem Bruder. »Was wollte sie?«

»Das hat sie nicht gesagt. Als sie erfahren hat, dass er nicht da ist, ist sie wieder gegangen.« Ihre Antwort klang kühl und nüchtern, aber zwischen ihren Worten glaubte Fin herauszulesen, dass ihr diese Frau nicht gefallen hatte. Aus welchem Grund auch immer. Vielleicht war da doch mehr zwischen ihr und seinem großen Bruder als nur ein paar Orchideen.

»Bleiben Sie länger?«

Sean hatte ihm angeboten, in seiner Wohnung zu übernachten, und Fin hatte mit dem Gedanken gespielt, das Angebot anzunehmen, aber er fühlte sich nicht wohl in diesen vier Wänden. Er schüttelte den Kopf. »Nein, ich soll ihm nur etwas mitbringen.«

»Schließen Sie ab, wenn Sie gehen.«

»Mach ich.«

Sie wandte sich ab. Sekunden später fiel die Haustür leise ins Schloss.

Von draußen dröhnte das Rattern eines Ladengitters über das eintönige Rauschen des Straßenverkehrs. Fin schaute hinaus. Allmählich machte sich die Dämmerung bemerkbar. Neonschilder flackerten auf, bunte Girlanden blinkten, im Schaufenster gegenüber leuchtete die rote Nase von Rudolf, dem Rentier. Zumindest in diesem Viertel schien Weihnachten die Kulturen zu vereinen. Auch wenn es nur das Geschäft war.

Fin musste an Anna denken. Sie war als Baby nach Irland gekommen. Sie wusste nichts von ihrer Heimat, sie hatte sich nicht umstellen müssen wie so viele andere, die aus der Ferne gekommen waren und einen Kulturschock erlebt hatten. Aber es war auch für sie gewiss nicht einfach gewesen, sie sah nicht so aus wie die anderen Mädchen in ihrer Schule, und fremdartiges Aussehen allein genügte, dass einem die anderen Kinder das Leben schwer machten.

Er fühlte das Handy in seiner Jackentasche. Er hatte ihre Nummer. Er könnte sie anrufen. Ihr Bescheid geben, dass er die Einladung nicht vergessen hatte. Dass das versprochene Abendessen nur aufgeschoben war.

Aber er tat es nicht.

Vorsichtig schloss er das Fenster und stellte die Orchidee wieder an ihren Platz. Er hatte noch etwas zu erledigen.

Er ging ins Badezimmer, stellte sich vor die Duschkabine und zählte ab. Von der Decke aus vier nach unten, dann zwei nach rechts. Er drückte leicht gegen die Wandfliese, die ihm mit einem leisen Klick entgegenkam.

Ein ungewöhnlicher Ort für einen Wandsafe, aber sicher nicht der schlechteste.

Die Fliese ließ sich wie eine Tür zurückklappen. Wieder eine Tastatur, wieder ein Zahlencode, den Sean ihm verraten hatte.

Und doch wunderte sich Fin über das Vertrauen, das sein Bruder ihm entgegenbrachte. Mehr als die Hälfte ihres Lebens hatten sie einander nicht mehr gesehen. Keiner wusste, wie es dem anderen in diesen Jahren ergangen war. Zu was das Leben ihn gemacht hatte. Und doch war dieses unsichtbare Band, das sie in ihren Kindertagen zusammengeschweißt hatte, nicht gerissen.

Der Wandsafe war klein, der Inhalt übersichtlich. Ein einziger brauner Briefumschlag.

»Ein paar tausend Pfund«, hatte Sean gesagt, »ich hab' immer gern einen Notgroschen im Haus. Ich trau den Banken nicht.«

Fin wog den prall gefüllten Umschlag in der Hand. Eigentlich hatte er nicht hineinschauen wollen, aber die Neugier war stärker.

Es sah nach mehr aus, als tatsächlich drin war. Lauter kleine Scheine, am Ende vielleicht drei- oder viertausend Pfund. Nichts worüber man sich Gedanken machen musste.

Er steckte das Geld ein und verschloss den Wandsafe wieder. Verließ die Wohnung, deponierte den Schlüssel wieder im Briefkasten und machte sich auf den Weg zur U-Bahnstation.

Sein Flieger nach Spanien ging früh am nächsten Morgen. Er hatte sich ein Hotel in der Nähe des Flughafens gesucht. Wenn sein Bruder schon für alles bezahlte, dann durfte er auch ruhig bluten.

Der Umschlag mit dem Geld drückte in der Innentasche seiner Jacke. So ganz wohl fühlte er sich nicht damit. Nein, es war nicht das Geld, es waren die Umstände, die dazu geführt hatten, dass er jetzt hier durch die Straßen Londons lief und ein Bündel Banknoten bei sich trug.

Warum war Sean gerade jetzt aus der Versenkung aufgetaucht? Wenn er nur jemanden brauchte, der ihm das Geld nach Spanien brachte, da hätte es sicher andere Mittel und

Wege gegeben. Schließlich war er dreißig Jahre ohne seinen kleinen Bruder ausgekommen.

Ein merkwürdiges Gefühl beschlich ihn.

Erst Raymond. Dann Fiona. Nun sein Bruder.

Die Vergangenheit warf lange Schatten.

14. Almería

Sean hatte Wort gehalten. Er hatte sich tatsächlich um alles gekümmert, Fin musste sein Ticket nur abholen. Business Class mit *British Airways* nach Almería. Der Flug dauerte viereinhalb Stunden, inklusive Zwischenstopp in Madrid.

Da er nur Handgepäck dabei hatte, musste er nicht auf seinen Koffer warten und konnte gleich ein Taxi in die Stadt nehmen.

Ein einziges Mal in seinem Leben war Fin in Spanien gewesen. Genau genommen auf Mallorca. Damals mit Susan und Lily. Als sie noch eine Familie gewesen waren. Natürlich waren sie in den Schulferien geflogen. Dann, wenn alle verreisten. Der Strand war voll gewesen, das Hotelpersonal gestresst, die Sonne heiß. Lily hatte Freunde gefunden und ihren Spaß daran gehabt, den ganzen Tag am Meer zu verbringen. Alle waren sie braungebrannt zurückgekehrt und konnten sich für eine Weile der neidischen Blicke der Nachbarn gewiss sein. Das war es, was unterm Strich gezählt hatte. Aber sie hatten es nicht wiederholt.

Nun war es Dezember. Und Almería keine Touristenhochburg.

Er wollte sich mit Sean auf dem Alcazabar treffen, einer alten maurischen Festungsanlage, die weithin sichtbar über den Dächern der Stadt thronte. Er hatte noch Zeit und beschloss, das letzte Stück zu Fuß zu gehen. Das Taxi setzte ihn auf einer breiten Geschäftsstraße ab.

»Alcazabar?«, fragte Fin den Fahrer und tippte auf den Stadtplan, den er am Flughafen eingesteckt hatte.

Der Taxifahrer antwortete etwas auf Spanisch und deutete auf eine Gasse, die den Hügel hinaufführte. Bergauf. Das erschien einfach. Ein Ziel, das nicht mal Fin verfehlen konnte.

Aber er hatte nicht mit dem Gewirr an kleinen Gassen gerechnet. Manche gerade breit genug für ein Auto, andere so eng, dass Fin froh war über den Schatten, den die hohen Mauern spendeten.

Die Sonne brannte von einem wolkenlosen Himmel. Fin schätzte, dass es mindestens zwanzig Grad waren. Für einen Spanier nichts Besonderes, für einen Iren dagegen Hochsommer. Die Jacke hatte er längst ausgezogen und über seine Schulter geworfen, die Reisetasche drückte auf die andere. Schon bereute er den Entschluss, zu Fuß zu gehen. Wenigstens hatte er an eine Sonnenbrille gedacht.

Immer steiler ging es den Berg hinauf. Die Gassen schienen enger zu werden, die Mauern höher, so dass er irgendwann die Festung aus den Augen verlor. Die Fenster der Häuser waren vergittert, wirkten abweisend. Auf schmalen Balkonen blühten Blumen. Das Lachen eines Kindes durchbrach die Stille. Die wenigen Menschen, die unterwegs waren, musterten ihn im Vorbeigehen, die Gesichter südländisch, fast dunkel. Eine Frau in einem langen bunten Gewand, einen Schal über dem Haar, verschwand hinter dem Perlenvorhang einer Teestube. Ein Hauch von Maghreb wehte durch die Gassen.

An einer Kreuzung blieb er stehen. Sein Stadtplan war nicht besonders detailiert, und Fin musste sich eingestehen, dass er sich verlaufen hatte.

Zwei Männer saßen im Schatten auf einer Treppe und beobachteten ihn. Sie bemerkten den Stadtplan. Einer lächelte und rief ihm etwas auf Spanisch zu.

Fin hob ratlos die Schultern. »Alcazabar?«

Der Mann zeigte in die Gasse, die nach links führte.

»Gracias.«

Ein paar Ecken und Gassen später stand er endlich unter den hellen sonnenverbrannten Mauern der Festung. Müde und abgekämpft schritt er durch das Eingangstor, passierte ein zweites Tor und fand sich in einer anderen Welt wieder. Eine Gartenanlage mit Palmen und kunstvoll gestutzten, immergrünen Büschen, durchzogen von kleinen Kanälen und Wasserbecken. Oleander säumte die Wege, lange Reihen von Lavendel standen in voller Blüte und verströmten ihren Duft. Ein Springbrunnen plätscherte leise.

Er blieb stehen. Schaute sich um.

Würde er seinen Bruder auf Anhieb erkennen?

»Keine Sorge, ich werde dich finden«, hatte Sean am Telefon gesagt.

Trotzdem war er nervös. Aufgeregt.

Nicht weit von ihm saßen zwei Frauen mit einem Kinderwagen im Schatten und hatten die Köpfe zusammengesteckt. Vor einem mächtigen Turm stand eine kleine Gruppe Touristen, ein Fremdenführer gestikulierte lebhaft, Sprachfetzen wehten herüber, die Fin nicht verstand. Ein älteres Ehepaar flanierte leise plaudernd an ihm vorbei. In einem leeren Pflanzentrog lag eine Katze und döste in der Sonne. Und über allem lag jene heitere südländische Gelassenheit, um die Fin diese Menschen schon immer beneidet hatte. Eine Gelassenheit, von der er sich gerne anstecken lassen wollte. Er trat an die Burgmauer, lehnte sich zwischen die steinernen Zinnen und reckte sein Gesicht der Sonne entgegen. Genoss die Wärme nach der nassen grauen Dunkelheit des irischen Winters.

Ja, hier ließ es sich aushalten.

Eine frische Brise wehte vom Meer herauf und brachte das Zwitschern von Vögeln und den Duft von Zitronen mit sich. Das jedenfalls bildete er sich ein, als er die Augen wieder öffnete und die Plantagen in der Ferne entdeckte. Der Blick ging weit über die Stadt, über verwinkelte Gassen, würfelförmige

Gebäude und flache Dächer bis zum Hafen. Eine Ahnung von Nordafrika.

Eine Fähre legte gerade ab, machte sich auf den Weg übers Mittelmeer. Vielleicht nach Marokko. Nach Agadir. Oder Casablanca. Namen, die das Fernweh weckten.

Fin blinzelte in die klare Luft, fixierte den Horizont. Ob man von hier aus die afrikanische Küste sehen konnte? Er sollte mehr reisen. Seine Tochter mitnehmen. Er hatte kein Geld, aber träumen würde man ja wohl noch dürfen. Träume kosteten nichts.

Er schaute dem Schiff nach, das langsam auf die offene See hinausglitt. Wie einfach wäre es wohl, an Bord zu gehen und alles hinter sich zurückzulassen? Könnte er das überhaupt? Alle Brücken hinter sich abbrechen? So wie sein Bruder es getan hatte?

Mit einem Mal fühlte er sich beobachtet und drehte sich um. Ein Mann stand ein paar Schritte von ihm entfernt. Er schaute in seine Richtung, aber eine dunkle Sonnenbrille verbarg seinen Blick. Groß und hager. Die Haare kurz geschoren, der silberne Schimmer konnte nicht über die lichter werdenden Stellen hinwegtäuschen.

Er erinnerte Fin vage an seinen Bruder. Mehr noch an seinen Vater.

Der Mann setzte die Sonnenbrille ab. Sean hatte die hellgrauen Augen des Vaters, Fin die braunen der Mutter geerbt.

»Hallo Brüderchen.«

Die völlig überflüssige Frage, woran er ihn erkannt hatte, lag ihm auf der Zunge, aber sein Bruder schien Gedanken lesen zu können. »Wir Inselaffen fallen halt überall auf …«

Fin blickte unwillkürlich auf seine nackten Arme, auf die leichte Röte, die sich schon nach kurzer Zeit in der ungewohnten südlichen Sonne eingestellt hatte. »Ich hätte Sonnencreme einstecken sollen.«

Wer dachte auch im Winter schon an Sonnencreme?

»Ja, man sollte die Sonne nicht unterschätzen.«

Jetzt hatten sie sich dreißig Jahre nicht gesehen, und das Erste, worüber sie redeten, war Sonnencreme.

Unschlüssig standen sie einander gegenüber, die Befangenheit wie eine dicke Mauer zwischen ihnen. Mussten sie sich jetzt nicht um den Hals fallen, irgendwie der Freude Ausdruck geben über das Wiedersehen nach so langer Zeit?

Wie oft hatte sich Fin seit dem Telefonat genau diese Situation ausgemalt? Wie viele Fragen hatte er sich während des Flugs zurechtgelegt? Fragen, von denen ihm hier und jetzt keine einzige mehr einfallen wollte. Jeder vernünftige Gedanke schien wie weggeblasen. Er hatte mit vielem gerechnet, aber nicht damit, dass ihn dieser Augenblick so sprachlos machen würde.

Seinem Bruder schien es ähnlich zu ergehen.

Wortlos und doch in stillem Einvernehmen gingen sie ein paar Schritte, suchten den Schatten eines alten Olivenbaumes.

Die Jahre schienen es gut gemeint zu haben mit seinem Bruder. Zwar war er drei Jahre älter als Fin, aber er wirkte jünger. Trotz der grauen Haare. Die Bräune passte zu ihm, ließ sein weißes Hemd sauber und frisch wirken. Die Hitze schien ihm überhaupt nichts auszumachen. Ganz im Gegensatz zu Fin, dem sein T-Shirt unangenehm feucht auf dem Rücken klebte. Ein Dreitagebart, grau gesprenkelt, verlieh Sean jene Lässigkeit, die die meisten Männer cool, Fin hingegen immer wie einen Penner aussehen ließ.

Da war es wieder. Dieses Gefühl, das ihm in seiner Jugend nur allzu vertraut gewesen war. Das Gefühl, klein und unbedeutend zu sein neben seinem großartigen Bruder. Es hatte sich nicht geändert.

Nein, ihr Verhältnis war nicht immer spannungsfrei gewesen.

Manchmal war die Erinnerung wie ein Eisberg. Nur das

Schöne, das Erhabene trieb an der Oberfläche, während das Gefährliche, Düstere im Verborgenen lauerte. Eine dunkle eisige Masse, unsichtbar in der Tiefe.

Die Eifersucht.

Sean räusperte sich. »Wie geht es Mutter?« Eine Frage, aus der Verlegenheit geboren, weil ihm nichts Besseres einfiel.

Für Fin der falsche Einstieg. »Warum fragst du mich das? Wenn dich das wirklich interessiert hätte in all den Jahren, hättest du sie anrufen und selber fragen können.«

Er hatte es nicht sagen wollen. Schon gar nicht in diesem Tonfall. Aber es war zu spät. Die Worte waren raus.

Sean zog hörbar die Luft ein, wandte den Blick ab, ließ ihn über die Gärten mit ihren Kanälen und dem gepflegten Grün schweifen, bis er ihn über dem Meer verlor. Als ob Fin gar nicht da wäre.

Fin fragte sich, wie sein Bruder sich das Wiedersehen vorgestellt hatte. Ein großes Hallo nach dreißig Jahren? Dort anknüpfen, wo sie damals aufgehört hatten? Als ob nichts gewesen wäre?

Er setzte seine Reisetasche auf einer Bank ab und warf sein Jackett darüber. »Warum treffen wir uns hier?«, fragte er. »Du hättest mich ebenso gut vom Flughafen abholen können.«

Sean zuckte mit den Achseln. »Ich dachte, es sei 'ne gute Idee. Neutrales Terrain sozusagen.«

»Neutrales Terrain?« Fin glaubte, sich verhört zu haben. »Du meinst, hier hast du eher eine Hintertür, wenn du doch noch kalte Füße kriegst? Kannst dich davonmachen, wenn du's dir noch mal anders überlegst? Einfach abhauen? So wie damals?«

»Blödsinn!«, wehrte Sean ab und suchte nach Worten, die vielleicht besser passten, »ich wusste halt nicht, ob … ob du noch der bist, der –«

»Sean! Dreißig Jahre!« Fin machte seinem aufwallenden

Ärger Luft. »Natürlich bin ich nicht mehr der Fin, dem du vor dreißig Jahren goodbye gesagt hast! Genau so wie du nicht mehr derselbe bist!«

»Verdammt, es ist auch für mich nicht einfach!«, platzte es aus Sean heraus.

Fin baute sich vor ihm auf, zwang ihn, ihm in die Augen zu sehen. Eine Frage war ihm eingefallen. Eine von vielen Fragen. »Warum jetzt, Sean? Nach all den Jahren, warum jetzt?«

Aber Sean wich ihm aus. »Lass uns gehen. Mein Wagen steht ganz in der Nähe.«

15. San Ciriaco

Der Wagen war ein alter Mercedes Roadster. Ein Klassiker aus den späten Fünfzigern. Silberfarben. Ein paar kleine Schrammen hier und da, eine kaum sichtbare Delle an der Fahrertür, die Sitze schon etwas abgenutzt. Aber dieses Cabrio hatte nicht nur Patina, es hatte auch Stil. Und Fin verspürte eine Ahnung von Sommer, als er sich auf dem Beifahrersitz die laue Luft um die Nase wehen ließ und auf der Küstenstraße gen Süden fuhr.

Sie ließen die Stadt hinter sich zurück, die Vororte, eine zersiedelte Landschaft mit kilometerlangen Gewächshäusern, die die Sonne reflektierten. Eines am anderen, Glas und Foliendächer bis zum Horizont.

»Tomaten«, erwiderte Sean auf Fins fragenden Blick.

Die Gewächshäuser reichten bis an die Straße heran. Moderne Kunststoffzelte oder abenteuerliche Konstruktionen, die den Anschein erweckten, ein Windhauch genüge, um sie zusammenfallen zu lassen. Manche standen offen, im Inneren duckten sich scheue Gestalten ins wuchernde Grün, das bis unters Dach wuchs. Andere hockten in kleinen Gruppen im Schatten einer Baracke und warteten auf ihren Arbeitseinsatz.

Fin tippte auf illegale Einwanderer. Die meisten aus Nordafrika.

Sean überholte einen LKW. Paletten und leere Gemüsekisten klapperten im Fahrtwind. Im Vergleich zu neuen Modellen war der Roadster kein Sportwagen, bei dem ein Antippen des Gaspedals die Tachonadel sofort auf Hundert springen ließ.

»Pass auf!«

Der Gegenverkehr näherte sich bedrohlich.

»Sean!«

Sein Bruder machte keine Anstalten auszuweichen. Behielt die Geschwindigkeit bei und den Wagen in der Spur.

»Verdammt noch mal! Den schaffst du nicht!« Fin hielt sich instinktiv fest.

Sean gab noch ein wenig mehr Gas und zog den Mercedes nach rechts. Knapp vor dem entgegenkommenden Lieferwagen. Knapp vor die Stoßstange des Lastwagens, der seinem Unmut durch lautes Hupen Luft machte.

Fin stieß den angehaltenen Atem aus. »Du hängst wohl nicht sehr an deinem Leben, oder?«

Sean lachte. »Du etwa?«

Die Straße führte von der Küste ins Landesinnere. Ein großes Schild flog vorbei. *Parco Naturale.* Zwei Worte, die sogar Fin verstand. Bis hierher erstreckten sich die Gewächshäuser, hinter dem Schild hatte jemand gnädig die Notbremse gezogen und die Natur weitgehend sich selbst überlassen. Die Landschaft war grün, aber es war ein anderes Grün, als Fin es aus Irland kannte. Nicht so üppig. Stattdessen dorniges Gestrüpp, dazwischen mannshohe Agaven, dicke fleischige Kakteen, die an kargen Hügeln klebten. Dahinter erhob sich ein kleines Gebirge, schroffe dunkle Felsen, die sich beiderseits der Straße in den Himmel türmten. Kaum ein Auto begegnete ihnen. Das Land schien menschenleer. Wo der Platz reichte, ein kleines Gehöft. Ein paar Olivenbäume, ein paar Ziegen. Zu wenig, um eine Familie zu ernähren.

Die Straße kletterte auf einen Pass und gab den Blick frei auf eine malerische Bucht. Zwischen schwarzen Felswänden ein sichelförmiger Bogen Strand. Ein geschützter Hafen. Weiße

Häuser, die sich dicht aneinandergedrängt an den Hang klammerten. Dahinter die Weite der tiefblauen See unter einem nicht weniger blauen Himmel.

San Ciriaco.

Seans Haus lag oberhalb des Dorfes. Eine hübsche weiße Villa über zwei Ebenen in traumhafter Hanglage.

Er ließ den Mercedes offen in der Einfahrt stehen. Der Ire in Fin meldete sich zu Wort. »Ich nehme an, hier regnet es nicht oft?«

Sein Bruder dachte einen Augenblick nach. »Ich glaub', das letzte Mal Anfang Dezember. Für 'ne halbe Stunde.«

Ein Verdeck brauchte hier niemand. Hier schien immer die Sonne.

Fin fragte sich, was er in seinem bisherigen Leben falsch gemacht hatte.

Sean zeigte ihm das Gästezimmer und machte sich daran, ein paar Kleinigkeiten für ein Abendessen zu richten.

Das Haus war nicht sehr groß, zwei Schlafräume auf der unteren Ebene, oben die Küche und ein geräumiger heller Wohnbereich, an den sich eine Dachterrasse anschloss.

Die Sonne war mittlerweile untergegangen, ein letzter warmer Schimmer überzog die Felswände auf der anderen Seite der Bucht. Von hier oben hörte man das Meer leise rauschen. In den Kneipen am Hafen gingen nacheinander die Lichter an, die laue Luft trug Stimmen und Lachen zu ihnen herauf.

Fin stand auf der Terrasse und zupfte gedankenverloren ein paar welke Blätter aus einer üppig blühenden Bougainvillea. Dachte an sein Zuhause in Irland. An seine Handtücher, die nie wirklich trocken wurden. An die Schimmelflecken, die aus den Mauerecken krochen. An kleine Tierchen, die auf dem Fußboden krabbelten, Tierchen, die andernorts eher in feuchten Kellern heimisch waren.

Hinter ihm wurden Stühle gerückt und Teller abgestellt. Sean breitete sein Speisenangebot auf dem Tisch aus. Schinken, Käse, Oliven, ein Schälchen mit Fisch, dazu Brot. Unterm Arm zog er eine Flasche Wein hervor.

»Rosado?«

Fin nickte, auch wenn er sich nicht viel aus Wein machte.

»Hast du irgendwo den Dings ...?« Sean schaute sich um. » ... diesen vermaledeiten Dingsbums ...«

Fin reichte ihm den Korkenzieher, der auf einem Stuhl lag. »Wenn du den meinst?«

Sean machte sich daran, die Flasche zu öffnen. »Ich kann mich nicht daran erinnern, wann ich das letzte Pint Guinness getrunken habe.« Er schenkte ein, der Wein schwappte über den Rand des Glases. »Sorry, ... das macht die Wiedersehensfreude ...«

Sie setzten sich.

Sean reichte ihm die Schale mit den kleinen Fischen. »Hier, musst du unbedingt probieren. Marinierte Sardellen. Rezept hab' ich vom Wirt unten im Dorf.«

Fin bediente sich.

Sean musste plötzlich lachen. »Erinnerst du dich noch an den Fischstand auf der Promenade in Bray? An den Hering, den du Deirdre in den Kragen gesteckt hast?«

Fin hatte sie kommen sehen, diese Sätze, die alle begannen mit »Erinnerst du dich noch« oder »Weißt du noch«. Aber er wollte keine Erinnerungen austauschen, die mehr als dreißig Jahre alt waren. Lieber wollte er wissen, was in den dreißig Jahren bis heute passiert war.

Sean schien es nicht eilig zu haben. »Und nach dem Fußballspielen immer noch schnell im Fish&Chips-Laden vorbei. Mutter hat's natürlich sofort gerochen. Ich glaub', der alte Murphy hat das Öl vier Wochen durch die Fritteuse gezogen und am Ende des Monats noch seinen Kutter damit betankt.« Sean hob sein Glas. »Irgendwie ist es wie früher, Finbärchen.«

Fin stieß mit ihm an. »Nur mit dem Unterschied, dass wir dreißig Jahre älter sind.«

»Ja, wir haben ’ne Menge nachzuholen. Du und ich.«

Sie kauten eine Weile schweigend.

Sean hatte viel von seinem Vater. Nicht nur die Augen. Auch das kantige Kinn mit dem Grübchen in der Mitte. Die großen Hände mit den langen Fingern. Und auch Sean war Linkshänder.

Fin hatte gar nichts von seinem Vater. Zumindest nichts, was ihm auf Anhieb in den Sinn kam. Er bedauerte es nicht.

Immer, wenn er sich in späteren Jahren an seine Kindheit zurückerinnerte, hatte er sich gefragt, warum ihr Vater so streng gewesen war. Hatte es damit zu tun, dass er Polizist gewesen war, ein Beruf, den er geliebt hatte und den er nicht mehr ausüben konnte? Ein Beruf, der seinem Leben Struktur gegeben hatte, die er offenbar so sehr gebraucht hatte, dass er seine Auffassung von Ordnung auf seine Familie übertragen musste?

Er hatte immer die Kontrolle haben müssen. Alles musste nach seinen Vorstellungen geschehen, stets wurde zur selben Zeit gegessen und wehe, man war nicht pünktlich. Immer hatte er wissen wollen, wo die Kinder gerade steckten, was sie taten und mit wem sie den Nachmittag verbracht hatten. Er nannte es Interesse oder Neugier, Sean nannte es Kontrollwahn. Der große Bruder hatte besonders darunter gelitten, sollte er doch immer als leuchtendes Vorbild dienen. Aber immer öfter hatte er sich der väterlichen Wachsamkeit entzogen, hatte gegen die ungeschriebenen Regeln rebelliert, Regeln, die ihm nach seiner Meinung die Luft zum Atmen nahmen. Und immer öfter war es zu Streit gekommen.

Vielleicht hatte alles so und nicht anders kommen müssen. Aber als Teenager waren Fin diese Gedanken nie in den Sinn gekommen.

»Warum hast du die ganzen Jahre nichts von dir hören lassen? Was ist passiert?«

Sean rupfte ein Stück Brot ab und tunkte es in Olivenöl. Schob es sich in den Mund und kaute genussvoll. »Habt ihr damals nach mir gesucht?«

Fin schluckte den Bissen runter, den er gerade im Mund hatte. »Vater war ziemlich angepisst damals. Kannst du dir wahrscheinlich vorstellen. Hat dich dorthin gewünscht, wo der Pfeffer wächst.« Er fragte sich, ob er seinem Bruder die Wahrheit sagen sollte. Aber warum ihn schonen? »Für ihn warst du gestorben. Aber er war sich sicher, dass du eines Tages zurückkommst.«

»Wie ist Mutter damit fertig geworden?«

»Was glaubst du? Sie hat es am härtesten getroffen«, antwortete Fin und ließ ihn seinen Vorwurf spüren, »wenigstens bei ihr hättest du dich melden können. Ihr sagen können, dass du noch lebst.«

»Wie geht's ihr?«

»Für ihre achtundsiebzig im Großen und Ganzen gut. Hier ein Wehwehchen, da ein Zipperlein«, erwiderte Fin, »sie wohnt bei Deirdre.«

»Und unsre kleine Schwester? Sie ist verheiratet, nicht wahr?«

»Mit Conor Lewis. Du erinnerst dich vielleicht an ihn. Sein Vater hatte das Post Office am Bahnhof. Sie haben zwei Jungs, Eamon und Henry, der eine ist zehn, der andere zwölf.« Fin trank einen Schluck Wein. Für einen Rosé nicht schlecht. »Wie hast du von Vaters Tod erfahren?«

»Ich war ein paar Mal in Dublin. Ich kenn' da immer noch ein paar Leute. Alte Kumpels von früher, die mir so dies und das gesteckt haben.«

»Und du hast es nicht für nötig gehalten, bei deiner Familie vorbeizuschauen? Nicht mal nach Vaters Tod? Das ist fast sieben Jahre her.«

Sean schenkte Wein nach. »Ich fürchte, nach all den Jahren hab' ich mich nicht getraut.«

Fin glaubte ihm nicht.

»Und du und Sandra?«, lenkte Sean ab. »Ihr habt euch getrennt? Was ist passiert?«

»Susan.«

»Was?«

»Sie heißt Susan. Nicht Sandra.« Fin wollte über Sean reden. Nicht über sich. Schon gar nicht über Susan. »Aber das spielt keine Rolle. Es geht dich nichts an.«

Sean lächelte. »He, Mann, komm schon. Man sollte keine Geheimnisse vor seinem großen Bruder haben.«

»Das sagst ausgerechnet du.« Fin konnte sich die Bemerkung nicht verkneifen.

Die Missstimmung vom ersten Wiedersehen war verflogen. Aber nicht vergessen. Nach allem, was das Leben für ihn bereitgehalten hatte, sah sein Bruder dies alles ein wenig zu locker für Fins Geschmack. Er hatte offenbar keine Ahnung, welches Loch er hinterlassen hatte. Ein Loch, in das er, Fin, hineingefallen war und nur unter großen Opfern wieder herausgefunden hatte. Konnte er wirklich Sean für das verantwortlich machen, was in seinem Leben schief gelaufen war? Nein, die Beziehung mit Susan, die hatte er ganz allein verbockt. Aber da war immer noch sein ungeliebter Job gewesen ... An irgendetwas musste Sean schuld sein. Er konnte ihn nicht so einfach davonkommen lassen.

»Erzähl schon. Bist du ihr untreu geworden?« Sean ließ nicht locker.

»Wie kommst du darauf? Blödsinn.«

»Hast du jemanden anderes?«

»Nein. Eigentlich nicht.«

»Eigentlich?«, bohrte Sean nach.

»Ich leb' alleine.« Fin sah seine Chance. »Und du? Was macht dein Liebesleben? Ich kann mich an ’ne Zeit erinnern, da hast du nichts anbrennen lassen.«

»Ach, ich glaub’, ich bin eher der einsame Wolf«, wehrte Sean ab.

»Hast du was mit deiner Nachbarin? Dieser Inderin? Chandra?«

Sean schaute überrascht, dann lachte er. »Nein. Sie ist nett. Ich mag sie. Aber sie ist nicht mein Typ.«

»Mal verheiratet gewesen?«

Er schüttelte den Kopf, schob seinen Teller von sich und nahm sein Weinglas. »Natürlich gab es da die eine oder andere Frau, klar, aber ...«

»Nie ’ne Familie gegründet? Keine Kinder?«

Er grinste. »Zumindest keine, von denen ich weiß.«

»Woran lag’s?«

Er zuckte mit den Achseln. »Weiß auch nicht. Vielleicht liebe ich meine Freiheit zu sehr.«

»Faule Ausrede«, kommentierte Fin.

»Ach, weißt du, Fin, manchmal ist es besser, keine Familie zu haben«, sinnierte Sean, »und frei und ungebunden zu sein.«

»Du bist viel unterwegs.«

»Wer sagt das?«

Irrte sich Fin, oder schwang da plötzlich eine Spur von Argwohn in der Stimme mit? »Deine Housesitterin in London.«

»Du wirst zugeben, dass dieses Fleckchen Erde nicht das schlechteste zum Leben ist.« Sean goss noch mal Wein nach. Die Flasche neigte sich dem Ende, obwohl Fin gar nicht viel getrunken hatte.

»Die Wohnung in London, das Haus hier, wie kannst du dir das leisten?«, wollte Fin wissen.

Sean wich ihm abermals aus. »Wenn man keine allzu hohen Ansprüche stellt, ist das Leben an sich gar nicht so teuer.«

»Irgendwas musst du doch arbeiten.«

»So dies und das.«

»Hat es was mit dem Umschlag zu tun, den ich dir aus London mitbringen sollte?«

»Hast du reingeschaut?«

Fin nickte. »Hübsches Sümmchen für ’n bisschen Taschengeld«, entgegnete er, »ich wollte wissen, was drin ist, ehe ich mich am Zoll vielleicht mit Falschgeld erwischen lasse. Oder mit Drogen.«

Sein Bruder sah ihn erstaunt an. »So was traust du mir zu?«

»Ich weiß nicht, was ich dir zutrauen soll, solange du mit der Sprache nicht rausrückst«, antwortete Fin ehrlich, »dreißig Jahre sind ’ne verdammt lange Zeit. Was hast du in all den Jahren gemacht?«

»Das willst du nicht wirklich wissen.«

»Doch. Ich will es wissen.«

Sean leerte sein Glas. »Vielleicht ist es besser, du weißt es nicht. Am Ende krieg ich noch Ärger mit dem Bullen in meinem Bruder.«

»Ich bin kein Bulle mehr.«

»Echt?«

»Schon seit einem Jahr nicht mehr. Deine Informanten sind offenbar nicht mehr auf dem neusten Stand.«

»Was ist passiert?«

»Lange Geschichte.« Fin wurde ungeduldig. »Aber erst will ich deine hören.«

Sean stand abrupt auf und verließ die Terrasse. Fin glaubte schon, er wollte sich davonstehlen, dem möglichen Konflikt aus dem Weg gehen, so wie damals. Aber er kam zurück mit einer neuen Flasche Wein. Öffnete sie. Goss sein Glas randvoll. Trank einen Schluck. Schwieg.

»Was hast du angestellt, das deinem Polizistenbruder nicht gefallen hätte?«

Sean trank noch einen Schluck, als müsse er Zeit gewinnen.

Als würde sein kleiner Bruder irgendwann aufgeben, wenn er ihn nur lange genug hinhielt. Aber Fin ließ ihn nicht aus den Augen.

»Na ja, das ein oder andere Geschäft war nicht ganz legal, das geb' ich ja zu«, deutete er vage an, »hier und da 'n bisschen Geld an der Steuer vorbei …«

Auf der ganzen Welt vernichteten Banken anderer Leute Geld, spekulierten sich Broker um Kopf und Kragen, gingen Konzerne den Bach runter und kaum einer wurde zur Rechenschaft gezogen. Und Sean machte sich Sorgen wegen ein bisschen Schwarzgeld. Fin konnte es nicht glauben. »Das ist alles?«

»'n bisschen Mist gebaut. Aber das ist lange her. Und vorbei.«

»Was ist vorbei?«

Sean zögerte. »Es ist einfach so passiert …«

»Was?«

Er schnappte sich das letzte Stück Brot und drehte es unschlüssig in den Händen. »Ich bin damals nach London gegangen …«

Fin wartete.

»Tolle Stadt. Dir stehen alle Türen offen, du hast alle Chancen dieser Welt.« Die Euphorie eines jungen Mannes Anfang zwanzig, der tatsächlich daran geglaubt hatte, dass das Glück auf der Straße liegt und man sich nur bücken muss. Aber Fin hatte eine leise Vermutung, dass alles ganz anders gekommen war. »Ich hatte einen prima Job. Barkeeper im coolsten Club von Chelsea. Lauter schicke Leute mit Kohle. Nette Kollegen, tolle Kumpels. Alles lief super …«

»Und dann?«

Er seufzte. Legte das Brot zurück und nahm stattdessen einen Schluck Wein. Als müsste er sich Mut antrinken. »Wie das mit Jungs so ist. Nach drei Drinks hatten wir 'ne verrückte Idee, nach vier Drinks hielten wir die Idee für genial, nach fünf wollten wir sie in die Tat umsetzen und nach sechs hielten wir uns für die Könige der Welt.«

Ja, Fin kannte solche Typen. Als Polizist hatte er oft genug mit ihnen zu tun gehabt.

»Wir haben ein paar Joints vertickt. ’n bisschen Koks. Das, was die Leute im Club eben so nachgefragt haben«, erzählte Sean, »und dabei sind wir dann erwischt worden. Ein Jahr auf Bewährung. Hätte eigentlich ein Warnschuss sein sollen.«

»War es aber nicht, oder?« Irgendwie ahnte Fin, was kommen würde.

»Einer von den Jungs kam auf die glorreiche Idee, in den Zigarettenschmuggel einzusteigen. Todsicheres Geschäft, meinte er. Was soll ich sagen …«

»Ihr wurdet wieder erwischt?«

Er nickte. »Die Bewährung war natürlich flöten. Und im Knast, da hab’ ich dann die wirklich coolen Jungs kennengelernt.«

»Mit denen du dann die wirklich coolen Geschäfte gemacht hast, als du wieder draußen warst«, vermutete Fin illusionslos.

»Ich hatte immer schon ein Faible für schnelle Autos. Kenn’ mich aus damit. Wir haben mit Luxuskarossen gehandelt. Einige … nun ja, einige waren natürlich geklaut.«

»Einige?«

»Okay, die meisten«, räumte Sean ein.

Es war dunkel geworden. Nur eine Lampe in der Küche warf ein schwaches Licht auf die Terrasse. Es war schwer, Seans Gesichtsausdruck auszumachen.

In den Jahren nach Seans Verschwinden hatte sich Fin oft ausgemalt, was aus seinem großen Bruder geworden war. Natürlich hatte er auch in Betracht gezogen, dass er vielleicht nicht mehr lebte. Aber diesen Gedanken hatte er stets verdrängt. Viel lieber hatte er sich vorgestellt, dass Sean Erfolg hatte und viel Geld verdiente. In gewissem Sinne war sein

Wunschgedanke wahr geworden. Und irgendwie doch nicht. Sein Bruder war ein Autoschieber. »So wie's aussieht, kannst du gut davon leben.«

»Ich sagte doch, das ist vorbei. Ich hab' alle Kontakte von damals abgebrochen.«

»Und deshalb hast du deinen kleinen Bruder gebraucht, damit er dir aus London Geld bringt?«

»Ich bin raus aus dem Geschäft«, wiederholte Sean mit Nachdruck. Fast ein wenig widerwillig. Glaubte sein kleiner Bruder ihm etwa nicht?

»Warum hat dir deine Freundin den Umschlag nicht vorbeibringen können?«

»Welche Freundin?« Sean sah ihn irritiert an.

»Die Frau, die in London vor deiner Tür gestanden hat.«

»Frau?«

»Hat deine indische Nachbarin erzählt«, erwiderte Fin unwirsch, »sie hat nach dir gefragt und gesagt, sie sei eine Freundin.«

»Das kann nicht sein.«

»Wenn ich's dir doch sage.«

»Wie sah sie aus?« Sean wirkte plötzlich alarmiert.

»Woher soll ich das wissen?«

»Mann, ich dachte, du seist Polizist!«, reagierte Sean gereizt.

»Nicht mehr!«, gab Fin genauso ärgerlich zurück. Natürlich, es wäre das Naheliegendste gewesen, sich die Frau beschreiben zu lassen. Aber er hatte nicht daran gedacht. Er hatte schließlich nicht ahnen können, dass es Sean so wichtig war. »Vielleicht war es irgendeine von deinen Verflossenen oder –«

»Keine von denen kennt meine Londoner Adresse!« Sean sprang auf, fegte mit einem Handstreich das Weinglas vom Tisch auf die Terrasse, wo es in der Dunkelheit zersplitterte. Er war wütend. Und hochgradig nervös. »Und du bist sicher, die Frau hat nach Sean O'Malley gefragt?«

»Nach wem hätte sie denn sonst fragen sollen?«, gab Fin in gleicher Lautstärke zurück. Er war es leid, sich grundlos anschreien zu lassen.

»Nach James Craig.«

16. Fast Eddie

»Ray ist tot.«

»Ja, ich weiß.« Sean hatte sich wieder beruhigt und hingesetzt. Gedankenverloren spielten seine Finger mit dem Weinkorken. »Arme Fiona.«

»Sie hat die ganze Zeit gewusst, wo du gesteckt hast.« Eine Erkenntnis, die nicht ganz überraschend kam.

»Meistens.«

»Aber sie hat nie was gesagt. Nicht mal, als wir uns am Wochenende getroffen haben und ich sie nach Raymond gefragt habe.«

»Warum sollte sie?«, fragte Sean. »Ihr lieber Schwager hat sie auflaufen lassen, als sie mit ihm Kontakt aufnehmen wollte. Es war nicht so, dass sie es nicht versucht hat. Es war allein Vater, der nichts mit ihr und dem Rest der Familie zu tun haben wollte.«

Brücken abbrechen und sich aus dem Staub machen schien eine Familienkrankheit zu sein, dachte Fin. Sein Bruder war dem Menschen am ähnlichsten, den er am meisten bekämpft hatte. Und hatte sich dabei immer weiter entfernt von dem Bild, das Fin von ihm gehabt hatte. Kein glorreicher Held. Nur ein kleiner Gangster, nach dem die Polizei suchte. James Craig. Fin hatte eine Weile gebraucht, um die Neuigkeit zu verdauen. Erst langsam begann er zu begreifen, was in den letzten dreißig Jahren passiert war. Und was das für die Gegenwart bedeutete.

»Wie habt ihr zwei euch gefunden, du und Raymond?«

»Wir waren zur gleichen Zeit in London«, antwortete Sean, »du weißt ja, wie das ist. Iren finden einander überall auf der Welt. Später bin ich dann mit ihm nach Derry gegangen.«

»Und hast für Tiny Tim Anderson gearbeitet«, ergänzte Fin, »warst ein Teil der Fab Four.«

Sean zuckte gleichgültig mit den Achseln. »Du weißt ja eh schon alles«, spuckte er verdrossen aus.

»Nein, nicht alles. Zum Beispiel weiß ich nicht, wer Ray und die anderen beiden ermordet hat«, sagte Fin, »und warum.«

Sean hielt die halbvolle Weinflasche in der Hand und sah sich nach seinem Glas um, als ihm einfiel, dass er es zerschmettert hatte. »Ich weiß es auch nicht.« Es klang nicht sehr überzeugend. Er wich Fins forschendem Blick aus und fuhr sich mit der Hand übers Gesicht. Seine Finger begannen, seine Schläfe zu massieren. »Ich glaub', ich krieg' Kopfschmerzen.«

Er stand auf und verschwand im Haus. Fin sah ihm durchs Fenster nach, wie er in die Küche ging, in einer Schublade wühlte und ein Röhrchen Tabletten zutage förderte. Kein Wunder, Sean hatte die erste Flasche Wein fast im Alleingang gelehrt.

Das Handy vibrierte in seiner Hosentasche. Fin fischte es heraus und warf einen Blick aufs Display. Caitlin da Silva. Er drückte sie weg. Der Mensch, mit dem er im Augenblick am wenigsten reden wollte.

Sean kam zurück, ein frisches Glas in der einen, den Briefumschlag aus London in der anderen Hand. »Hier, das ist es, hinter dem Anderson her ist.« Er warf den Umschlag auf den Tisch.

»Geld? Die paar tausend Pfund?« Das konnte nicht Seans Ernst sein.

Sein Bruder hob den Umschlag hoch, so dass sein Inhalt auf den Tisch rutschte.

Ein Bündel Geldscheine.

Und ein USB-Stick.

Den hatte Fin nicht bemerkt. Er hatte nur das Geld gesehen. »Was ist da drauf?«

Sean goss Wein in sein Glas und bot Fin die Flasche an, aber der lehnte ab. Irgendwie verspürte er das dringende Bedürfnis, einen klaren Kopf zu behalten.

»Beweise.«

»Beweise wofür?«

»Genug Beweise, um Anderson ans Messer zu liefern.«

»Welche Beweise?«

»Mitschnitte von Telefongesprächen. Handyvideos. Fotos«, zählte Sean auf, »jeder von uns vieren hatte einen. Jeweils mit einem anderen Inhalt, aber zusammen ergänzen sie sich.«

»Kann es sein, dass ihr einander nicht vertraut habt?«

Sean behielt die Antwort für sich.

»Und damit habt ihr also Anderson erpresst.«

»Sagen wir lieber, diese Beweise sind unsre Lebensversicherung«, bog Sean die Anschuldigung zurecht.

»Hat ja prima funktioniert bei den anderen«, stellte Fin trocken fest.

Sean erwiderte nichts. Aber er schien sich seine Gedanken darüber bereits gemacht zu haben. »Niemand weiß, wo ich bin. Und glaub' mir, ich bin verdammt vorsichtig, dass sich das so schnell nicht ändert.«

»Deshalb das Treffen in Almería und nicht bei dir zu Hause?«

Sean nickte. »Ich wollte sicher sein, dass dir niemand folgt.«

»Und die Frau in London?«

»Nur Raymond kannte meine Londoner Adresse. Und meinen richtigen Namen.« Er trank einen Schluck Wein. Das Glas in seiner Hand zitterte leicht. »Keine Ahnung, wie Anderson an diese Informationen gekommen ist.«

Vielleicht mit Hilfe einer Frau, dachte Fin. »Sagt dir der Name Kate Oliver etwas?«

»Kate Oliver? Sicher. Sie war Rays Freundin. Oder besser gesagt, sie war eine seiner vielen Freundinnen«, entgegnete Sean. Trotz der Dunkelheit konnte Fin sein Lächeln ahnen. »Weiß auch nicht, was die Frauen an ihm gefunden haben. Er hatte Charme, ja, er konnte jede um den Finger wickeln. Wie kommst du ausgerechnet auf Kate Oliver?«

»Fiona hat sie erwähnt.«

»Ja, Ray und Katie. Damals dachten alle, das ist was Ernstes zwischen den beiden«, erinnerte sich Sean, »sie hat ein Kind von ihm erwartet. Und er hat sie sitzenlassen.«

»Und das Kind?«

»Sie ist rüber nach England gegangen. Als sie zurückkam ... na ja, sie hat es mir später erzählt, dass sie ...« Er überließ Fin die Schlussfolgerung.

»Könnte Kate Oliver ... ich meine, hältst du es für möglich, dass sie ... aus Rache ...« Fin glaubte selber nicht daran. Es würde den Mord an Ray erklären, aber nicht die beiden anderen Toten.

»Katie?« Sean sah ihn erstaunt an. »Nie und nimmer! Die hatte weiß Gott nicht das Zeug zum Racheengel. Ein Engel, ja, das kommt schon eher hin. Grüne Augen, rote Haare, eine Irin wie aus dem –«

»Rothaarig?«, unterbrach Fin. Das Bild einer eiskalten Schönheit tauchte vor seinen Augen auf.

»Moment.« Sean stand auf, verschwand und kehrte nach einer Weile mit einem kleinen Schuhkarton zurück. Er öffnete ihn und begann zu kramen. Hielt inne und stand wieder auf. »Bin gleich wieder da.« Dieses Mal kam er mit einer Taschenlampe zurück, die er Fin in die Hand drückte. »Halt mal.« Er kramte weiter, bis er gefunden hatte, wonach er suchte. »Das ist Kate Oliver.«

Das Foto zeigte ein Mädchen irgendwo an einem Strand. Sie war in der Tat hübsch, ihr Lächeln fröhlich und ihr lockiges

Haar so rot, dass selbst Maureen O'Hara vor Neid erblasst wäre. Sie hatte definitiv nichts von einer Schneekönigin.

Aber was sprach dagegen, dass sie es war, die in London nach Sean gesucht hatte? »Hast du das Foto geschossen?«

»Ja. Da waren sie und Ray schon nicht mehr zusammen.« Er steckte das Foto wieder zurück. »Ich mochte sie, aber irgendwie ist es nichts geworden mit uns beiden.«

Fin leuchtete neugierig in den Karton. Ein paar Schnappschüsse, ein paar Briefe, ein abgegriffener Schlüsselanhänger, ein Adressbuch, eine alte Armbanduhr ohne Armband. Die persönlichen Dinge, die in London gefehlt hatten und so die Wohnung zu einer Kulisse gemacht hatten. Eine Bühne für ein Stück, das Sean geschrieben und inszeniert hatte. Sein Leben. Ein Leben, das in Wahrheit in einem Schuhkarton Platz hatte.

Der Neid auf seinen großen Bruder, den er noch am Tag zuvor verspürt hatte, war längst verflogen.

»Hast du mal wieder was von Kate gehört?«

Sean schüttelte den Kopf. »Nein, nicht mehr seit –« Er stockte. »Schon eine ganze Weile nicht mehr.«

»Seit ihr bei Anderson in Ungnade gefallen seid?«

»Was weißt ausgerechnet du darüber?«, fuhr Sean ihn an.

»Nichts«, gestand Fin ehrlich, »aber irgendwas muss passiert sein. Vor acht Jahren.«

»Du musst nicht alles wissen«, fertigte Sean seinen kleinen Bruder ab.

Fin leuchtete ihm ins Gesicht. »Drei Menschen sind tot. Ein Vierter steht möglicherweise auf der Abschussliste. Und dieser Vierte ist zufällig mein Bruder. Schon deshalb muss ich es wissen.«

Sean hob die Hand abwehrend vor seine Augen. »Lass das!«

Fin knipste die Taschenlampe aus. »Also?«

Sean schwieg. Schob sein Glas hin und her, das schon wieder leer war. Aber er schenkte nicht nach. »Es war die Sache mit

Eddie …«, begann er zögernd und suchte nach den passenden Worten, »eigentlich hatte es nur ein Denkzettel sein sollen.«

»Wer ist Eddie?«

»Fast Eddie ist … war … die schnellste Taube in ganz Nordirland.«

Fin starrte ihn ungläubig an. »Bitte?«

»Du hast dich nicht verhört«, entgegnete Sean. Wieder hielt er inne, überlegte, wo er mit seiner Geschichte beginnen sollte. »Eddie gehörte Martin Kavanagh, einem Taubenzüchter aus Derry. Kavanagh züchtete nicht nur famose Renntauben, er war auch ein Künstler, ein Zeichner, der sich eigentlich zu Höherem berufen fühlte. Aber letztendlich hat's doch nur zu einem Job als Lehrer für Kunst und Geschichte gereicht. Auf Dauer war ihm die Arbeit an seiner Schule allerdings zu langweilig, und er hat angefangen, sein Talent auf andere Weise zu nutzen. Er war ein Meister im Fälschen. Er hat alles gebastelt, was gerade gebraucht wurde. Pässe, Urkunden, Zeugnisse, Beglaubigungen, Testamente …« Er schüttelte den Kopf vor ungläubiger Bewunderung. »Er hat Unterschriften nachgemacht, glaub' mir, Fin, er hätte die Abtreibung legalisieren können und nicht mal der Papst selber hätte sagen können, ob er den Wisch nicht doch aus Versehen selber unterschrieben hatte.«

Fin riskierte einen Schuss ins Blaue. »Und Tim Anderson hat dieses Talent zu schätzen gewusst.«

»Wie die zwei zusammengekommen sind, weiß ich nicht. Das war vor meiner Zeit«, erklärte Sean, »aber Kavanagh war der ideale Partner. Unauffällig. Angesehen. Der nette Herr aus der Nachbarschaft, der sich liebevoll um seine Tauben kümmerte. Niemand, auch nicht die Polizei, hätte ihn mit Tiny Tim Anderson in Verbindung gebracht.«

»Was genau hat Kavanagh für Anderson gemacht?«

»Hauptsächlich Pässe gefälscht. Geburtsurkunden, Heiratsurkunden, Dokumente von ausländischen Botschaften, Visa …«

Fin sah den Zusammenhang. »Menschenhandel?«

»Was denkst du, womit Anderson seine Kohle macht?«

»Und was ist dann schiefgelaufen?«

»Irgendwann kam der Tag, an dem Kavanagh den Wert seiner Arbeit richtig einzuschätzen begann. Und damit fingen die Probleme an.« Sean seufzte. »Vielleicht war Kavanagh klar, dass er bald in Rente gehen und seine mickrige Pension als Lehrer nicht ausreichen würde, um sein kostspieliges Hobby weiter zu finanzieren. Also hat er mehr Geld gefordert.«

»Aber da hat Anderson nicht mitgespielt«, folgerte Fin.

»Er konnte aber nicht riskieren, dass Kavanagh zur Polizei ging. Dazu wusste er zu viel. Er wollte ihm einen kleinen Denkzettel verpassen, um ihn wieder zurück in die Spur zu bringen. Und da –«

»Kamen die Fab Four ins Spiel«, vermutete Fin.

»Erraten.« Jetzt brauchte Sean doch einen Schluck. Er ließ sich Zeit mit dem Einschenken. »Nun ja, wir haben ihn erstmal besucht und ihm ins Gewissen geredet. Hat aber nichts genützt. Kavanagh glaubte, die besseren Karten in diesem Spiel zu haben. Also fuhr Anderson schweres Geschütz auf. Er wollte Kavanagh dort treffen, wo es wehtut.«

Fin spürte, dass sein Bruder sich zunehmend schwertat mit dem Erzählen, je näher er dem Kern der Geschichte kam.

»Die Tauben waren Kavanaghs ganzer Stolz. Irgend'ne ganz besondere Rasse. Renntauben halt, was weiß ich. Mit einer hatte er sogar schon mehrere Preise gewonnen. Fast Eddie nannte er sie.« Seine Finger schoben das Glas hin und her, fuhren nervös über die Tischplatte, wie jemand, der lange geraucht und vor gar nicht allzu langer Zeit damit aufgehört hatte. »Ich wollte von Anfang an nichts damit zu tun haben, glaub' mir, ich mag zwar keine Tauben, aber was konnten denn die blöden Viecher dafür?«

Wieder kamen seine Worte ins Stocken. Minuten verstrichen,

in denen Fin der Versuchung widerstand, seinen Bruder zu drängen.

»Ich weiß nicht, wer am Ende diese bescheuerte Idee hatte, den Taubenschlag in die Luft zu jagen«, fuhr er schließlich fort, »Taylor war unser Experte für Sprengsätze aller Art. Aber er war gerade mit einem Job in England beschäftigt. Ray wollte nicht warten. Er war immer schon ziemlich eifrig gewesen, wenn es darum ging, Andersons Aufträge auszuführen. Er dachte, so einen kleinen Sprengsatz zu bauen, das sei keine große Kunst. Er hatte Taylor oft genug geholfen. Es sollte ja auch nur ein bisschen Bums machen, Kavanagh ein bisschen erschrecken. Mehr nicht. Hat sich von Taylor noch ein paar Tipps übers Telefon geben lassen. Ich hatte gleich so ein blödes Gefühl, dass das nicht gutgehen konnte …«

Plötzlich stand er auf, ging ein paar Schritte bis zum Geländer und schaute hinunter ins Dorf. »Der Zeitzünder war so programmiert, dass die Bombe mitten in der Nacht explodieren sollte. Dann, wenn die Vögel alle in ihrem Schlag sind. Im Garten hinter Kavanaghs Haus.«

Fin ahnte den Ausgang der Geschichte. »Was ist passiert?«

»Erstmal nichts.«

Fin wartete.

»Am nächsten Morgen, als Kavanagh seine Tauben fütterte, ging die Bombe hoch. Und mit ihr Kavanagh. Und sein Schwiegersohn. Und seine kleine Enkelin … Molly … Sieben Jahre alt …« Seine Stimme wurde leise. »Es war ein Blutbad …«

Fin hatte geahnt, dass das Ereignis, das vielleicht der Auslöser war für die Morde, mit denen er sich nun acht Jahre später rumschlagen musste, ein verheerendes gewesen sein musste. Er hatte aber nicht geahnt, welche Art Geschichte er hören würde. Vielleicht eine Geschichte von Verrat in den eigenen Reihen. Die Geschichte eines Spitzels, der die Kumpels bei der Polizei verpfiffen hatte. Irgendeine altbekannte

Geschichte, die er im Lauf seines Polizistenlebens schon mal gehört hatte.

Aber nicht diese Geschichte.

Fin wollte es nicht glauben.

Ein kleiner Dealer. Okay, es gab Leute, für die war Dealen nicht mehr als ein Kavaliersdelikt.

Ein Autodieb. Damit konnte man leben. Ein Dieb war eben kriminell. Genau wie ein Erpresser.

Aber ein Mörder? Sein eigener Bruder?

»Glaub' mir, Fin, ich hätte alles getan, um es ungeschehen zu machen.« Sean drehte sich zu ihm um. »Ich hab' den alten Knaben gut gekannt. Er war es auch gewesen, der mir meine neue Identität verschafft hat. Ich mochte ihn. Er war so ganz anders als unser Vater. Nicht so engstirnig, nicht so konservativ. Ein Künstler eben. Ich hab' mich oft mit ihm unterhalten. Er hat mir sein Leid geklagt, dass er es satt hatte, in der Schule jungen Leuten was beizubringen, was sie eh nicht interessierte …« Er ließ den Kopf hängen.

Fin war dankbar für die Dunkelheit, die es ihm ersparte, seinem Bruder in die Augen sehen zu müssen. Er wollte etwas sagen, aber er brachte keinen Ton heraus. Er räusperte sich. »Gab es keine polizeiliche Untersuchung?« Seine Stimme klang heiser.

»Natürlich. Aber es gab nie eine Verbindung von Kavanagh zu Anderson. Am Ende kam man zu dem Schluss, dass die Bombe wohl einfach den Falschen getroffen hatte. Ein Unschuldiger, der zwischen die Fronten geraten war. Ein Anschlag der IRA. Ein Anschlag der Protestanten. Das Übliche halt«, sagte er nüchtern.

»Ein Kind, Sean …« Fin war fassungslos.

»Ich weiß, Fin, es war … es war so furchtbar. Ich … wollte doch auch nicht, dass …« Er rang mit den Worten. »Molly …«

»Kanntest du sie?«

Er schüttelte den Kopf. »Nein. Martins Familie wusste nichts von seiner ... seiner anderen Tätigkeit. Er hat sie immer rausgehalten aus allem. Wie er das geschafft hat, keine Ahnung. Ich wusste nur, dass er von seiner Frau getrennt war, aber er hatte ein großes Haus. Seine Tochter und sein Schwiegersohn lebten bei ihm. Und Molly ... Martin hat oft von ihr erzählt. Wie gut sie in der Schule sei. Er war so stolz auf sie. Er hat seine Enkelin abgöttisch geliebt ... Immer, wenn ich auf der Straße ein Mädchen in ihrem Alter sehe, muss ich an sie denken.«

»Und Anderson?«

»Anderson lief Amok«, antwortete Sean, »der einzige Weg, ihn uns vom Hals zu halten –«

»War Erpressung.«

»Korrekt.« Er kam zum Tisch zurück und trank im Stehen den Rest seines Weins. »Aber es ging nicht ums Geld. Es ging um unser Leben.«

»Die anderen drei sind in Irland geblieben. Oder in Nordirland.«

»Ich konnte das nicht. Bei der erstbesten Gelegenheit hab' ich mich aus dem Staub gemacht. Ich hab' Irland verlassen und bin nie wieder zurückgekehrt. Außer zu Vaters Beerdigung.«

»Im Davonlaufen hast du ja Erfahrung.« Fin wusste, dass es zynisch klang.

Sean überhört es. »Nur mit Ray und seiner Familie hatte ich noch Kontakt. Er ging davon aus, dass ich in London bin. Von Spanien hatte er keine Ahnung.«

Er setzte sich wieder.

»Und jetzt?«

»Was meinst du?«

»Was willst du jetzt tun? Du willst dich doch nicht bis an dein Lebensende verstecken, oder?«

»Hier bin ich sicher, keine Sorge.«

»Das meine ich nicht.« Fin schüttelte den Kopf. »Ich frage

mich, wie du die ganzen Jahre mit dieser Schuld leben konntest. Du hast einen Menschen auf dem Gewissen. Drei, wenn man's genau nimmt.«

»Ich habe die verdammte Bombe nicht gebastelt!«, rechtfertigte sich Sean.

»Sean, das sind Spitzfindigkeiten!«, entfuhr es Fin. »Willst du, dass das Morden weitergeht? Wenn du auch nur ansatzweise so etwas wie ein Gewissen hast –«

»Ich hab' ein Gewissen, Fin, und es vergeht kaum ein Tag, an dem ich nicht an das denke, was damals geschehen ist«, fiel Sean ihm ins Wort, »aber ich weiß auch, dass der Tag kommen wird, an dem das aufhören wird.«

»Was wird aufhören?«

»Das Erinnern.«

17. Mar y Sol

Er schlief schlecht in dieser Nacht. Eigentlich schlief er überhaupt nicht. Als der Morgen dämmerte, stand er auf, duschte und zog sich an.

Sean war noch nicht wach. Das war gut so, Fin wollte ihn nicht sehen.

Er verließ das Haus und machte sich zu Fuß auf den Weg hinunter ins Dorf. Der Himmel war wolkenlos, in den Gärten, an denen er vorbeikam, blühten Blumen, Vögel zwitscherten, aber Fin hatte wenig für seine Umgebung übrig.

Im Dorf war nicht viel los. San Ciriaco gönnte sich eine Auszeit von den Touristen. Die beiden einzigen Hotels im Ort waren den Winter über geschlossen, die Fenster zugehängt, die Stühle auf der Terrasse ineinander gestapelt. Schilder wiesen auf die Wiedereröffnung im Frühjahr hin.

Ein Straßenkehrer ging ohne Eile seiner Arbeit nach, ein Kiosk wurde mit Zeitungen beliefert, vor dem kleinen Supermarkt sortierte eine Angestellte die Obst- und Gemüseauslage. Die Bucht, in die San Ciriaco eingebettet war, war eng. Die Sonne kitzelte gerade die Spitzen der umliegenden Berge. Der schmale Streifen Strand lag noch im Schatten.

Fin zog Schuhe und Socken aus und grub seine nackten Zehen in den kühlen Sand. Wann hatte er das zuletzt getan? Seine Mutter lebte in Bray, einem kleinen Seebad südlich von Dublin. Aber wenn er sie besuchte, hatte er nie Zeit, an den Strand zu gehen.

Er hatte an sie gedacht, als er wachgelegen hatte in der Nacht. An seine Mutter und an Deirdre. Er musste ihnen die Wahrheit sagen. Musste ihnen sagen, dass der verlorene Sohn und Bruder in Spanien lebte. Aber wie würden sie es aufnehmen, wenn er ihnen erklärte, dass Sean nicht vorhatte, zurückzukommen?

Es war einer von den tausend Gedanken, die er in den letzten Stunden vor sich her gewälzt hatte.

Er trottete über den menschenleeren Strand bis ans Wasser und sah aufs Meer hinaus. Für einen Moment wünschte er sich, er könnte seine düsteren Gedanken den Wellen überantworten wie eine Flaschenpost. Aber seine Gedanken waren zu schwer. Das Wasser zog sich zurück, die Gedanken blieben liegen wie Steine, die ihn hinunterzogen in die Tiefe.

Sean, sein Bruder, war ein Verbrecher. Auch wenn er ihm gestern Abend hoch und heilig versichert hatte, er sei seit acht Jahren sauber. War Erpressung etwa kein Verbrechen? Selbst sein feierlicher Schwur, er habe in all den Jahren keinen Menschen getötet, hatte einen schalen Beigeschmack. Er hätte die Bombe, die Martin Kavanagh und seine Familie ausgelöscht hatte, verhindern können, aber er hatte es nicht getan. Er wollte sich aus der Verantwortung stehlen, indem er Ray die Schuld gab. Der Tod dieser drei Menschen mochte ihm ja tatsächlich nahegehen, aber nach Fins Geschmack machte sich Sean die Sache trotzdem zu leicht.

Warum nur hatte Sean diesen Weg gewählt? Eine Rebellion gegen den Vater? Vielleicht naheliegend, aber auch sehr einfach. Warum wurden Menschen kriminell? Als Polizist war Fin den unterschiedlichsten Motiven begegnet, die einen mehr, die anderen weniger nachvollziehbar. Hass, Zorn oder Gier waren handfeste Motive, aber nicht immer lag alles klar auf der Hand. Er hatte Mitgefühl empfunden für die Angehörigen der Täter. Den Vater, dessen Sohn einen Nebenbuhler aus

Eifersucht erschlagen hatte. Die Ehefrau, deren Mann den Dealer erschossen hatte, der seiner einzigen Tochter Heroin verkauft hatte. Aber das waren Fremde gewesen. Nie zuvor war er persönlich betroffen gewesen.

Sein Handy klingelte.

Caitlin da Silva.

Er ließ es eine Weile klingeln, hoffte, dass sie es aufgeben würde, aber dann entschied er doch, sich zu melden.

»Hab' schon ein paar Mal versucht, dich zu erreichen. Wo steckst du?«

»In Spanien.«

»Spanien? Das ist jetzt nicht dein Ernst. Willst du mich verarschen?«

»Nichts liegt mir ferner. War 'n kurzfristiger Entschluss. Last Minute.«

»Ich dachte, du wolltest mir mit dem Fall helfen?«

Alles, bloß das nicht. »*Du* wolltest, dass ich dir helfe«, stellte Fin richtig, »ich hab' getan, was ich konnte. Hab' sogar meine bucklige Verwandtschaft in Derry besucht. Ich bin raus, Caitlin.«

»He, warum gleich so empfindlich? Hast du nicht selber noch gesagt, einmal Bulle, immer Bulle?«

Er riss sich zusammen. Fehlte noch, dass Caitlin misstrauisch wurde. »Gibt's was Neues?«, gab er sich interessiert.

Caitlin zögerte. »Nicht viel.« Sie klang verstimmt. »Das Reifenprofil hinter deinem Haus passt nicht zu den Spuren auf Rays Farm. Und die Fingerabdrücke geben auch nichts her.«

Fin seufzte innerlich. Wäre auch zu schön gewesen.

»So wie's aussieht, wurde Gordon Laverty mit einem Gewehr erschossen. Wir haben also eine andere Tatwaffe als bei Raymond.«

»Du meinst also, wir haben auch einen anderen Täter?«

»Nicht zwangsläufig. Auf die Entfernung, aus der Laverty

erschossen wurde, bist du mit einem Gewehr natürlich besser dran als mit einem Revolver oder einer Pistole.«

»Auch wenn man mit einem Gewehr besser zielen kann, war der Mord alles andere als das Werk eines Profis.«

»Diese Kate Oliver könnte vielleicht interessant sein. Sergeant Bradley hat herausgefunden, dass sie bis vor drei Jahren in Belfast als Callgirl gearbeitet hat. Dann verliert sich ihre Spur. Wir sind aber dran.«

Fin war alles recht, was von Sean ablenkte. »Und der Tote in Dublin? Dieser Terrence Taylor?«

»Die Todesumstände sind zwar etwas dubios, aber sie passen nicht zu unseren beiden Morden. Das Feuer in der Werkstatt ist wohl bei Schweißarbeiten ausgebrochen, dann sind ein paar Kanister mit brennbarer Flüssigkeit hochgegangen, und als die Feuerwehr anrückte, stand alles lichterloh in Flammen. Die Polizei in Dublin stuft das Feuer als Unfall ein.«

Fin hörte Zweifel in ihrer Stimme. »Warum trotzdem dubios?«

»Wer steht nach Mitternacht in seiner Werkstatt und schweißt Autoteile zusammen?«

»Irgendwelche Meldungen von Banshees?«

»Die Werkstatt liegt außerhalb in einem Industriegebiet. Da hat wohl niemand irgendwas gehört.« Im Hintergrund raschelte Papier. »Aber mir ist da noch eine ganz andere Idee gekommen. Dieser Craig, der wie vom Erdboden verschluckt ist, was spricht eigentlich dagegen, dass der seine Kumpels auf dem Gewissen hat?«

Fin versuchte, die aufkommende Panik zu unterdrücken. »Interessanter Ansatz. Aber 'n bisschen weit hergeholt, oder?«, fragte er mit der unschuldigsten aller Stimmen.

»Warum nicht? Vier Erpresser. Drei sind tot. Bleibt einer übrig. Und der ist abgetaucht«, erklärte sie lapidar, »schon seltsam, oder?«

Fins Gedanken arbeiteten auf Hochtouren. Irgendwie musste er die Ermittlungen in Andersons Richtung lenken, ohne dabei Sean ins Spiel zu bringen. Aber solange niemand wusste, dass James Craig in Wahrheit Sean O'Malley hieß, konnte er es riskieren. »Hat sich PSNI aus Derry schon gerührt? Ich meine, wegen des Mordes vor acht Jahren?«

»Ich dachte, du bist raus aus der Sache, oder wie soll ich das jetzt verstehen?«, fragte Caitlin schnippisch.

Wenn die Polizei Anderson aus dem Verkehr zog, dann war Sean in Sicherheit. »Ich bin halt nach wie vor der Meinung, dass Anderson hinter den jüngsten Morden steckt.«

»Mag sein, aber es ist nicht einfach, an den Kerl ranzukommen. Die Kollegen im Norden lassen sich nicht gern in ihre Arbeit reinreden.«

»Komisch, das kommt mir irgendwie bekannt vor.«

Caitlin schnaubte verächtlich. »Wann kommst du zurück?«

»Weiß ich noch nicht.«

»Na, dann frohe Weihnachten«, wünschte sie kurzangebunden und legte auf.

Unter anderen Umständen hätte er Caitlin ins Vertrauen gezogen, aber er war sich nicht sicher, wie sie reagiert hätte. Sie stellte ihren Beruf über alles andere, und kompromisslos wie sie war, hätte sie nur einen einzigen Weg gesehen, der Gerechtigkeit Genüge zu tun. Sie hätte Sean hinter Gitter gebracht, zusammen mit einer Anklage wegen Mordes.

War das wirklich der einzige Weg? Gab es nicht doch noch eine andere Lösung? Fin wusste es nicht. Er war gerade so aufgewühlt, dass er keinen einzigen Gedanken geradeaus denken konnte.

Er war weiter über den Strand geschlendert, die Schuhe in der Hand, und schließlich am Hafen angekommen. Eine Handvoll moderner Yachten lag fest vertäut am Pier, daneben drei betagte Fischerboote. Ein alter Mann war dabei, sein Deck zu schrubben.

Caitlins Vater war Fischer gewesen. Allerdings aus dem Norden Spaniens, aus Galizien, wenn er sich recht erinnerte. Sie hatte oft davon erzählt, dass sie vorhatte, nach ihm zu suchen, aber irgendwas kam immer dazwischen. Manchmal war das Verhältnis zum Vater wohl auch für andere nicht einfach.

Über die Promenade oberhalb des Strandes ging er zurück ins Dorf. Ein fliegender Händler baute gerade seinen Stand auf. Offenbar gab es doch genug unverdrossene Urlauber, die den Winter in Spanien verbrachten, dass sich sein Geschäft lohnte. Das Angebot bestand im Wesentlichen aus selbstgemachtem Schmuck, Gürteln, Schals und Taschen. Ein Armband aus bunten Keramikperlen fiel Fin ins Auge, ein Weihnachtsgeschenk für Lily. Während er bezahlte, keimte kurz in ihm der Gedanke auf, in den Ferien mit seiner Tochter hierherzufahren. Aber er verwarf den Gedanken schnell wieder. Susan würde es nie erlauben.

Mar y Sol stand auf dem Schild über der Bar, die mit Tischen und Stühlen auf der Terrasse und einem Blick aufs Meer lockte. Fin hatte Lust auf einen Kaffee. Außer ihm saß nur eine ältere Dame an einem Tisch, ganz in ihre Zeitung vertieft.

Die Sonne hatte es endlich bis ins Dorf geschafft. Eine Schar Katzen räkelte sich auf der gegenüberliegenden Straßenseite auf der Bank neben einer Bushaltestelle.

San Ciriaco schien ein friedlicher Ort. Fast schon ein Paradies. Die Verlockung, hier zu bleiben, war groß. Es wäre so einfach. Aber manchmal konnte auch Bleiben eine Art von Flucht sein.

Die einfachste Lösung.

Wenn Fin etwas von seinem Vater hatte, dann das Bedürfnis, Schwierigkeiten aus dem Weg zu gehen. Immer nur die einfachen Wege zu wählen. Im Verdrängen von Problemen war er immer ganz groß gewesen. Letztendlich hatte es ihn seine Ehe gekostet.

Aber hier gab es keine einfachen Wege.

Er hatte dreißig Jahre nichts von Sean gehört, aber das änderte nichts daran, dass er immer noch sein Bruder war. Er hatte ihn endlich wiedergefunden und er würde nicht zulassen, dass er ihm wieder genommen wurde.

Aber er kämpfte an zwei Fronten. Und noch konnte er nicht beurteilen, welcher Gegner der mächtigere war.

Der Killer, den Tiny Tim Anderson losgelassen hatte.

Oder die Krankheit.

Parkinson.

Natürlich hatte er von dieser Krankheit gehört. Aber sie betraf immer andere. Sean musste sich irren.

Nein, hatte Sean gesagt, als er ihm gestern Abend die Wahrheit eröffnet hatte. Der Arzt war sich sicher.

»Du solltest zu einem anderen Arzt gehen. Nicht hier in Spanien. Zu Hause in Irland«, hatte Fin in aller Voreingenommenheit gesagt und doch nur nach einem Strohhalm gesucht, an den er sich klammern konnte.

»Fin, die haben hier in Spanien hervorragende Ärzte, und glaub' mir, ich hab' genug Geld, um mir eine zweite Meinung einzuholen«, war die Antwort gewesen.

Vor zwei Jahren hatte er die Diagnose bekommen. Der Arzt hatte ihm Medikamente verschrieben, die den Krankheitsverlauf hinauszögern sollten. Im Augenblick fühle er sich gut, hatte er versichert, vielleicht war er reizbarer als früher, fuhr schneller aus der Haut oder tat Dinge, die er sich nicht erklären konnte. All das brachte er nicht zwangsläufig mit der Krankheit in Verbindung. Seine Hände zitterten, manchmal bekam er Krämpfe, aber mit den Tabletten hatte er alles im Griff. Behauptete er. Aber das konnte sich rasch ändern.

Aber es war etwas anderes, wovor Sean Angst hatte. Wie auch immer er es am Ende erfahren hatte, er hatte gewusst, woran ihr Vater gestorben war. Manche nannten es gnädig

»geistige Umnachtung«, andere nüchtern Alzheimer. Die perfekte Krankheit für jemanden, der sein Leben lang am liebsten alles verdrängt hatte. Aber natürlich gab es so etwas wie eine perfekte Krankheit nicht. Für ihre Mutter war es die Hölle gewesen. Nicht nur, dass ihr Mann am Ende seines Lebens seine Frau nicht mehr kannte. Er hatte sich mit all seiner Kraft gegen die Krankheit gewehrt, hatte sie verdrängt bis zum Schluss und in seinem Kampf auch die Menschen angegriffen, die versucht hatten, ihm zu helfen. Deirdre hatte das meiste abbekommen. Sie hatte sich um den Vater gekümmert, bis es nicht mehr ging. Fin hatte sich schon früh zurückgezogen und das Feld seiner Schwester überlassen. Er wusste, dass er feige gewesen war.

Aber Sean? Der große Bruder hatte sie aus sicherer Entfernung beobachtet. Und gewartet, bis alles vorbei war.

Und nun Parkinson.

Eine besonders aggressive Form. Sean hatte ihm einen lateinischen Namen vor die Füße geworfen. Die Wahrscheinlichkeit, dass sich früher oder später Alzheimer daraus entwickelte, war hoch für jemanden mit entsprechender erblicher Vorbelastung. Im Gegensatz zu seinem Bruder hatte sich Fin noch nie Gedanken darüber gemacht, ob es eines Tages auch ihn treffen könnte.

Gegen Parkinson gab es Medikamente. Die Krankheit war nicht heilbar, aber man konnte viele Jahre damit leben. Aber Alzheimer war schlimmer. Alzheimer war letztendlich ein Todesurteil, denn es gab keine Aussicht auf Heilung. Sean fürchtete, dass er in ein paar Jahren so enden könnte wie sein Vater. Er würde seinen Bruder nicht mehr erkennen, seine Mutter oder Deirdre. Er würde sich selber vergessen. Und all die Dinge, die er in seinem Leben getan hatte. Nichts würde mehr bleiben, das er zu bereuen hatte. Vielleicht sogar ein Segen. Wenigstens für Sean.

Ob freiwillig oder nicht, auch Vergessen war ein anderes Wort für Flucht.

Wieder klingelte sein Handy. Ohne aufs Display zu schauen meldete er sich.

»Hier ist Anna … Anna Bradley.«

Seine Stimmung hellte sich merklich auf.

»Caitlin hat mir erzählt, du seist im Urlaub. Spanien. Da kann man ja blass werden vor Neid. Bei uns regnet's den ganzen Tag.«

Fin überfiel sofort ein schlechtes Gewissen. »Tut mir leid, dass ich mich nicht gemeldet habe. Wegen des Abendessens.«

»Das holen wir nach, wenn du wieder in Irland bist.«

»Ich hatte auch ehrlich vor, anzurufen. Aber ich habe gerade viel um die Ohren.« Er wechselte das Thema. »Wie war Dublin?«

»Nicht viel Neues, was den Mordfall betrifft«, antwortete Anna, »gut möglich, dass der Tod von Terrence Taylor ein Unfall war und gar nichts mit den Morden an Laverty und deinem Cousin zu tun hat.«

»Und sonst?« Eigentlich wollte er nicht neugierig sein. Aber er wollte über alles Mögliche reden, nur nicht über den Mord an Raymond.

»Na ja, nicht so toll«, gestand Anna freimütig, »ich hab' dir ja von meinem Ex erzählt. Früher war er halt bloß ein Kollege, mittlerweile ist er Dienststellenleiter, da konnte ich ihm leider nicht aus dem Weg gehen. Er ist halt nach wie vor der Meinung, dass meine Versetzung nach Donegal ein großer Fehler war.«

»Aus beruflicher Sicht natürlich.«

»Natürlich.« Er ahnte ihr Lächeln durchs Telefon. »Aber er braucht sich keine falschen Hoffnungen zu machen. Mit dem Kerl bin ich durch.«

Klang gut in Fins Ohren.

»Darf man denn erfahren, was es zum Abendessen gibt?«

»Hab' ich mir noch keine Gedanken drüber gemacht.« Das war glatt gelogen. Er hatte sich bereits gefühlt tausend Ideen durch den Kopf gehen lassen, aber noch kein Rezept gefunden, das gut genug schien, Anna Bradley von seinen Kochkünsten zu überzeugen. Und genau das wollte er. Sie überzeugen.

»Wann kommst du wieder zurück?«

»Weiß ich noch nicht.«

»Ich hab' Hunger«, neckte sie.

»Ich muss hier noch was erledigen«, erwiderte er.

Sie musste gar nicht nachfragen. Er erzählte es ihr aus freien Stücken. Er wusste selbst nicht wieso. Er kannte Anna überhaupt nicht, aber er hatte das Gefühl, dass sie ihn verstehen würde. Und es tat so verdammt gut, sich alles von der Seele zu reden und sich endlich nicht mehr alleine mit allem rumschlagen zu müssen. Er erzählte ihr alles, angefangen von Seans Anruf, von der Wohnung in London, dem Treffen in Almería bis zu Seans Geständnis über seine wahre Identität. Nur die Krankheit erwähnte er nicht. Und den fatalen Anschlag auf Martin Kavanagh.

Als er geendet hatte, blieb es eine Weile still in der Leitung. Auch Anna musste die Neuigkeiten erstmal verarbeiten. »Du musst ihn herbringen«, war ihr erster Satz.

»Das kann ich nicht riskieren«, meinte Fin, auch wenn er sich eingestehen musste, dass es auch sein erster Gedanke gewesen war. »Anderson will seinen Kopf.«

»Wir müssen einfach schneller sein als Anderson. Du sagst, dein Bruder hat Beweise«, entgegnete Anna, »dann lass uns Anderson festnageln.«

Darauf würde es wohl hinauslaufen, das musste Fin eingestehen. Sie hatten endlich eine Möglichkeit, Anderson zu schnappen. Aber der Preis dafür war Sean.

»Kronzeugenregelung.«

Ein magisches Wort. Anna sprach es so selbstverständlich aus, dass Fin sich fragte, wieso er nicht selber darauf gekommen war.

»Ja, das wäre die Lösung, aber …« Dennoch kamen ihm Zweifel. Die Morde, für die man Anderson verantwortlich machen konnte, waren in der Republik Irland passiert. Aber Anderson war britischer Staatsbürger. Wo also standen Seans Chancen am besten? »In Irland oder in Nordirland?«

»Keine Ahnung«, gestand Anna, »aber wenn du willst, mach' ich mich schlau.«

Fin war unendlich dankbar für die angebotene Hilfe. »Aber unter einer Bedingung.«

»Die da wäre?«

»Kein Wort zu Inspector da Silva.«

»Aber war –«

»Keine Widerrede.«

Sie fügte sich nach einigem Zaudern. »Okay.«

»Versprich es mir.«

»Gut. Ich verspreche es.«

Er legte auf. Er wusste, was er von ihr verlangte. Ihre Loyalität. Die Entscheidung zwischen ihm und ihrer Chefin. Und er hoffte inständig, dass sie es nicht bereuen würde.

Nein, er traute Caitlin nicht. Er konnte nicht einschätzen, wie weit sie für ihre Karriere bereit war, zu gehen. Am Ende war ihr das Leben seines Bruders egal. Das konnte er nicht riskieren. Aber sie würde es verstehen.

»Hier bist du.«

Sean tauchte neben ihm auf, stellte seine Kaffeetasse auf den Tisch und setzte sich zu ihm. Fin fragte sich, ob er schon lange da war. Ob er ihn beobachtet hatte. Vielleicht sogar sein Telefongespräch belauscht hatte.

Eine Weile saßen sie schweigend nebeneinander und schauten aufs Meer. Beobachteten die Katzen an der Bushaltestelle.

Der Bus kam, hielt an und fuhr weiter. Keine der Katzen war eingestiegen.

»Wieso hast du dich plötzlich an mich erinnert? Nach dreißig Jahren?«

»Fiona hat mich angerufen. Hat mir erzählt, dass sie dich getroffen hat«, antwortete Sean, »ich fand, es war an der Zeit …«

Wofür auch immer, blieb unausgesprochen.

»Was ist mit Mutter? Oder Deirdre?«

»Zu gefährlich.«

»Hier ist es auch gefährlich. Ein Handy lässt sich orten. Quer durch ganz Europa. Du kannst dich nicht bis an dein Lebensende verstecken.« Den letzten Satz hätte Fin am liebsten zurückgenommen. Er musste erst lernen, mit dieser neuen Situation umzugehen.

Sean überhörte es. »Ich verstecke mich schon seit acht Jahren.«

»Warst du glücklich in diesen acht Jahren?«

Er bekam keine Antwort.

Fin trank den Rest seines Kaffees. Er schmeckte bitter. »Eins will mir allerdings nicht in den Kopf rein. Wieso jetzt?«

»Was?«

»Anderson. Wieso jetzt, nach acht Jahren?«, wollte Fin wissen. »Acht Jahre lang lässt er sich erpressen und jetzt hat er plötzlich genug?«

»Vielleicht hat er es satt zu zahlen. Vielleicht ist ihm das Geld ausgegangen. Was weiß ich denn?« Es schien seinem Bruder egal zu sein.

»Du könntest den Spieß auch umdrehen.«

»Wie meinst du das?«

»Anderson zum Gejagten machen«, erwiderte Fin, »mit den Beweisen, die du hast …«

Sean ließ ihn nicht ausreden. »Nein, ich bleibe hier.« Er sah Fin herausfordernd an. »Das könntest du auch tun.«

»Was? Hierbleiben?«

»Warum nicht? Mein Geld reicht für uns beide«, versuchte er ihm die Idee schmackhaft zu machen. Hatte er das Bedürfnis, nach all den Jahren etwas gutmachen zu müssen? »Das Leben hier ist angenehm. Die Sprache lernst du schnell. Abgesehen davon können die meisten hier auch ein paar Brocken Englisch. Dafür hast du das ganze Jahr über Sonne. Und Wärme. Das Meer vor der Haustür.«

Der Gedanke war in der Tat verlockend.

»Was wartet zu Hause in Irland auf dich? Regen. Ein langweiliger Job. Eine kaputte Ehe …« Es schien ihm absolut ernst zu sein. »Was hast du zu verlieren?«

Mein Gewissen, dachte Fin. Meine Selbstachtung. »Nein, Sean, ich kann das nicht. Ich bin nicht so wie du. Ich werde zurückgehen nach Irland. Und du solltest mitkommen.«

»Träum weiter.«

»Wer von uns beiden träumt hier?«, schnauzte Fin ihn an.

Sean zuckte zurück, wandte sich ab und schwieg.

Auf der anderen Straßenseite kam Bewegung in die Katzenfamilie. Ein struppiger kleiner Hund sauste auf die Bank zu und hüpfte kläffend auf und ab, ohne auch nur die geringste Chance, an den Feind heranzukommen. Die Katzen gähnten gelangweilt, die größte unter ihnen machte einen Buckel und fauchte bedrohlich, worauf der kleine Kläffer Fersengeld gab, nur um sich in sicherer Entfernung noch mal umzudrehen und einen letzten Kommentar loszulassen, ehe er auf seinen Stummelbeinen davonhoppelte.

»Immerhin habe ich meinen Traum wahrgemacht«, meinte Sean fast schon trotzig mit einem demonstrativen Blick aufs Meer.

»Ist das dein Ernst? Das soll das Leben sein, von dem du geträumt hast? Fern von Heimat, Familie und Freunden?« Fin wollte es nicht glauben. »Ständig über die Schulter schauen?

Nie sicher sein, ob der neue Postbote nicht doch vielleicht ein Killer ist? Ist das dein Traum?«

»Du verstehst es nicht.« Sean schüttelte resigniert den Kopf.

»Dann erklär's mir.«

»Ich wollte eben alles anders machen. Anders als Vater. Ich wollte nie so werden wie er. Und das habe ich geschafft.« Er sah seinen kleinen Bruder an. »Bis jetzt.«

Fin seufzte. Ein vergleichsweise bescheidener Traum.

Sean schüttelte den Kopf. »Ich geh' jedenfalls nicht zurück.«

»Weißt du denn, wie viel Zeit dir noch bleibt? Was willst du tun, wenn du mal jemanden brauchst, der sich um dich kümmert, wenn du alleine nicht mehr klarkommst?«, warf Fin ein. »Hast du dir darüber schon Gedanken gemacht?«

Vielleicht hatte er das, aber er blieb ihm die Antwort schuldig. Wieder fuhren seine Finger nervös über die Tischplatte, suchten etwas, woran sie sich festhalten konnten. Als er merkte, dass sein Bruder ihn beobachtete, ließ er es.

»War es schlimm damals mit Vater?«

»Es war schlimm für Mutter«, antwortete Fin. Er erinnerte sich ungern daran. »Er hat sogar versucht, sie aus dem Haus zu jagen. Er hat Kräfte entwickelt, die man einem Mann von bald achtzig nicht zugetraut hätte. Am Ende haben wir ihn in ein Pflegeheim gegeben. Es ging einfach nicht mehr.«

»Ich möchte nicht so enden.«

»Du kannst dich natürlich auch erschießen lassen.«

»Übertreib nicht.«

»Ich übertreibe nicht«, widersprach er, »da draußen läuft ein Killer rum. Oder eine Killerin.« Er dachte an die eiskalte Schöne, die auch ohne Waffe gewirkt hatte wie ein geladener und entsicherter Revolver. Fin war mittlerweile überzeugt, dass sie es gewesen war, die in London vor Seans Tür gestanden hatte. »Und sie hat eine Spur. Sie könnte dich jetzt, genau in dieser Sekunde beobachten.«

Sean schaute sich unsicher um, bedachte für einen Wimpernschlag sogar die ältere Dame am Nachbartisch mit einem misstrauischen Seitenblick.

»Du hast nur eine Chance, wenn du mit mir zurückkommst.«

»In Irland gehe ich in den Knast.«

»Es gibt eine Kronzeugenregelung«, versuchte ihn Fin zu überreden, »wenn du gegen Anderson aussagst ...«

»Dann geh' ich trotzdem in den Knast.«

»Du sagst selber, du hast niemanden getötet.«

Sean nahm seine Tasse und einen Schluck Kaffee. Seine Hand zitterte, als er sie klappernd auf die Untertasse zurückstellte. Er warf seinem Bruder einen vorsichtigen Blick zu, wollte wissen, ob er es bemerkt hatte.

Fin sah ihn ausdruckslos an.

»Nein.«

»Nein?«

»Ich war nicht glücklich in den letzten acht Jahren.«

18. Anna

Dezember. Eine Woche vor Weihnachten und es goss in Strömen.

Fin verließ die Apotheke und stellte den Kragen seiner Jacke hoch. Zum wiederholten Male versuchte er sich einzureden, dass es bloß Wasser war, das da vom Himmel fiel. Aber es war kalt, selbst für irische Verhältnisse. Fürs Wochenende hatten die Meteorologen sogar Schnee vorhergesagt. Wo blieb eigentlich diese so oft versprochene Erderwärmung?

Er war nach Letterkenny gefahren, um Medikamente für Sean zu besorgen. Es spielte keine Rolle, dass das Rezept nicht echt war, solange das Medikament half, das er dafür bekam. Brian hatte es in liebevoller Heimarbeit an seinem Computer hergestellt. Er war im Dorf für die ärztliche Grundversorgung zuständig und hatte sich längst abgewöhnt, überflüssige Fragen zu stellen. Immerhin war er in einem früheren Leben Arzt gewesen, mittlerweile reparierte er allerdings lieber Autos statt Menschen. Der Apotheker hatte nicht mal mit der Wimper gezuckt, als er Fin die Schachteln über den Ladentisch schob, lediglich der Preis hatte eine Augenbraue kurzfristig in die Höhe schnellen lassen. Egal, für Seans Geldbeutel kein Problem.

Fin stopfte sich die kleine Tüte unter die Jacke und bahnte sich einen Weg durch die Menschen, wich Pfützen, Schirmen und Tüten mit sperrigen Weihnachtsgeschenken aus.

»Fin!«

Die Stimme ließ ihn innehalten und aufschauen.

Anna.

Da stand sie plötzlich vor ihm. Die langen Haare unter einer weißen Strickmütze, die sie tief ins Gesicht gezogen hatte, einen dicken Schal um den Hals geschlungen, so dass er sie beinahe nicht erkannt hatte. Sie lächelte und für Fin ging mitten auf der Hauptstraße von Letterkenny abends um fünf Uhr die Sonne auf.

»Du bist schon zurück? Warum hast du dich nicht gemeldet?«

»Sorry, hatte noch keine Zeit. Unser Flieger ist erst heute Mittag gelandet«, klärte Fin auf, »ich hatte 'ne Menge Überzeugungsarbeit zu leisten, und gestern Nacht hab' ich dann kurzfristig zwei Flüge gebucht, ehe er sich's noch mal anders überlegt.«

»Wo ist er jetzt?«

Sie standen mitten auf dem Gehweg, ein veritables Fußgängerhindernis.

»Lass uns irgendwo einen Kaffee trinken, ja?«

In der nächsten Seitenstraße fanden sie ein kleines Café, das sie mit Wärme und dem Duft nach frisch gemahlenem Kaffee und Weihnachtsgebäck empfing. Sie zwängten sich durch einen Parcours aus Einkaufstüten, abgestellten Regenschirmen und nassen Mäntel und fanden einen Tisch am Fenster. Er half ihr aus dem unförmigen Daunenmantel. Ihr Parfum stieg in seine Nase, eine Mischung aus Mandeln und Jasmin. Ohne ihre Uniform, ganz leger in Jeans und Pullover sah sie zauberhaft aus. Fin spürte die Blicke der anderen Gäste, misstrauisch und neidvoll die Frauen, begehrlich und bewundernd die Männer.

Anna schien es gar nicht zu merken. Sie verstaute zwei große Penneys-Tüten neben dem Tisch und setzte sich.

»Weihnachtseinkäufe?«, fragte Fin neugierig.

»Ich hab' vier Geschwister. Meine jüngste Schwester ist erst vierzehn. Sie war gar nicht geplant, aber plötzlich war sie da.« Sie lachte.

Fin bestellte Kaffee. Aus einem Lautsprecher tönte ein Kinderchor, der traditionelle Weihnachtslieder zum Besten gab. Die Beleuchtung war gedimmt, Teelichter brannten auf den Tischen, auf der anderen Seite der beschlagenen Fensterscheibe hasteten Menschen durch den Regen. Es war gemütlich.

»Du hast Farbe abgekriegt«, stellte Anna fest.

Fin strich sich unbewusst über die Wange. »Da unten gab's eindeutig mehr Sonne als hier.«

Sie lehnte sich über den Tisch und sah ihn gespannt an. »Jetzt erzähl schon.«

»Da gibt's nicht viel zu erzählen. Es hat 'ne Weile gedauert, aber schließlich hat Sean eingesehen, dass es die beste Lösung ist«, erwiderte Fin. »Ich hab' mir den USB-Stick angeschaut. 'ne Menge Fotos, ein paar Videos, nicht alles in bestechender Qualität, aber damit lässt sich was anfangen. Auf einer Aufnahme sieht man, wie die Ware ankommt –«

»Welche Ware?«

»Frauen. Junge Frauen. Sehr junge Frauen«, antwortete Fin finster, »sie sind mit einem Boot gebracht worden. Wahrscheinlich von irgendeinem Schiff. Sieht aus wie der Hafen von Belfast. Man hat sie direkt in einen Kleinbus verfrachtet und weggeschafft. Anderson ist auch zu sehen. Er sitzt auf dem Rücksitz eines Autos, aber er ist gut zu erkennen.«

»Wie ich solche Schweine hasse, die mit diesen ahnungslosen Frauen Geld verdienen!«, spuckte sie verächtlich aus.

»Weißt du, ob man bei Raymond zu Hause einen USB-Stick gefunden hat?«

Anna dachte kurz nach. »In den Unterlagen hab' ich nichts davon gelesen. Wenn ja, dann wurde er bisher noch nicht ausgewertet.«

»Wenn Andersons Killer nicht schneller gewesen ist …«, befürchtete Fin in düsterer Vorahnung, »vielleicht lohnt sich noch mal ein Besuch auf der Farm.«

»Du sagst, alle vier hatten so ein Teil?«

Fin nickte.

»Also auch Laverty und Taylor?«

»Richtig.«

»Ich werd' auf jeden Fall noch mal nachforschen. Vielleicht ist da in dem Zusammenhang bei den Ermittlungen was aufgetaucht«, erwiderte sie.

»Guter Gedanke. Auf jeden Fall sind Andersons Tage gezählt«, sagte Fin, »wie sieht's bei dir aus? Hast du wegen der Kronzeugenregelung was in Erfahrung bringen können?«

»Ich schätze, die besten Chancen hat dein Bruder hier in Irland. Drüben im Norden ermitteln sie für meinen Geschmack auf zu vielen verschiedenen Ebenen gegen Anderson. Menschenhandel, Drogen, Finanzdelikte. Das ist mir zu unübersichtlich«, erzählte Anna, »außerdem traue ich denen nicht. Anderson hat überall seine Finger drin. Dublin ist sicherer, da weiß ich, mit wem ich's zu tun habe. Vor einiger Zeit hat NBCI eine Sonderkommission Balkan ins Leben gerufen, und dreimal darfst du raten, wer sie leitet.«

»Doch nicht etwa dein Ex …?«

Sie verzog das Gesicht, als ob sie Zahnschmerzen hätte. »Leider. Aber sieh es einfach positiv. Er verspricht sich etwas davon, wenn er mir einen Gefallen tun kann, also wird er Himmel und Hölle in Bewegung setzen.«

»Du Ärmste«, bedauerte Fin aufrichtig, »wie viel hast du ihm verraten müssen?«

»Keine Angst, er weiß nicht, um wen es sich dreht. Ich hab' ihm nur angedeutet, es gäbe da jemanden, der bereit wäre, vor Gericht gegen Anderson auszusagen. Er kann's kaum erwarten, diesen Zeugen kennenzulernen.«

»Und Caitlin da Silva? Hat sie irgendwas gemerkt?«

Sie schüttelte den Kopf. »Nein, bestimmt nicht. Aber ich muss aufpassen.«

»Warum?«

»Ich glaube, ihr gefällt nicht, dass ich mich so in den Fall reinhänge.«

»Das kann ihr doch nur recht sein«, wunderte sich Fin.

»Vielleicht ist es, weil … nun ja, …«

»Ja?«

»Ich will ja nicht indiskret sein, aber …« Sie wand sich um ihre eigenen Worte. »War da mal was zwischen euch beiden?«

Fin sah sie überrascht an. »Zwischen Caitlin und mir?«

Sie nickte.

»Nein, da war nie etwas. Wieso fragst du?«

»Ich hatte halt so den Eindruck. Schon letzte Woche, als du bei uns auf dem Polizeirevier warst. Irgendwie hing da was zwischen euch in der Luft.«

Fin lächelte. »Nein, da musst du was falsch verstanden haben. Wir kabbeln uns hin und wieder mal, aber das ist rein beruflich. Sie hat halt ihre Macken wie alle anderen Menschen auch.«

»Ich hatte ihr vorgeschlagen, in Derry anzufragen, ob man Anderson vielleicht observieren könnte«, berichtete Anna, »aber davon wollte sie nichts hören. Wahrscheinlich traut sie den Burschen genauso wenig wie ich.«

»Ja, das ist ein sensibles Thema. Sie hält nicht viel von Zusammenarbeit mit dem Norden.« Vielleicht war es doch keine so gute Idee gewesen, Anna in die Sache mit reinzuziehen. »Hör zu, ich kann verstehen, wenn du lieber aussteigen willst. Das ist kein Problem. Gib mir einfach Name und Telefonnummer von deinem Kontakt in Dublin. Ich schaff' das schon irgendwie.«

Anna sah ihn mit großen Augen an. »Kommt nicht in Frage«, widersprach sie, »wenn ich was anfange, dann zieh ich das auch durch. Ich werd' dich jetzt nicht hängen lassen.«

»Ich möchte auf keinen Fall, dass du Ärger bekommst.«

»Ach, mach dir um mich keine Gedanken. Das kenn' ich nicht anders.« Sie winkte ab. »Ich glaub', ich zieh' Probleme an wie ein Magnet, das war in Dublin nicht anders. Die Affäre damals mit dem Kollegen ...« Sie schnitt eine Grimasse. »Aber aus Fehlern lernt man. Du weißt ja, ich hab' mir vorgenommen, nie wieder was mit einem Kollegen anzufangen.«

Dann durfte er sich ja noch Hoffnungen machen, dachte Fin, schließlich war er ein Ex-Bulle.

»Trotzdem hab' ich mir den Neuanfang in Donegal etwas einfacher vorgestellt.« Ihre Fingerspitze zeichnete das Sternchenmuster auf der Tischdecke nach. »Im Grunde genommen ist Caitlin da Silva gar nicht so übel. Aber sie kann nicht delegieren, alles will sie selber machen. Manchmal glaube ich, sie traut nicht mal ihren eigenen Leuten. Ich muss ständig aufpassen, wo ich hintrete.«

»Ja, sie ist schon 'ne ganz eigene Nummer«, stimmte Fin zu.

»Ach, was soll's, so schnell lass ich mich nicht unterkriegen«, sagte sie zuversichtlich, »wenn wir Anderson hinter Schloss und Riegel haben, läuft's bestimmt besser.«

»Habt ihr noch irgendwas rausgefunden?«

Der Kaffee kam endlich, eine Pause entstand. Anna war Profi genug, die polizeilichen Ermittlungen nicht in die Öffentlichkeit zu tragen.

»Diese Kate Oliver scheint ein Phänomen zu sein«, meinte sie, als sie wieder alleine waren, »sie hat für Anderson in einem seiner Etablissements gearbeitet. Da gab's 'nen Freier, dem gerne mal die Hand ausgerutscht ist. Einmal ist er wohl zu weit gegangen. Und am nächsten Tag war er tot. Seitdem ist Kate Oliver untergetaucht. Andere Quellen behaupten, sie sei zur selben Zeit in Glasgow gewesen.«

»Unsere Kate Oliver? Verwechslung ausgeschlossen?«

»Das wär' schon ein verdammt großer Zufall, oder?«

Fin verteilte gedankenverloren den Zucker in seinem Kaffee.

»Sean kennt Kate Oliver. Er kann sich nicht vorstellen, dass sie etwas mit den Morden zu tun hat.«

»Wann hat er sie zuletzt gesehen?«

»Das ist einige Jahre her.« Er dachte an das Foto von dem unschuldig lächelnden Mädchen.

»Menschen ändern sich.«

Ja, diese schmerzliche Erfahrung hatte auch Fin gerade erst gemacht.

»Außerdem ...« Sie wischte sich mit einem schmalen Finger den Milchschaum von der Oberlippe. »Außerdem hat ein Angestellter aus Taylors Werkstatt ausgesagt, dass am Nachmittag vor dem Brand eine gutaussehende Rothaarige ihren Wagen zur Reparatur gebracht hat.«

»Also vielleicht doch Brandstiftung.«

»Als ich am Wochenende in Dublin war, hatten wir Kate Oliver noch nicht auf dem Schirm«, erklärte Anna, »wir haben den Kollegen mittlerweile ein Foto von ihr geschickt. Wenn der Mann sie identifiziert, sind wir einen großen Schritt weiter.«

Fin fand es seltsam, dass jemand mit so auffallend roten Haaren nicht zur Perücke griff oder zu einer dezenteren Haarfarbe wechselte. Sie schien sich ihrer Sache ziemlich sicher zu sein. Je länger er darüber nachdachte, desto plausibler erschien ihm der Verdacht. Raymond hatte vermutlich nichts Böses geahnt, als seine Verflossene vor seiner Tür gestanden hatte. Und wenn Ray sie gekannt hatte, sprach nichts dagegen, dass sie auch problemlos in die Nähe von Laverty und Taylor gelangt war. Und auch Sean würde keinen Verdacht schöpfen, wenn sie plötzlich aus der Versenkung auftauchte. Im Gegenteil.

»Du musst auf ihn aufpassen, Fin«, fasste Anna seine Gedanken in Worte.

»Keine Angst, ich kenne kaum einen besseren Ort, um sich zu verstecken, als Foley.« Er hoffte, dass er sich da nicht irrte.

»Mein Kollege in Dublin hat versprochen, dass er sich noch vor den Feiertagen meldet.«

Fin entdeckte den Keks neben seiner Kaffeetasse. Ein kleiner Stern, der nach Nelken und Zimt schmeckte. »Was wirst du über Weihnachten machen?«

»Ehe ich hier einschneie und Weihnachten alleine verbringen muss, wohl zu meinen Eltern und meinen Geschwistern nach Dundalk fahren«, antwortete sie, »und du?«

»Weiß noch nicht. Hängt davon ab, wie sich die augenblickliche Situation entwickelt«, entgegnete er vorsichtig, »wenn Sean noch nicht im Gefängnis sitzt, werden wir wohl unsere Mutter besuchen.«

»Das wird das tollste Weihnachtsgeschenk, das sie je bekommen hat«, strahlte sie ihn an.

Fin dämpfte ihren Optimismus. »Abwarten. Wenn's gut läuft, handelt er sich eine saftige Ohrfeige ein …«

»Hey, sie bekommt ihren Sohn wieder. Alles andere ist da Nebensache, du wirst sehen.«

»Ja, stimmt schon.« Aber Fin dachte dabei weniger an Seans kriminelle Vergangenheit als an seine gesundheitliche Zukunft. Eines war so bedrückend wie das andere.

»Und …« Sie zögerte. Fegte ein paar Kekskrümel vom Tisch. »Wirst du auch deine Ex-Frau sehen?«

»Nicht, wenn es sich vermeiden lässt.« Er beobachtete sie, wie sie verlegen ihre leere Kaffeetasse untersuchte. »Schließlich ist Weihnachten und da will ich mir nicht die Laune verderben lassen. Aber Lily, meine Tochter, die werd' ich sehen. Vorausgesetzt, ich kann bis dahin mit einem passablen Geschenk aufwarten.« Lily erwartete bestimmt mehr von ihrem Vater als ein buntes Souvenir aus Spanien.

»Du liebst deine Tochter sehr, nicht wahr?«

»Meine Schwiegermutter sagte mal, Lily sei das Einzige, was ich zustande gebracht hätte, das Hand und Fuß habe«, erklärte er trocken, »irgendwie hat sie nicht ganz unrecht. Aber im Ernst, Lily ist mein Ein und Alles.«

»Es ist schön, wenn man eine Familie hat und Weihnachten nicht allein verbringen muss«, sagte Anna. »Vielleicht können wir uns ja nach den Feiertagen sehen?«

Fin dachte einen Moment nach. Warum so lange warten? »Wie wär's mit morgen Abend?«

19. Buster

»Ich habe fast vergessen, wie kalt und ungemütlich Irland sein kann.«

»Kunststück. Wenn man die meiste Zeit des Jahres im sonnigen Süden verbringt.«

Sie waren mit dem Landrover unterwegs. Draußen zog die graubraune Moorlandschaft Donegals vorbei. Ein paar Schafe, ein paar Haufen zum Trocknen aufgestapelten Torfs, ein Zaun hier und da, aber nichts, das die Monotonie wirklich störte. Selbst der Himmel trug ein gleichgültiges Grau.

»Es ist so trostlos«, fand Sean.

»Jetzt werd' bloß nicht überheblich«, erwiderte Fin, »es ist immerhin deine Heimat. Wann warst du das letzte Mal in Irland?«

»Sagte ich doch. Zu Vaters Beerdigung.«

»Und danach?«

»Nie wieder«, antwortete Sean, »was sollte ich hier?«

»Deine Familie besuchen?« Es war mehr eine Feststellung als eine Frage.

Sean schwieg.

»Hast du wenigstens manchmal an uns gedacht?«

»Doch.«

Die Antwort kam viel zu schnell, als dass Fin sie glauben mochte. Er schaute hinüber zu seinem Beifahrer. Sean blickte aus dem Fenster in die graue Landschaft, ohne sie wirklich wahrzunehmen. »Es ist so verdammt viel Zeit vergangen …«

Sie erreichten Corrach Mór. Das Tor zu Raymonds Farm war geschlossen. Sean stieg aus, um es zu öffnen. Sie trafen sich vor dem Haus.

»Ich kann mir Ray gar nicht als Farmer vorstellen«, erklärte Sean und schaute sich um, »Fiona hat mir am Telefon erzählt, dass er das Stück Land hier gekauft hat.«

»Wusste Anderson davon?«

»Keine Ahnung.«

»Hat Ray mal erwähnt, dass er bedroht wird?«

»Kann mich nicht daran erinnern«, entgegnete Sean, »aber ich sagte ja, wir hatten wenig Kontakt. Ich hab' ihn zuletzt vor zwei Jahren gesehen, da hat er mich in London besucht. Wir sind 'n bisschen um die Häuser gezogen und haben ein paar Pints getrunken.«

Ein Rest blauweißes Absperrband hatte sich in einem kahlen Strauch verfangen und flatterte im Wind. Anna hatte Fin erzählt, dass die Ermittlungen am Tatort abgeschlossen waren. Sie würden niemanden stören, wenn sie ungefragt hier auftauchten.

Fin hatte erwartet, dass die Haustür versiegelt war. Aber wer sollte in dieser abgelegenen Gegend in ein Haus eindringen, in dem ein Mord geschehen war? Niemand mit ehrenwerten Absichten. Und die anderen würde ein Siegel aus Papier nicht aufhalten.

Die Tür war nicht mal verschlossen. Drinnen hatte die Spurensicherung ihre eigenen Spuren hinterlassen. Schränke und Schubladen standen offen, der jeweilige Inhalt nur nachlässig wieder eingeräumt. Sämtliche Griffe und Türklinken waren abgepudert worden, ebenso ein Großteil der Oberflächen von Möbeln und Fensterscheiben, Zeugnis der erfolglosen Suche nach Fingerabdrücken. Der Kamin war leergefegt, die Asche eingepackt und zur weiteren Untersuchung ins Labor geschickt worden. Vielleicht hatte jemand Beweisstücke verbrannt. Auch der Stuhl fehlte. Nur noch die Blutflecke auf dem Teppich im Schlafzimmer erzählten von der Tat. Weiße Kreidestriche auf den dunklen Steinfliesen markierten die Positionen von Beweisstücken. Was auch immer man gefunden und anschließend mitgenommen hatte, ein USB-Stick war nach Annas Aussage nicht darunter gewesen.

»Also, das, was wir suchen, ist verdammt klein«, stellte Fin überflüssigerweise fest, »lass uns anfangen.«

Je mehr Belastungsmaterial sie gegen Tiny Tim Anderson zusammentragen konnten, desto besser. Da die Polizei den Stick offensichtlich nicht gefunden hatte, lohnte sich eine Suche. Es sei denn, Andersons Killer war schneller und gründlicher gewesen. Aber Fin erinnerte sich daran, dass das Haus, als er es zum ersten Mal betreten hatte, nicht so ausgesehen hatte, als sei es durchwühlt worden.

Sean blickte sich um, als überlegte er, wo er anfangen sollte. »Was macht dich so sicher, dass Ray den Stick hier aufbewahrt hat?«

»Fällt dir was Besseres ein?«

Er schüttelte den Kopf. »Na dann …«

Sie machten sich an die Arbeit. Sie ersparten sich die Schränke und Schubladen, die die Spurensicherung bereits unter die Lupe genommen hatte, tasteten stattdessen die Unterseiten von Möbeln ab, klopften die Wände nach unsichtbaren Safes ab und den Boden nach losen Fliesen.

»Ein eigenartiges Gefühl, in ein Haus einzubrechen und nicht darauf achten zu müssen, Fingerabdrücke zu hinterlassen«, meinte Sean mit leisem Sarkasmus.

»Hört, hört, der Fachmann spricht …«

Fin hatte sich einen Hocker aus der Küche geholt, um einen Blick auf die freitragenden Balken im Wohnzimmer werfen zu können. »Weißt du, was auf Rays USB-Stick drauf ist?«

»Nein, nicht genau. Ray sagte mal, er hätte irgendwann

mal aus Jux ’n paar Aufnahmen von Andersons Mädchen gemacht. In seinen Absteigen in Derry und Belfast«, antwortete Sean, »das würde zu ihm passen.«

»Kannst du dir vorstellen, dass Kate Oliver für Anderson angeschafft hat?«

»Katie?« Sean sah ihn verblüfft an. »Im Leben nicht. Dazu war sie gar nicht der Typ. Wie kommst du auf die Schnapsidee?«

Fin konnte es sich auch nicht vorstellen. »Kennst du eigentlich Andersons Personal? Ich meine die Leute, die für ihn arbeiten.«

»Früher ja, da kannte ich die meisten. Aber das ist lange her. Ich bin nicht mehr auf dem Laufenden. Warum willst du das wissen?«

Er beschrieb seinem Bruder die Schneekönigin. Sean dachte nach und schüttelte den Kopf. »Nein, fällt mir nichts zu ein.«

Fin trug den Hocker zurück in die Küche und machte sich daran, den Fliesenspiegel nach verdächtigen Stellen zu untersuchen.

Sean schob den Vorhang hinter dem Esstisch zur Seite. In der Höhe der Fensterbank war eine Steckdose. »’ne ziemlich bescheuerte Stelle für eine Steckdose, findest du nicht auch?«

Er klopfte dagegen. Die Wand hörte sich hohl an. Fin brachte ein stabiles Messer aus der Küche und reichte es Sean. Im Handumdrehen war die Verkleidung abmontiert. Sean behielt recht. Statt einer Stromleitung kam ein kleiner Hohlraum zum Vorschein.

»Na bitte.« Seine Finger förderten einen USB-Stick ans Tageslicht, den gleichen, den er selber besaß. Vorsichtig tastete er weiter in dem Loch herum.

»Noch was?«

Eine kleine Plastiktüte tauchte auf. Er trug sie zum Tisch und leerte sie aus. Fin erwartete Geld. Oder vielleicht gefälschte Pässe. Eine kleine Menge Kokain für den Hausgebrauch.

»Fotos …», murmelte Sean.

Aus einer Zeit, als es noch keine digitale Fotografie gegeben hatte. Vergilbte Schnappschüsse von privaten Feiern. Ein paar Polaroids von einem Besuch beim Hunderennen mit ein paar Kumpels. Raymond bei einem Angelausflug mit seiner Beute, mit im Boot Menschen, die Fin nicht kannte. Verblichene Erinnerungen, denen die Zeit Farbe und Schärfe genommen hatte.

»Laverty …« Sean hielt ein Foto hoch. »Und Raymond … Taylor …« Eine feuchtfröhliche Runde in einem Pub. »Und ich …« Alle trugen sie Schals in den Vereinsfarben eines Rugbyclubs, hatten ein Pint in der Hand und feierten den Sieg ihres Teams. »Das Foto muss mehr als zwanzig Jahre alt sein.« Seine Hand zitterte.

Fin merkte es. War es nur die Erregung über den unverhofften Fund? Die Erinnerung an längst vergangene Zeiten, die plötzlich wieder hochgespült worden war? »Alles okay?«

»Ja, klar«, beruhigte Sean und legte das Foto weg, »ich glaub', ich bin die Kälte einfach nicht mehr gewohnt.«

»Und wer ist das hier?« Fin fischte ein Bild aus dem Stapel.

»Anderson.«

»Das seh' ich. Ich meine das Mädchen neben ihm.« Ein Teenager. Lange rotblonde Haare.

»Seine Tochter.«

»Seine Tochter?«

»Warum sollte er keine Tochter haben?«

Fin betrachtete das Mädchen, das neben dem Mann im Rollstuhl stand und scheu in die Kamera lächelte. Er hatte keine Ahnung, wie alt das Foto war, aber wenn Andersons Tochter heute etwa Anfang dreißig war, dann war er ihr vielleicht kürzlich begegnet.

Ein Geräusch ließ ihn innehalten. Ein Kratzen an der Hintertür. Fin schob den Vorhang zur Seite und spähte in den Hof.

»Was ist?«, fragte Sean.

»Hast du das eben gehört?« Im Hof war niemand.

»Was? Nein.«

Fin lauschte, aber alles blieb ruhig.

Er legte das Bild zurück zu den anderen. »Woher hatte Ray die Fotos von Anderson?«

»Die beiden kannten sich schon ewig. Als Anderson in Derry Fuß gefasst und sein Geschäft aufgebaut hat, war Ray praktisch von der ersten Stunde an dabei.«

Gut möglich, dass Raymond Andersons Tochter gekannt hatte. Ihr hätte er zweifellos die Tür geöffnet, ohne Verdacht zu schöpfen. Oder sie war ohne seine Hilfe hereingekommen.

Wieder dieses Scharren. Begleitet von einem leisen, bettelnden Greinen. So als ob jemand Einlass begehrte.

Fin sprintete durchs Schlafzimmer zur Hintertür und riss sie auf. Aber er kam zu spät. Etwas verschwand hinter der Hausecke. Irgendwo raschelte es im Gebüsch. Dann war alles still. Aufmerksam beobachtete er die Umgebung, aber nichts rührte sich bis auf den Wind, der leise im Gras raschelte. Nebelschwaden trieben über die brachliegenden Felder und Wiesen und sammelten sich zwischen den Hügeln.

Das nächtliche Wehklagen kam ihm plötzlich wieder in den Sinn, die unheimlichen Laute, die die Morde an Raymond und Gordon Laverty regelrecht angekündigt hatten. Er wusste noch immer nicht, was er davon halten sollte.

Er schloss die Tür und ging zu seinem Bruder zurück. »Hast du schon mal eine Banshee gehört?«

»Eine Banshee? Nee. Wie kommst du ausgerechnet jetzt da drauf?«

»Nur so.«

Sean sammelte die Fotos ein und packte sie zurück in die Tüte. »Ich glaube nicht an Gespenster.«

Sie verließen das Farmhaus.

Ein leiser Singsang hing in der Luft. Ein geisterhafter Ton, der über ihnen schwebte wie ein großer schwarzer Vogel mit drohend ausgebreiteten Schwingen. Aber es war nur der Wind, der mit den Stromleitungen spielte.

Fin schauderte und versuchte, seine Gänsehaut abzuschütteln. Trotzdem wurde er das Gefühl nicht los, dass sie nicht alleine hier draußen waren.

Sie stiegen in den Landrover. Fin hielt auf der Straße an und wartete, bis Sean das Tor hinter ihnen geschlossen hatte.

Er legte den Gang ein, fuhr an – und trat im gleichen Moment hart auf die Bremse.

Ein Schatten schoss knapp vor seiner Stoßstange über die Straße.

Sean lachte. »Da hast du dein Gespenst!«

Ein Hund. Ein schwarzweißer Border Collie.

Der Hund blieb mitten auf der Straße stehen und fixierte sie mit seinen hellen Augen, als würde er ernsthaft überlegen, ob er den Landrover in einen Pferch treiben sollte. Ein paar Meter weiter entdeckte Fin am Straßenrand Mairéad O'Leary, die Nachbarin. In ihrer abgenutzten Wetterjacke, mit den Jeans in den verdreckten Gummistiefeln und einer Schiebermütze auf dem Kopf hätte er sie im Vorbeifahren für irgendeinen Farmer gehalten. Sie pfiff nach dem Hund, der augenblicklich angestürmt kam und sich artig neben ihr ablegte.

Über ihrem Arm trug sie eine Schrotflinte.

Fin hielt an und kurbelte das Fenster herunter. »Hallo, Mrs. O'Leary. Na, wieder auf der Jagd nach wildernden Hunden?«

Sie lächelte spröde. »Ich dachte, ich hätte den weißen Lieferwagen wieder gesehen. Aber ich habe mich wohl getäuscht.«

Er deutete auf ihr Gewehr. »Machen Sie bloß keine Dummheiten mit dem Ding.«

»Keine Sorge, Officer, ich kann damit umgehen.«

Irgendwie glaubte er ihr das sogar.

Er verabschiedete sich, schloss das Fenster und fuhr los. Im

Rückspiegel sah er Mairéad O'Leary, die ihnen lange hinterherschaute.

Eine eigenartige Frau.

»Was hat es mit diesem weißen Lieferwagen auf sich?«, riss Sean ihn aus seinen Gedanken.

Fin antwortete nicht. Sein Gefühl hatte ihn nicht getrogen. Sie waren nicht allein. Jemand beobachtete sie.

20. Cranachan

»Du hättest doch nichts mitbringen müssen«, protestierte Fin.

»Das ist ja auch nicht für dich.« Anna drückte ihm fast beiläufig das in unscheinbares braunes Papier gewickelte Päckchen in die Hand. Es fühlte sich weich an. »Das ist für deine Tochter.«

Neugierig schlug Fin das Papier zurück. Ein Tuch kam zum Vorschein, ein dünner Schal aus schillernder Seide in hellen fröhlichen Farben.

»Du sagtest doch, du hättest keine Zeit mehr, ein Geschenk zu kaufen«, erklärte sie ein wenig verlegen, »da dachte ich … Eine Freundin aus Dublin ist Designerin. Sie bedruckt sie selbst.«

Der Schal war wunderschön. Fin wusste gar nicht, was er sagen sollte. »Lily wird sich sehr darüber freuen. Vielen Dank.«

Er nahm ihr den Mantel ab. Die Meteorologen hatten ausnahmsweise recht behalten. Ein kalter Wind tobte ums Cottage und warf Schneegriesel gegen die Fensterscheiben.

»Guten Abend«, rief Sean vom Herd herüber. Fin hatte ihm aufgetragen, den Topf mit der Sauce keine Sekunde aus den Augen zu lassen. Eine Aufgabe, der er gerade eben so gewachsen schien.

Anna schüttelte ihm die Hand. »Fin hat mir schon viel von seinem großen Bruder erzählt.«

»Wenn er die schlimmen Sachen übersprungen hat, war's ein kurzes Gespräch.«

Fin konnte hinter Seans Stirn regelrecht sehen, wie sie arbeitete, die Frage, ob er was mit Anna hatte.

Sie sah bezaubernd aus in ihrem schlichten dunklen Kleid. Ein schmaler Ring und ein Paar dezente Ohrringe waren der einzige Schmuck, den sie trug. Mehr war auch nicht nötig.

Sie strich sich das lange Haar zurück und spähte in den Topf. »Das duftet verführerisch. Was gibt es denn?«

»Da musst du meinen Bruder fragen. Er ist der Koch.«

»Ich hab' einen Fisch im Ofen. Der braucht noch ein Weilchen«, gab Fin bereitwillig Auskunft, »und ich dachte an Jakobsmuscheln mit Limonensauce als kleine Vorspeise.«

Er machte sich ans Anrichten, während Sean eine passende Flasche Weißwein öffnete.

Das Essen war ein durchschlagender Erfolg. Selbst Sean war von den Kochkünsten seines Bruders angemessen beeindruckt. Wolfsbarsch in Salzkruste, dazu Gemüse und Kartoffelgratin, ein Salat und obendrein selbstgebackenes Brot. Fin hatte alle Register gezogen und war erleichtert, dass alles so geklappt hatte, wie er es sich vorgestellt hatte.

Die rote Katze schlich um den Tisch, machte mal beim einen, mal beim anderen halt, um mit nachdrücklichem Maunzen auf ihren angeblich leeren Magen aufmerksam zu machen. Fisch war ihre Leib- und Magenspeise, doch Fin hatte genug gekocht, um später auch noch ihren Napf zu füllen.

Die Glühbirnen flackerten hin und wieder. Der Sturm prüfte die alten Leitungen, ein Stromausfall war nichts Besonderes bei diesen Wetterverhältnissen. Jetzt konnte es Fin egal sein, er brauchte den Herd nicht mehr. Sicherheitshalber stellte er noch ein paar Kerzen auf den Tisch.

»Das Essen war wunderbar. Vielen Dank für die Einladung.« Anna nippte an ihrem Weinglas. Es war immer noch ihr erstes. »Ich hab' übrigens gute Neuigkeiten. Mein Kollege hat heute Nachmittag angerufen. Ihr sollt morgen nach Dublin kommen.«

»Morgen? Am Sonntag?«, wunderte sich Sean.

»Ja, Bruderherz, die irische Polizei arbeitet auch sonntags«, belehrte ihn Fin.

»Er meinte, da wärt ihr ungestört«, sagte Anna, »David Farmer wird sich um euch kümmern. Ich geb' euch noch seine Handynummer.«

»Jetzt wird's ernst«, meinte Sean düster.

»Soll ich mitkommen?«, fragte sie.

»Nein, du hast schon genug getan«, lehnte Fin ab. Ihr ehemaliger Kollege sollte sich bloß keine falschen Hoffnungen machen. »Wenn die Zeit reicht, werden wir vorher noch bei unsrer Mutter vorbeischauen.«

»Das hatte ich ja schon auf dem Rückweg von Spanien vor, aber Fin meinte, das sei zu gefährlich«, entgegnete Sean.

»Das seh' ich ganz genauso«, stimmte Anna zu, »sicher ist sicher.«

»Wir waren heute kurz auf der Farm und haben Raymonds Teil des Beweismaterials gefunden. Außerdem noch ein paar Fotos«, informierte Fin, »eure Spurensicherung war ziemlich schlampig.« Die letzte Spitze konnte er sich nicht verkneifen.

Anna nahm es mit einem Lächeln zur Kenntnis. »Mein Ex wird entzückt sein.«

»Wie stehen meine Chancen«, wollte Sean wissen. »Ich meine, womit muss ich rechnen?«

»Ich bin mit David nicht ins Detail gegangen«, erwiderte Anna, »ich weiß auch nicht, was du alles auf dem Kerbholz hast oder was du in die Waagschale werfen kannst …«

Seans Miene gab nichts preis.

»Einiges ist vielleicht sogar verjährt. Aber in Anbetracht der Tatsache, dass du Timothy Anderson praktisch auf dem Silbertablett servierst, sind deine Karten nicht schlecht. Solange du kein Menschenleben auf dem Gewissen hast.«

Sean schüttelte den Kopf. »Nein. Hab' ich nicht.«

Wieder flackerte das Licht.

»Ich glaube, es ist höchste Zeit für ein Dessert«, versuchte Fin die Stimmung zu heben und machte sich auf den Weg zum Kühlschrank.

»Was gibt es?«

»Cranachan.«

»Wow«, kommentierte Sean.

»Cranachan? Das kenne ich gar nicht«, sagte Anna.

»Jede Menge Sahne«, erklärte Sean.

»Und Mandeln, Honig und Whisky«, fügte Fin hinzu und stellte die Gläser mit der Süßspeise auf den Tisch.

»Und Himbeeren«, freute sich Sean, »genau wie Mutter es immer gemacht hat.«

»Es ist ihr Rezept.«

Sean tauchte den Löffel in die süße Masse und kostete.

»Und? Bestanden?«

»Schmeckt genau wie zu Hause.« Er sah seinen Bruder an. »Ich hab' es nicht vergessen.«

»Das ist total lecker«, kommentierte Anna, »meine Mutter hat immer Klepon gemacht. Das sind kleine Reiskuchen mit Kokosraspeln. Als Kind hab' ich die geliebt.«

Sean hob sein Glas zu einem Toast. »Auf all die wunderbaren Desserts dieser Welt!« Er trank aus, schielte hinüber zu der noch halbvollen Flasche, aber er hielt sich zurück. Stattdessen kratzte er den Rest seiner Creme zusammen und schleckte genussvoll den Löffel ab.

»Kaffee?«

Er schüttelte den Kopf. »Danke, aber ich verzieh mich jetzt«, meinte er, »wird 'n harter Tag morgen.« Er stand vom Tisch auf.

»Lass uns nicht so spät losfahren.«

»Neun Uhr?«

Fin nickte.

»Gute Nacht.« Sean warf ihm noch einen bedeutungsschwangeren Blick zu, den Fin lieber nicht interpretieren wollte. Offenbar fand er, dass er die Rolle der Anstandsdame lange genug gespielt hatte. Als er die Tür öffnete, wehte der Wind ein paar Schneeflocken ins Haus. Er machte sich auf den Weg hinüber ins Pub, wo er in einem der Zimmer logierte.

»Ich muss auch bald los.« Anna sah auf die Uhr und dann in Richtung Herd und Spüle, wo sich das schmutzige Geschirr türmte. »Aber vorher helfe ich dir noch.«

Gemeinsam räumten sie den Tisch ab. Fin füllte ein wenig kalten Fisch in den Futternapf, die Dame des Hauses ließ sich nicht lange bitten.

»Was würde Sean nur ohne dich machen?«

Anna spülte. Fin trocknete ab.

»Er ist dreißig Jahre ohne mich ausgekommen«, antwortete er, »eigentlich braucht er meine Hilfe nicht.«

»Du würdest alles für ihn tun, nicht wahr?«

»Natürlich, er ist mein Bruder. Er … er ist meine Familie. Klar würde ich alles tun. Auch wenn …«

Sie sah ihn fragend an.

Sean hatte sich verändert. Er war nicht mehr der Bruder, den er einst gekannt hatte. Trotzdem. »Klar würde ich alles tun«, wiederholte er.

»Wenn du ihn nicht zurückgeholt hättest, hätte ihn Andersons Killer irgendwann erwischt. So wie die anderen drei.«

»Und ich hätte es nicht mal mitgekriegt. Woher sollte ich wissen, wer James Craig ist? Irgendein Name in einer Ermittlungsakte.« Er räumte die sauberen Teller in den Schrank. »Wenn ich noch bei der Polizei wäre, hätte das anders ausgesehen.«

»Hast du damals nach deinem Bruder gesucht?«

»Am Anfang, ja, natürlich. Als Polizist sitzt man an der Quelle, da hat man viel mehr Möglichkeiten«, räumte Fin ein,

»aber er war wie vom Erdboden verschluckt. Und irgendwann akzeptiert man es und findet sich damit ab.«

»Warum hast du damals eigentlich deinen Job an den Nagel gehängt?«

»Lange Geschichte.« Auf die er im Moment so gar keine Lust hatte. »Da kam so einiges zusammen.«

»Also ich könnte das nicht. Alles einfach so hinschmeißen. Da gehört schon Mut dazu«, fand Anna.

»Mut?« So hatte es Fin bisher noch nicht gesehen. Der Gedanke schmeichelte ihm, aber er war verdammt weit weg von der Wahrheit. Sollte er ihr gestehen, dass ihm der Schritt sogar leicht gefallen war? Schlimmer noch, dass niemand von seinen alten Kollegen in Dublin ihn vermisste? »Es war 'ne Kurzschlusshandlung. Vielleicht 'ne Dummheit. Ich weiß es nicht.« Er hatte genug Zeit gehabt, darüber nachzudenken, aber zu einem endgültigen Urteil war er bislang noch nicht gekommen.

Sie war fertig mit Spülen, ließ das Wasser ab und trocknete sich die Hände. »Könntest du dir vorstellen, wieder zur Garda zurückzukehren?«

Diese Frage schien ihn zu verfolgen. Er nahm den letzten Topf und ließ sich Zeit. Polierte ihn gründlich. »Nein, ich glaube, der Zug ist abgefahren. Wenn ich ehrlich bin, dann war es wohl nie mein Traumjob.« Er stellte den Topf auf seinen Platz ins Regal. »Wie sieht's bei dir aus? Warum bist du Polizistin geworden?«

Anna entdeckte zwei übriggebliebene Gläser auf dem Tisch und wollte sie wegräumen, überlegte es sich aber anders, als sie den Rest Wein in der Flasche sah. Sie verteilte ihn gerecht. »Ich hatte schon immer Spaß am Arbeiten mit dem Computer«, antwortete sie, »hab' immer gern Dinge aufgestöbert, Spuren verfolgt, Zusammenhänge analysiert. Ich wollte immer wissen, wie etwas funktioniert und bin schon als Kind allem auf den Grund gegangen.« Sie musste plötzlich lachen. »Ich hab' im Kindergarten die sprechende Puppe meiner besten Freundin ruiniert und zu Hause sämtliche Uhren auseinandergenommen. Keine geschlossene Tür war vor mir sicher.« Sie setzte sich an den Tisch und schob Fin ein Glas hin. »Um deine Frage zu beantworten: Mich interessiert, weshalb Menschen etwas tun. Weshalb sie kriminell werden, schlimmstenfalls bereit sind, einen anderen Menschen zu töten.«

Fin konnte sie gut verstehen. Er selber hatte einiges aufzuarbeiten, was seinen Bruder betraf. Die Geschichte mit Martin Kavanagh und Fast Eddie hatte er Anna vorenthalten. Sie spielte im Hier und Jetzt keine Rolle. Vielleicht würde er sie ihr irgendwann erzählen. Wenn sich die Gelegenheit ergab. Vorerst würde Sean allein damit klarkommen müssen.

Er legte noch Torf aufs Feuer, zog sich einen Stuhl heran und setzte sich zu Anna an den Tisch.

»Was wäre eigentlich dein Traumjob?«, fragte sie neugierig.

Das Licht flackerte noch einmal, dann verlosch es endgültig.

»Ganz sicher nicht Elektriker bei EirGrid«, grinste er. In abgelegenen Regionen wie Donegal brauchte es manchmal nicht viel, um das Stromnetz zusammenbrechen zu lassen. Erfahrungsgemäß würde es mindestens bis Montag dauern, ehe die Versorgung wiederhergestellt war. Aber Fin bedauerte es nicht. Er mochte den warmen Schein des Kerzenlichts, das Kaminfeuer, das einen goldenen Schimmer auf Annas schwarzes Haar zauberte. Gerne hätte er es berührt.

»Du könntest kochen.«

»Nee, dafür reicht's wohl nicht.« Fin war nicht überzeugt.

»Ein Restaurant eröffnen.«

»Ein Restaurant? Hier? In Foley?« Er musste lächeln bei dieser Vorstellung.

»Oder in Dublin.«

»Mir gefällt's hier eigentlich ganz gut.«

Sie lehnte sich über den Tisch und stützte den Kopf in ihre

Hände. »Weiß deine Frau eigentlich –« Sie verbesserte sich. » – weiß deine Ex-Frau eigentlich, worauf sie verzichtet?«

Dessen war sich Fin ziemlich sicher. »Sie hat was Besseres gefunden.«

»Im Ernst?« Sie legte den Kopf schief. »Kann er kochen?«

Das entzog sich seiner Kenntnis. Er wusste nicht viel über Matthew Clarke. Susans Neuer hatte ihn bisher nicht sonderlich interessiert. Er hatte nur das Gefühl, dass sich dieser Mann zwischen ihn und Lily drängte, was ihm natürlich nicht passte, sich aber auf die Entfernung nur schwer verhindern ließ. Nein, er tat ihm unrecht. Im Grunde genommen verhielt sich Matthew ihm gegenüber überraschend fair und in einem anderen Leben hätten sie vielleicht mal ein Bier zusammen getrunken. Aber Fin wollte es gerne anders sehen, und sei es nur, um ab und an ein kleines Bad in Selbstmitleid zu nehmen.

»Ich werde mich langsam auf den Weg machen müssen.« Aber sie machte keinerlei Anstalten, aufzustehen.

Fin riskierte es. »Bei dem Wetter kannst du unmöglich nach Letterkenny zurückfahren.«

»Der Sturm hat nachgelassen.«

»Aber es schneit«, warf er ein, »schau doch raus. Du wirst gar nicht bis Letterkenny kommen.«

Im Kerzenlicht erschienen ihre braunen Augen fast schwarz. »Es käm' auf einen Versuch an …«

»Das kann ich unmöglich verantworten.« Er ahnte, worauf es hinauslaufen würde. Würde er es bereuen?

»Was schlägst du also vor?«

Er lehnte sich nach vorne, sie kam ihm entgegen. Ihre Lippen berührten sich.

»Darüber könnte ich nachdenken …«, neckte sie.

»Sagtest du nicht, du wolltest nie wieder was mit einem Bullen anfangen?«, fragte er keck.

Sie küsste ihn wieder. »Du bist kein Bulle mehr.«

Nie zuvor hatte sich dieser Satz besser angehört als aus ihrem Mund.

Sie blies die Kerzen auf dem Tisch aus. Sie brauchte kein Licht mehr. Im Nachhinein wusste Fin nicht mehr, wer wen ins Schlafzimmer gelotst hatte. Es war auch egal. Seit seiner letzten Affäre mit Charlotte hatte sich eine gewisse Abstinenz in seinem Leben breitgemacht. Aber Sex war wie Fahrradfahren. Man verlernte es nicht.

Irgendwann in der Nacht wachte er auf. Nein, es war schon fast Morgen. Ein grauer Schleier hing vor dem Fenster. Ein Geräusch hatte ihn geweckt. Der Wind hatte wieder aufgefrischt, heulte ums Haus wie ein einsamer Wolf. Irgendwo klapperte eine Tür.

Er schlief wieder ein.

Nein, es war nicht der Wind, dachte er noch. Es war die Banshee, die der Welt ihr Leid klagte.

Jemand würde sterben.

21. Banshee

Etwas Weiches berührte seine Wange. Legte sich sanft auf seine Lippen. Warmer Atem strich über seine geschlossenen Lider.

Es roch dezent nach Fisch.

Fin seufzte.

»Mimm beine Fote auf meim Gefift …«

Das weiche Etwas verschwand.

Er öffnete die Augen.

Sein zuverlässigster Wecker hockte neben dem Kopfkissen. In den grünen Augen lag jene Mischung aus Weisheit und Überheblichkeit, die so vielen Katzen eigen war.

Er fragte sich, wie sein Stubentiger es geschafft hatte, ins Schlafzimmer zu schleichen. Er war sich sicher gewesen, dass er gestern Nacht die Tür zugemacht hatte, als er mit Anna –

Anna.

Er fuhr herum.

Das Bett neben ihm war leer, das Laken kalt. Suchend schaute er sich um, in der irrwitzigen Vorstellung, sie könnte sich irgendwo in dieser winzigen Kammer versteckt haben. Graues Morgenlicht fiel durchs Fenster, die Scheiben von Raureif überzuckert. Er lauschte durch die angelehnte Tür, lauschte auf das leiseste Geräusch, das ihm sagte, er sei nicht alleine. Sein Wecker auf dem Nachttisch zeigte kurz nach acht.

Erst jetzt entdeckte er den Zettel.

Musste zu einem Einsatz. Wir telefonieren. Viel Glück in Dublin. In hastig dahingeworfener Handschrift.

Er hatte gar nicht mitbekommen, dass sie gegangen war. Er war enttäuscht, alleine aufzuwachen. Gerne hätte er Annas warmen Körper noch in seinen Armen gehalten, mit ihr zusammen die Decke bis unters Kinn gezogen und gewartet, bis die ersten Sonnenstrahlen den Weg ins Schlafzimmer gefunden hätten.

Vielleicht war es besser so. Er musste sich auf das konzentrieren, was vor ihm lag, davon jedenfalls wollte ihn seine Vernunft überzeugen. Aber wann hatte er jemals auf seine Vernunft gehört?

So leicht konnte er sich nicht von dem Gedanken an Anna lösen. War das jetzt ein One-Night-Stand gewesen? Er hoffte nicht.

Er scheuchte die Katze vom Bett, schlug die Decke zurück und stand auf. Er war eh spät dran. Er beeilte sich mit dem Duschen, was ihm nicht schwerfiel. Das Wasser war eiskalt. Es gab noch immer keinen Strom. Hastig zog er sich an, während ihm die Katze ununterbrochen zwischen den Füßen herumlief und quengelte. Ein ums andere Mal hockte sie sich demonstrativ vor die Haustür und sah ihn an.

»Was hast du? Wozu hab' ich dir diese gottverdammte Katzenklappe in die Tür gesägt?«

Er hockte sich neben sie und wollte das Türchen öffnen.

Zugefroren.

Er musste zweimal kräftig dagegentreten, ehe die Klappe knirschend nachgab. Die Katze schoss wie ein geölter Blitz nach draußen.

Rasch füllte er noch etwas Futter in den Napf, schnappte sich seine Jacke und verließ das Cottage.

Der Morgen war eisig. Sein Atem schwebte als weiße Wolke in der Luft. Der nächtliche Sturm hatte tatsächlich etwas Schnee gebracht, der wie ein dünner Schleier auf Wiesen und Feldern liegengeblieben war. Noch versteckte sich die Sonne hinter den Hügeln, mit etwas Glück würde es für ein paar

Strahlen reichen, ehe der nächste angedrohte Wintersturm über die Insel hereinbrach. Der Wind wehte ein paar Wolkenfetzen vom Meer heran, raschelte leise in den kahlen Bäumen und Sträuchern, die einen dicken Pelz aus Reif trugen.

Das Dorf schlief noch. Auf dem Dach des kleinen Schuppens neben dem Pub gurrte eine Möwe.

Fin hielt inne.

Möwen gurrten nicht.

Tauben gurrten.

Er schaute genauer hin. Nein, es war keine Möwe. Es war tatsächlich eine Taube. Eine weiße Taube.

Seltsam. Tauben sah man hier draußen an der Küste eher selten. Weiße Tauben schon überhaupt nicht. Der Vogel hockte auf dem Dachfirst, zuckte mit dem Kopf mal hierhin, mal dahin, und beobachtete ihn. Plötzlich hob er ab, segelte durch den Hof und landete auf dem Rand einer Regentonne in seiner Nähe. Scheu war er offensichtlich nicht.

Täuschte sich Fin oder trug die Taube einen Ring an einem ihrer Füße? Vielleicht war sie an Menschen gewöhnt. Vielleicht hoffte sie auf Futter.

Fin blieb abwartend stehen. Es war ein gegenseitiges Taxieren.

Zwei weitere Flügelschläge und die Taube landete keine zwei Schritte von ihm auf dem Boden. Erwartungsvoll schaute sie zu Fin hoch. Trippelte nach rechts, trippelte nach links. Ließ ihn nicht aus den Augen.

Etwas Gelbes schimmerte unter ihren Schwanzfedern. Ein kleines Röhrchen.

Eine Brieftaube?

Fin wunderte sich. Nutzte heutzutage überhaupt noch jemand Brieftauben? Vielleicht hatte der Sturm sie gestern vom Weg abgebracht und sie hatte sich verirrt. Neugierig geworden ging er in die Hocke und versuchte, die Taube anzulocken.

Unentschlossen trat sie von einer Kralle auf die andere und konnte sich doch nicht dazu durchringen, näherzukommen.

In der nächsten Sekunde schoss ein rotes Fellknäuel heran. Federn stoben, Flügel schlugen wild, dann flatterte die Taube auf und davon. Zurück blieb eine enttäuschte Jägerin, die angewidert ein paar Daunen ausspuckte, ehe sie sich mit stolz erhobenem Haupt trollte. Und ein kleines gelbes Röhrchen.

Fin hob es auf. Es war eine Hülse, geschnitzt aus hauchdünnem Holz, kaum größer als sein Daumen, mit einem schmalen Band, das wohl zur Befestigung diente. Wozu auch immer dieses Röhrchen diente, es war leer.

Er hatte keine Ahnung, was das war. Suchend blickte er sich um, aber die Taube war verschwunden. Achselzuckend steckte er das Ding in seine Hosentasche.

Im Pub regierte die Ruhe des Sonntagmorgens. Der Geruch von kalter Zigarettenasche hing im Raum, durchzogen von Bratfett und abgestandenem Bier. Vom Vorabend waren noch ein paar ungespülte Gläser übriggeblieben. Und Nora Nichols.

Geduldig hockte die Alte einem Denkmal gleich auf ihrem angestammten Barhocker, als warte sie darauf, dass der Zapfhahn endlich geöffnet wurde. Hatte sie hier übernachtet?

»Willst du auch einen Kaffee, Nora?«, fragte Fin voreilig, noch ehe er versucht hatte, die Kaffeemaschine vorzuheizen. Er drückte vergeblich auf den Knopf. Auch hier gab es keinen Strom.

»Nee, mach mir lieber 'nen Fisherman's«, antwortete die Alte.

»Einen Fisherman's«, wunderte sich Fin, »noch vor dem Frühstück?«

»Das ist mein Frühstück!« Zur Bekräftigung klatschte ihre flache Hand auf die Theke, als wolle sie ihm Beine machen.

Fin verzog sich in die Küche, stellte fürs Kaffeewasser den Kessel auf den Gasherd und daneben einen Topf, um ein Pint

Bier aufzuwärmen. Er hatte Ronan O'Shea in den letzten Monaten oft dabei beobachtet, wie er einen Fisherman's Fellow zubereitete. Auch wenn sich der Pubbesitzer nicht gern über die Schulter schauen ließ. Das Rezept für den Fisherman's Fellow, die Spezialität des Hauses, war schließlich geheim und wurde nur innerhalb der Familie O'Shea von Generation zu Generation weitergereicht.

Mit dem heißen Bier ging er zurück in den Schankraum. Maß einen Teelöffel von Ronans sagenumwobener Spezialmischung aus Kräutern und Gewürzen ab und rührte ihn sorgfältig in den Bierkrug. Griff nach der nächstbesten Whiskyflasche –

»Stopp!«

Nora dirigierte seine Hand in die hinterste, dunkelste Ecke des Regals, von wo er eine Flasche ohne Etikett ans Tageslicht förderte. Mit einiger Mühe fummelte er den festsitzenden Korken heraus und prüfte den Inhalt mit der Nase. Der Geruch war so scharf, dass er husten musste. *Poitín*. Ronans Selbstgebrannter.

»Vier Esslöffel!«, kommandierte Nora.

Artig maß Fin die gewünschte Menge ab, garnierte alles mit einem Spritzer Tabasco und stellte Nora den Krug vor die Nase.

»Und?« Er lauerte erwartungsvoll.

Nora nahm einen kräftigen Schluck, schwenkte ihn im Mund hin und her und spülte ihn schließlich hinunter. »Nicht schlecht«, urteilte sie, »aber du hast zu viel Zucker drin.« Sie trank noch einen Schluck. »Und die Orangenschale vergessen.«

Er gab sich geschlagen. Dann beim nächsten Mal. Irgendwann würde er schon noch hinter das Geheimnis des Fisherman's Fellow kommen.

»Morgen.« Sean steckte seinen Kopf zur Tür herein. »Krieg ich noch 'nen Kaffee?«

»Ist in einer Minute fertig.«

Sean warf seine Winterjacke über den Tresen. Zwar war er in Irland geboren und aufgewachsen, aber nach den Jahren in Spanien fiel es ihm schwer, sich auf die kalten Temperaturen einzustellen.

»Hast du heut' Nacht auch dieses Gejaule gehört?«, fragte er, als Fin mit zwei Tassen Kaffee aus der Küche kam.

»Das war der Wind.«

»Echt? Keine Gespenster?«, spottete Sean.

»Gespenster?«

Der große Bruder grinste breit. »Warst du es nicht, der gestern von Geistern angefangen hat?«

»Blödsinn.« Fin kippte Milch und ausgiebig Zucker in seine Tasse.

Nora Nichols sah das anders. »Heute stirbt jemand«, ließ sie von der Theke her vernehmen.

»Ja, sicher.« Fin pustete über seinen heißen Kaffee. »So wie gestern und vorgestern und morgen auch.«

»Wieso stirbt heute jemand?«, wandte sich Sean an Nora.

»Der Gesang letzte Nacht. Das war die Banshee«, deutete die Alte mit unheilschwangerer Stimme an, »wenn du ihr Klagen hörst, dann wird jemand den Tag nicht überleben.«

Fin stürzte den viel zu heißen Kaffee hinunter. Wenigstens fühlte er sich jetzt halbwegs wach. »Sean, kommst du? Wir nehmen Ronans Wagen.« Er ging zur Hintertür.

»Wann ist eigentlich Anna nach Hause«, hörte er Sean hinter sich, »oder ist sie am Ende vielleicht gar nicht nach Hause …?«

Fin grinste. »Das geht dich überhaupt nichts an.«

Er öffnete die Hintertür und trat ins Freie. Ein Sonnenstrahl blendete ihn.

Plötzlich fiel ein Schuss. Holzsplitter flogen ihm um die Ohren, als eine Kugel dicht neben ihm in den Türrahmen fuhr.

»In Deckung!«

Dichtauf ein zweiter Schuss. Irgendwo platzte Beton von der Treppe.

Geistesgegenwärtig warf er sich gegen Sean, drängte seinen Bruder zurück ins Haus, raus aus der Schusslinie. Er hatte keine Ahnung, von wo die Schüsse kamen.

Wieder krachte es. Er hörte Sean aufschreien. Beide gingen zu Boden. Eine verirrte Kugel schlug in die Wand über ihnen und ließ den Putz aufplatzen. Fin gab der Tür einen Fußtritt, dass sie ins Schloss flog. Die nächste Kugel blieb im Holz stecken.

»Sean?«

Sein Bruder antwortete mit einem Schmerzenslaut.

»Bist du verletzt?«

Fin entdeckte Blutspuren auf den Steinfliesen.

»Mein Bein …«, stöhnte Sean.

Seine Hose war blutverschmiert, eine Kugel hatte eine klaffende Wunde in den Oberschenkel gerissen.

»Verdammt, was war das …?«, stieß er zwischen zusammengebissenen Zähnen hervor.

»Die Frage ist wohl eher, wer war das?«

Fin hielt für einen Moment inne und lauschte. Die Schüsse hatten aufgehört.

»Komm, ich helf dir.« Er half Sean hoch, bis er mit seinem unverletzten Bein Halt fand, und schleppte ihn zurück ins Pub. Gleichzeitig holte er sein Handy heraus und wählte Brians Nummer.

Die alte Nora beobachtete sie gelassen, ohne sich von der Stelle zu rühren. »Mir wollte ja mal wieder keiner glauben«, brummelte sie.

Fin fluchte. Von wegen Banshee! Zwar war er selbst nicht mehr davon überzeugt, dass es der Wind gewesen war, der nachts ums Haus gestrichen war. Aber an eine Banshee glaubte er schon gar nicht. Was auch immer dieses unheilvolle Klagen hervorgebracht hatte, es musste irdischer Natur sein. Und er würde es verdammt noch mal herausfinden!

22. Kavanagh

»Ein hundsmiserabler Schütze.«

Sean schnappte nach Luft, als Brian den Verband um seinen Oberschenkel festzog.

»Gott sei dank!«, kommentierte Fin. Ein schwacher Trost. Sein Pulsschlag scheuchte sein Blut noch immer mit Überschallgeschwindigkeit durch seine Adern. Er musste sich an einer Stuhllehne festklammern, um seine Erregung zu überspielen.

»Hast du irgendwas gesehen?«, fragte Brian.

»Nichts und niemanden«, antwortete Fin hilflos, »der Schütze kann mit einem Gewehr auf dem Hügel gestanden haben oder mit einer Pistole an der nächsten Hausecke. Wobei, das Kaliber, das ich aus dem Türrahmen gepuhlt habe, sieht mir eher nach Pistole aus.«

Auf jeden Fall war es knapp gewesen. »Ich werd' dich ins Krankenhaus bringen.«

Sean sah ihn an, Panik in seinen Augen. »Kommt nicht in Frage! Anderson wird mich auch dort finden!«

»Sean, du hast 'ne Kugel abgekriegt!«

»Da mach dir mal keine Gedanken, ich hab' in meinem Leben schon ganz andere Sachen als das hier weggesteckt«, versuchte er seinen Bruder zu beschwichtigen.

Fins fragender Blick traf Brian. Der zuckte mit den Achseln. »Die Kugel ist raus. Fürs Erste ist er versorgt. Aber Krankenhaus wäre natürlich besser.«

»Ich bleib' hier!«, beharrte Sean.

»Ich kann ihm was gegen die Schmerzen geben.« Brian wühlte in seinem Handwerkskasten, der ihm als Arztkoffer diente, und holte ein Fläschchen nebst Spritze hervor.

Kein Anblick für Fin. Er ging in die Küche, nahm sein Handy und wählte Annas Nummer. Es dauerte eine ganze Weile, bis sie sich meldete.

»Hallo Fin, tut mir leid, dass ich heute Morgen so sang- und klanglos verschwunden bin, aber ...«

»Du hast das Frühstück verpasst.«

»Beim nächsten Mal.«

Beim nächsten Mal. Hörte sich gut an für Fin. »Viel Arbeit?«

»Verkehrsunfall. Das Übliche«, antwortete sie, »wo seid ihr?«

»Noch in Foley. Es ist was dazwischengekommen.«

»Fin?« Ihre Stimme klang alarmiert. »Was ist passiert?«

»Auf Sean wurde geschossen.« Nicht nur auf Sean, wie ihm in diesem Augenblick klar wurde.

»Oh Gott! Jetzt sag nicht –«

»Nein, er hat Glück gehabt. Er hat sich eine Kugel eingefangen. Ist aber nur 'ne Fleischwunde.«

»Ist er im Krankenhaus?«

»Nein, er fürchtet, dass er dort für Anderson eine noch bessere Zielscheibe abgibt.«

»Aber wie hat Anderson rausgekriegt, wo dein Bruder steckt?«

Die Mutter aller Fragen. »Keine Ahnung.«

»Was wirst du jetzt tun?«

Nachdenken. Und einen Plan B schmieden. »Ich meld' mich wieder, sobald es was Neues gibt.«

Er hatte es plötzlich eilig, das Gespräch zu beenden. Vielleicht war der Gegner schon näher, als er dachte. Er starrte nachdenklich auf sein Handy. Bis jetzt war ihm der Gedanke, dass jemand sein Handy gehackt haben könnte, noch nicht gekommen. Bis jetzt.

Er ging zurück in den Schankraum. Mittlerweile war Ronan aufgetaucht. Er hatte die Schüsse gehört und wurde von Brian und Nora auf den aktuellen Stand gebracht. Nach und nach trudelten die ersten Schaulustigen ein. Das halbe Dorf war aufgeschreckt, aber niemand hatte etwas gesehen. Pragmatisch, wie der Pubbesitzer eben war, machte er sich sogleich an die Zubereitung weiterer Fisherman's Fellow. Natürlich einen für Nora. Und einen für Sean. Medizin.

Fin lehnte das Angebot dankend ab und griff sich das Telefon hinter der Theke. Er sollte David Farmer in Dublin informieren, dass Sean heute nicht kommen würde. Aber der Anschluss war tot. Fin fluchte.

»Brian, kann ich kurz dein Handy haben?«

Es brachte ihn nicht wirklich weiter. Der Anruf lief ins Leere. Irgendwie schien der Sturm der vergangenen Nacht das halbe Land lahmgelegt zu haben.

Er sah nur noch einen einzigen Ausweg. Er wusste, er würde die Sache nicht ohne Hilfe zu einem guten Ende bringen können. Vielleicht war es von Anfang an ein Fehler gewesen, Caitlin da Silva nicht einzuweihen. Aber besser spät als nie. Rasch hatte er ihre Nummer eingetippt, aber noch während sich die Verbindung aufbaute, brach er ab.

Nein, das konnte er nicht übers Telefon machen. Er musste selber zu Caitlin und beichten. Und vor allem musste er Anna da raushalten.

Konnte er es riskieren, Sean im *Fisherman* zurückzulassen? Er glaubte nicht, dass der Killer so bald noch mal zuschlagen würde. Sein Überraschungsmoment war dahin. Er würde abwarten. Sean konnte sich nicht bis ans Ende aller Tage in Foley verkriechen, irgendwann musste er seine Deckung verlassen. Und dann würde der Killer seine Chance nutzen.

Sollte es aber dennoch jemand vorher wagen, musste dieser Jemand erstmal an Nora Nichols vorbei.

Während der Fahrt nach Letterkenny hatte er Zeit genug, sich eine Strategie zurecht zu legen. Er hatte auch schon einen Plan. Er musste Caitlin davon überzeugen, anstelle von David Farmer dem Deal mit Sean zuzustimmen. Wenn dabei unterm Strich eine Festnahme von Timothy Anderson heraussprang, sollte das nicht allzu schwer sein. Er musste sie bei ihrem Ehrgeiz packen.

Caitlin da Silva war ein Arbeitstier, so versuchte er auch gar nicht erst, sie zu Hause zu erreichen. Er fuhr direkt zur Garda Station.

Schon auf dem Weg in ihr Büro kam sie ihm im Flur entgegen. Eine Hand balancierte eine Kaffeetasse, die andere umklammerte einen Stoß loser Papiere, ein Bündel dünner Mappen klemmte unter ihrem Arm.

»Sieh mal an, der Spanienurlauber! Schon zurück? War's nett?«

Ein ironischer Unterton war nicht zu überhören. Fin beschloss ihn zu ignorieren.

»Ich muss mit dir reden, Caitlin.« Er folgte ihr ins Büro. »Damit das gleich klar ist, das alles war meine Idee. Anna Bradley hat damit nichts zu –«

»Anna Bradley«, unterbrach sie ihn, »die fehlt mir heute noch zu meinem Glück. Die kann sich auf was gefasst machen!«

»Bitte hör zu, Caitlin –«

Aber Fin kam nicht zu Wort, Caitlin da Silva dafür umso mehr in Fahrt.

»Ich versteh nicht, wie jemand so unfähig sein kann! So kenn ich die Frau gar nicht!« Sie war sauer. Mehr als das. Sie war wütend. »Sie ist nicht mal in der Lage, ein simples Protokoll zu verschriften! Nichts als Chaos in den Unterlagen!«

Sie knallte das Bündel Mappen auf ihren Schreibtisch, wo wie üblich kein Platz war. Der ganze Stapel ergab sich der Schwerkraft und landete auf dem Boden.

Caitlin schien es nicht zu stören. »In der Zeugenaussage von Rays Nachbarin les' ich was von einem roten Lieferwagen«, wetterte sie weiter, »die Karre war weiß! Ich bin doch nicht blöd! Soll ich jetzt alle Protokolle noch mal Korrektur lesen? Hab' ich sonst nichts zu tun?«

Fin hatte keinen Schimmer, wovon sie redete. Er beschloss zu warten, bis das Gewitter vorbei war. Also bückte er sich und sammelte die Mappen auf.

»Die Schuhabdrücke auf Raymonds Farm, das war niemals Größe 46. Das war 'ne Frau, verdammt noch mal!«

Ein paar Fotos waren aus einer der Mappen gerutscht.

»Darren erzählt mir eben was von Haaren, die er in Raymonds Auto gefunden hat. Wieso steht davon nichts in den Unterlagen?« Caitlin wollte sich nicht beruhigen. »Die Auswertung von Raymonds Handydaten. Wo ist die?«

Fin hob die Fotos auf. Ein Tatort. Ein Garten. Die Obstbäume trugen ein Frühlingskleid aus weißen Blüten. Löwenzahn prangte leuchtendgelb im frischen Grün.

»Im Fall Laverty fehlen die Uhrzeiten. Wie kann man nur so schlampig …«

Ein hellblauer Turnschuh lag im Gras. Als ob ein Kind ihn gerade ausgezogen und achtlos hingeworfen hätte. An dem Turnschuh klebte Blut. Ein kleines Plastiktäfelchen daneben markierte ihn als Beweisstück Nummer acht.

»… hätte dieser Frau wirklich etwas mehr Ordnungssinn …«

Schnee bedeckte das Gras. Auf den ersten Blick. Aber es war kein Schnee. Es waren Federn. Tausende. Abertausende. Dazwischen die blutigen Körper toter Tauben.

Die Überreste eines Schuppens. Eines Taubenschlags. Die Einzelteile lagen im ganzen Garten verstreut. Trümmer waren auf das Nachbargrundstück geflogen. Hingen in den Apfelbäumen. Und überall Glassplitter. Verbogener Draht. Verbeulte Blechdosen.

Eine Schultasche. Hellgelb. Weiße Einhörner sprangen über einen bunten Regenbogen. Dort, wo das Blut das Muster nicht durchtränkt hatte.

Eine Decke war flüchtig über einen kleinen Körper geworfen worden. Ein Fuß schaute hervor. Der Fuß trug einen Turnschuh. Einen hellblauen Turnschuh.

War das die Tat, an der sein Bruder Schuld trug? Eine Mitschuld?

Als Sean ihm die Tat gebeichtet hatte, waren in seinen Gedanken Bilder entstanden. Er hatte sich vorzustellen versucht, was geschehen sein musste. Aber seine Vorstellungskraft war nicht annähernd an die Realität herangekommen. An die grausame Realität.

»Was ist das?«, hörte sich Fin zaghaft fragen. Aber eigentlich konnte er sich die Frage sparen. Er hatte sofort gewusst, was er da in der Hand hielt. Hier war sie, die Spur, die zur Lösung des Falls führen würde. Auch wenn Caitlin da Silva noch nichts davon wusste.

Sie hielt mit ihrer Tirade inne, warf einen Blick auf die Mappe und dann auf die Fotos. »Hat ein Kurier heute Morgen gebracht. Derry hat sich dazu durchgerungen, ein paar ungeklärte Fälle zu schicken«, antwortete sie, »ich hatte noch keine Zeit, reinzuschauen.« Sie nahm ihm die Mappe und die Fotos aus der Hand.

Ein lebloser Körper in einem Meer von weißen Federn. Jemand hatte gnädig eine Jacke über ihn gebreitet. Zwischen all dem Blut ein paar graue Haarsträhnen. Ein Bein war verstümmelt. Das andere fortgerissen.

»Scheiße Mann, das ist wirklich heftig«, kommentierte sie betroffen. Und sie hatte in ihrem Polizistenleben schon einiges gesehen. Sie blätterte durch die Fotos. »Mein Gott, ein Kind … Wer tut denn so was?« Und immer wieder zerfetzte, weiße Tauben. »Das muss 'ne Bombe gewesen sein.«

Es war eine Frage der Zeit, bis sie eins und eins zusammengezählt und die Zusammenhänge hergestellt hatte. Fin musste ihr zuvorkommen. »Vielleicht war's keine Absicht«, sagte er unbeholfen.

»Keine Absicht?« Caitlin starrte ihn entgeistert an. »Das hier soll keine Absicht gewesen sein?«

»Ich kann mir halt nicht vorstellen, dass jemand wissentlich ein Kind … ich meine …« Er wusste, er hatte sich unglücklich ausgedrückt. Aber wie sollte er etwas erklären, das er selber nicht verstehen konnte?

»Du willst mir doch nicht weismachen, dass es für so was hier eine Entschuldigung gibt?« Sie deutete auf die Fotos. »Auf welcher Seite stehst du eigentlich, Fin O'Malley?«

»Das meinte ich doch gar nicht«, verteidigte er sich, »ich wollte nur sagen, dass das nicht der erste Bombenanschlag ist, der vielleicht den Falschen getroffen hat.«

»Egal, ob dieser Anschlag den Falschen oder den Richtigen getroffen hat, es ist widerlich.« Caitlin stopfte die Fotos zurück in die Mappe. »Wenn ich so was sehe, dann bedaure ich manchmal fast, dass die Todesstrafe abgeschafft wurde.« Sie legte die Mappe zu den anderen auf den Schreibtisch. »Also, was wolltest du?«

»Bitte?«

»Als du eben reinkamst, hast du gesagt, du wolltest mit mir reden.«

Sein Plan, Caitlin da Silva einzuweihen, erschien ihm plötzlich gar nicht mehr so gut. Er wurde das Gefühl nicht los, dass sie keinen Deal eingehen würde mit jemandem, der für ein Blutbad verantwortlich war. Egal, ob mehr oder weniger verantwortlich. »Hab' ich vergessen.«

Sie wunderte sich. »Bist du nicht noch ’n bisschen zu jung für Alzheimer?«

Da war es wieder. Das Damoklesschwert, vor dem Sean sich so fürchtete. Nur weil sein Vater an dieser Krankheit gelitten hatte, musste das noch lang nicht bedeuten, dass auch er zwangsläufig erkranken würde. Aber ein gewisses Risiko ließ sich nicht leugnen.

Fin fragte sich, was aus ihm werden würde, wenn er ins Gefängnis musste? Er hoffte noch immer, dass sein Bruder mit einem blauen Auge davonkam. Bisher hatte Sean nicht durchblicken lassen, welche Straftaten wirklich auf sein Konto gingen. Sie hatten viel geredet in den Tagen in Spanien, aber meistens hatte Fin erzählt. Von der Familie, Mutter und Deirdre. Von Susan und Lily. Von seinem Job, den er nicht mehr hatte, und wie es dazu gekommen war, dass er jetzt hier in Donegal gestrandet war. Sean hatte seine eigene Vergangenheit meistens ausgeklammert, hatte es bei unverfänglichen Anekdoten belassen, und Fin hatte nicht zu fragen gewagt. Ein Tabuthema, das er wie üblich geschickt verdrängt hatte.

Sean hatte lange für Anderson gearbeitet. Wenn er Glück hatte, dann war manches verjährt. Vorausgesetzt, er war tatsächlich die letzten acht Jahre sauber geblieben, wie er es immer wieder beteuert hatte.

Aber Fin machte sich keine Illusionen. Der Mord an Kavanagh und seiner Familie wog schwer, auch wenn Sean selber die Bombe nicht gebastelt hatte. Die drei anderen waren tot. Es gab niemanden mehr, den man zu Verantwortung ziehen konnte. Niemanden, dem man die Schuld dafür in die Schuhe schieben konnte. Niemanden außer Sean.

Fin hob eine Mappe auf, die er übersehen hatte, und legte sie ordentlich auf den Stapel. »Sag mal, was passiert eigentlich mit den Leuten im Knast, die Alzheimer haben?«

»Wie kommst du jetzt darauf?«

»Weiß nicht. Ging mir gerade so durch den Kopf.«

»Ich nehme an, es ergeht ihnen wie anderen Häftlingen auch«, vermutete Caitlin, »wobei … sie haben einen Vorteil.«

»Welchen Vorteil?«

»Ihnen wird eine seltene Gnade zuteil«, erklärte sie, »sie werden irgendwann vergessen, was sie verbrochen haben. Die Menschen dagegen, denen sie etwas angetan haben, oder die Angehörigen ihrer Opfer, die werden diese Gnade nie erfahren.«

Fin konnte in ihrem Gesicht lesen, dass sie dies aufrichtig bedauerte.

Er wollte das Thema lieber nicht weiter vertiefen. »Gibt's sonst irgendwas Neues? Habt ihr mittlerweile diesen … diesen Craig ausfindig gemacht?«

»Keine Ahnung, vielleicht haben wir seine Leiche längst gefunden und ich weiß nichts davon. Ich muss erstmal Ordnung in dieses Chaos hier bringen.« Sie machte eine Handbewegung, als umfasse ihr Vorhaben die ganze Welt und nicht bloß ihren Schreibtisch. »Nicht mal das Protokoll aus Dublin ist bei den Unterlagen. Sergeant Bradley scheint im Moment mit ihren Gedanken woanders zu sein.«

Fin fühlte sich ertappt. »Dafür gibt's bestimmt eine Erklärung.« Er holte sein Handy raus und wählte, ohne sich Gedanken um heimliche Mithörer zu machen.

»Ach, ihre Handynummer hast du auch schon«, quetschte sie zwischen schmalen Lippen hervor.

Fin wandte sich ab, um ihrem fragenden Blick zu entkommen. »Immerhin hat sie 'ne ganze Menge über diese Kate Oliver rausgefunden«, versuchte er Anna in Schutz zu nehmen. Er wartete, aber sie meldete sich nicht. Stattdessen eine monotone Stimme »Der gewünschte Teilnehmer ist im Augenblick –«

Er legte auf und steckte das Handy weg. »Ich kann dir ja helfen, dann geht's schneller«, bot er an. Seine Hand landete wie zufällig auf dem Stapel. »Ich könnte mit den ungeklärten Fällen anfangen.«

»Nein. Danke«, erwiderte sie knapp.

»Aber –«

Sie zog die Akten an sich und platzierte sie hinter sich auf dem Regal. »Irre ich mich oder hast du nicht selbst erst vergangene Woche gesagt, du wolltest mit dem Fall nichts mehr zu tun haben?« Sie fixierte ihn mit zusammengekniffenen Augenbrauen. »Also verschwinde.«

Nein, Caitlin da Silva hatte heute keinen guten Tag.

Fin suchte nach einer passenden Antwort, aber ihm wollte keine einfallen. Auch gut. Sollte sie doch zusehen, wie sie alleine zurechtkam. Das brachte ihn selbst mit seinen eigenen Problemen zwar nicht weiter, aber ihm würde etwas einfallen. Er machte auf dem Absatz kehrt und verließ das Büro.

»Und was diese Kate Oliver betrifft –« Ihre Stimme verfolgte ihn über den Flur. »Kate Oliver ist vor einem halben Jahr bei einem Autounfall in Kalifornien ums Leben gekommen. Jeder Polizeischüler hätte das rausfinden können!«

Er nahm die Treppe zwei Stufen auf einmal. Stieß die Tür zum Parkplatz auf.

War Caitlin am Ende etwa eifersüchtig?

23. Diarmuid

Kate Oliver war tot. Und kam als Killerin nicht in Frage.

Er hatte sich mit diesem Verdacht von Anfang an schwergetan. Es passte einfach nicht.

Er fuhr zurück nach Foley. Der Landrover pustete staubige Schleier aus feinem Schnee über die Straße. *Met Éireann* hatte für den Sonntagabend weitere Schneefälle prophezeit.

Der Schnee weckte Bilder in seiner Erinnerung. Der Schnee im Garten. Der Schnee, der das grüne Gras bedeckte. Der Schnee, der kein Schnee war. Stattdessen ein Meer aus weißen Federn. Tote Vögel. Ein kleiner Körper unter einer Decke. Er wollte die Bilder abschütteln, aber sie krallten sich in seinen Gedanken fest.

Es war nicht viel los im *Fisherman*. Eine Handvoll vertraute Gesichter, die über den Resten eines Mittagessens hockte. Fin grüßte flüchtig in die Runde. Es war anzunehmen, dass die Nachrichtenagentur Ronnie O'Shea alle auf den neusten Stand gebracht hatte.

»Sean ist oben in seinem Zimmer«, informierte ihn der Wirt, »Brian hat ihm ein Beruhigungsmittel gegeben. Wahrscheinlich schläft er.«

Fin bediente sich selbst und zapfte ein Bier. Er hatte Durst.

Irgendwo gab es eine undichte Stelle. Wer hatte gewusst, dass Sean auspacken wollte? Sean, Anna und er, Fin. Und David Farmer in Dublin.

Aber hatte Anna nicht gesagt, sie habe Seans Namen nicht preisgegeben? War vielleicht auch nicht nötig gewesen.

Er kannte diesen David Farmer nicht. Wusste nur, dass er der Ex-Freund von Anna war. Vielleicht hatte Farmer die Trennung doch nicht so gut weggesteckt wie Anna glaubte. Vielleicht wollte er ihr eins auswischen. Eine verspätete Rache für die Abfuhr. Immerhin, sie vertraute ihm. Aber war er dieses Vertrauen auch wert?

Das Licht über der Theke brannte wieder. Also konnte er einen neuen Versuch mit dem Telefon wagen. Er rief Farmers Nummer in seinem Handy auf und tippte sie in den Festnetzanschluss. Aber wieder lief der Anruf ins Leere. Er blickte irritiert auf die Nummer. Hatte sich ein Zahlendreher eingeschlichen? Er tippte noch mal, dieses Mal langsam und sorgfältig. Das Ergebnis was das gleiche.

Nun, es gab ja noch andere Möglichkeiten. Aus dem Stehgreif wählte er die Nummer seines alten Reviers in Dublin und hatte Glück.

»Hallo Joanne, hier ist Fin.«

»Fin, hallo, von dir hab' ich ja ewig nichts gehört. Was treibst du so?«

»Alles bestens, Joanne, aber ich hab' nicht viel Zeit. Hör mal, du könntest mir vielleicht helfen.«

»Dachte mir schon, dass du nicht anrufst, um zu fragen, wie's mir geht.« Ihre Stimme hatte einen vorwurfsvollen Unterton.

»Sorry, aber es ist wirklich wichtig«, entschuldigte sich Fin, »kennst du einen David Farmer?«

»David Farmer? Wer soll das sein?«, fragte Joanne, »du weißt, wenn ich jemanden für dich durch den Computer jagen soll, krieg' ich 'n Problem. Du bist kein Polizist mehr, Fin.«

Er ignorierte ihren Einwand. »Arbeitet bei der SoKo Balkan.«

»Warte, ich verbinde dich weiter.«

Ehe er etwas erwidern konnte, verschwand Joanne aus der

Leitung. Es dauerte eine ganze Weile, bis sich eine neue, männliche Stimme meldete. »Hier ist Sergeant Harris. Wie kann ich Ihnen helfen?«

»Ich möchte bitte mit David Farmer sprechen. Ich hatte heute Nachmittag eine Verabredung mit ihm.«

Sergeant Harris ließ sich Zeit mit einer Antwort. Im Hintergrund hörte Fin geschäftiges Treiben. Stimmen, Telefonklingeln, in der Nähe bearbeitete jemand die Tastatur eines Computers.

»Tut mir leid, Sir, aber ein David Farmer arbeitet hier nicht. Wer spricht da bitte?«

Fin legte auf.

Wer zum Teufel war dieser Farmer? Anna kannte ihn, also arbeitete er wohl tatsächlich bei der Polizei.

Aber vielleicht arbeitete er ja auch noch für jemand anderen?

Timothy Anderson zum Beispiel.

War David Farmer ein Maulwurf?

Wem konnte er noch trauen?

Er fluchte leise vor sich hin. Er hatte Sean aus Spanien hierher gelotst, um ihm zu helfen. Vor allem aber, um ihn zu schützen. Stattdessen brachte er ihn in Gefahr. Sean verließ sich auf seinen kleinen Bruder, und er konnte nichts anderes tun als rumsitzen und abwarten?

Er brauchte Hilfe. Und er wusste auch, wo er die finden konnte.

Keine fünf Minuten später hämmerte Fin an die Tür von Diarmuids Behausung. Der ehemalige Stall wirkte von außen wie ein heruntergekommener Schuppen, in dem man Torf, Tierfutter oder Gartengeräte lagerte, aber in Wahrheit beherbergte er Tonnen von neuester Elektronik, die das Herz jedes Computerfreaks höherschlagen ließen.

Bei diesem Wetter war Diarmuid bestimmt zu Hause. Eigentlich war er bei jedem Wetter zu Hause, hockte vor einem seiner Monitore, skypte mit Neuseeland, knackte irgendwelche

Passwörter oder entwickelte fragwürdige Software. Nein, es war besser, dass Fin nicht genau wusste, was der Junge da in seiner Höhle trieb.

Schritte kamen zur Tür geschlurft, und Sekunden später blickte er in ein Paar schläfrige wasserblaue Augen. »Hm?«

»Kann ich reinkommen?«, grüßte Fin zurück.

Diarmuid zuckte mit den Achseln und gab die Tür frei. »Wenn's unbedingt sein muss ...«

Auch als Ex-Bulle verkörperte Fin für Diarmuid noch immer die Polizei, jene Berufsgruppe, der er von Natur aus alles andere als zugetan war. Er lebte bei seinen Großeltern, seine Mutter hatte sich aus dem Staub gemacht, als er noch ein Baby war, seinen Vater kannte er nicht. Hinter vorgehaltener Hand munkelte man, Billy MacGann sei für seine Existenz verantwortlich, aber bewiesen hatte das noch niemand, es hatte nie einen Anlass dafür gegeben. Während Billy MacGann für Diarmuid trotz oder wahrscheinlich gerade wegen seiner eher zwielichtigen Vergangenheit in der IRA so was wie ein Held war, war Fin in seinen Augen ein Nichts. Der einzige Grund, weshalb er sich mit dem Ex-Polizisten abgab, war Lily, auf die er sehr zum Missfallen von Fin ein Auge geworfen hatte.

Aber das musste er jetzt ausblenden. »Du musst mir einen neuen Account basteln.«

»Kein Problem. Aber was hab' ich davon?«, fragte Diarmuid zurück.

»Ich verpetz' dich nicht, wenn du das nächste Mal wildern gehst.«

Diarmuid zog einen Flunsch und strich sich die wasserstoffblonden Haare mit einer übertriebenen Geste aus der Stirn. Bis vor zwei Wochen waren sie noch blau gewesen. Sich permanent neu zu erfinden war ein weiteres Hobby von Diarmuid. Der Ring in der Nase war verschwunden, stattdessen klebte er in dreifacher Ausfertigung in seiner Augenbraue. Manche

Menschen hatten eine eigenartige Auffassung von Schönheit, fand Fin. Nur die schwarzen Klamotten blieben stets gleich, weit und schlabberig und bequem genug, um den ganzen Tag vor dem Computer zu sitzen.

»Wo willst du rein?«

Fin überlegte kurz. »Am besten Letterkenny. Und etwas unauffälliger als beim letzten Mal, bitte.«

»Sonst noch was?«

Diarmuid setzte eine gelangweilte Miene auf, zog sich einen Stuhl heran und lümmelte sich ohne große Eile vor den nächstbesten Bildschirm. Nette Show, dachte Fin, aber er wusste, dass es genau diese Herausforderungen waren, die den Jungen ungemein reizten. Er hackte sich nicht zum ersten Mal in einen Polizeicomputer, und eigentlich sollte Fin jetzt ein schlechtes Gewissen haben, weil er ihn für seine Zwecke einspannte und ihn zu einer Straftat anstiftete. Aber es gab Situationen, da musste man auf die Ressourcen zurückgreifen, die gerade zu Verfügung standen, und dann hatte sein schlechtes Gewissen ausnahmsweise mal Pause.

Es war der einzige Weg, der Fin einfiel, um an Informationen über Anderson heranzukommen. Und vielleicht fand er eine Spur zu seiner Schneekönigin, schließlich wusste er selbst am besten, wonach er suchen musste.

Er ließ sich auf das durchgesessene Ledersofa plumpsen und übte sich in Geduld.

Er konnte Caitlins Ärger über das angebliche Chaos in ihren Unterlagen nicht nachvollziehen. Wahrscheinlich übertrieb sie. Sie selbst war stets so penibel und unfehlbar und tat sich gerade deshalb schwer, bei anderen nachsichtig zu sein, die es nicht waren.

Oder steckte was anderes dahinter? Ahnte sie, dass zwischen ihm und Anna was lief? Fast wollte ihm dieser Gedanke ein Lächeln entlocken. War Caitlin tatsächlich eifersüchtig?

Er wusste, er sollte es nicht riskieren, aber er zückte trotzdem sein Handy. Wählte wieder Annas Nummer. Und wieder teilte ihm eine monotone Stimme mit, dass der Teilnehmer im Augenblick nicht erreichbar sei. Er seufzte und steckte das Handy wieder ein.

Über den Monitor in seiner Nähe flimmerten schrille Figuren. Eine Horde finsterer, bis zu den Zähnen bewaffneter Weihnachtsmänner machte Jagd auf niedliche, unschuldig dreinblickende Osterhasen, die sich ihrerseits mit bunten Eiern wehrten, die bei jedem Treffer als Handgranaten explodierten. Im Moment hüpfte eine ganze Armee von ihnen ziemlich planlos ins Leere. In der unteren Ecke des Bildschirms blinkte »Level 87«.

Diarmuid war siebzehn. Was sollte ein Junge in seinem Alter in einem Nest wie Foley anstellen? Da konnte man schon mal auf dumme Gedanken kommen. Piercings, Tattoos, Computer hacken. Oder Wachteln nachstellen.

Fin war versucht, eines der Häschen abzuschießen, aber seine Finger hatten die Maus noch nicht berührt –

»Pfoten weg!«, schnauzte Diarmuid, ohne von seiner Tastatur aufzuschauen.

Fin zuckte zurück. »Keine Hausaufgaben heute?«

»Bist du gekommen, um mir auf den Geist zu gehen?«

Er ließ ihn in Ruhe weiterarbeiten.

Es dauerte nicht ganz so lange wie beim ersten Mal, bis Diarmuid endlich den Computer und seinen Stuhl freigab. »Du weißt ja. Aufpassen. Nicht zu lange. Aber wem sag ich das …«

»Sehr witzig«, gab Fin zurück und setzte sich. Etwas zwickte in seiner Hose. Er stand auf und fischte das merkwürdige Röhrchen heraus, das er am Morgen im Hof gefunden hatte. Er legte es auf die Seite.

»Was ist'n das?«, fragte Diarmuid neugierig und schnappte danach.

»Keine Ahnung.« Fin begab sich auf die Suche nach den Protokollen zu Raymonds Fall.

»Kann ich's haben?«

»Meinetwegen.«

Diarmuid betrachtete das Röhrchen von allen Seiten, setzte es schließlich an die Lippen und blies hinein.

Fin hielt sich die Ohren zu. »Bist du bescheuert?«

»Eh, Mann, das is 'ne Pfeife!«

»Du bist 'ne Pfeife!« Fin rubbelte sich das malträtierte Ohr. »Woher hast du das Ding?«

»Hab' ich heut morgen einer Taube abgenommen.«

»Echt jetzt?« Diarmuid sah ihn ungläubig an. »Wow …« Ohne Vorwarnung rempelte er Fin vom Keyboard weg und rief eine Suchmaschine auf.

»Hey –«

»Man muss ja nicht alles wissen. Es reicht, wenn du weißt, wo du nachschauen musst.«

Seine flinken Finger flogen über die Tasten, schneller als Fin ihnen folgen konnte. »Na bitte, das ist 'ne Taubenflöte.«

»Eine was?«

»Gibt's in allen Farben …« Fotos tauchten auf dem Bildschirm auf. »Aus Plastik oder Bambus … Die hier ist sogar vergoldet. Echt abgefahren.«

»Und wozu braucht 'ne Taube so was?«, fragte Fin ohne großes Interesse.

Diarmuid beugte sich über den Monitor, rief eine Textseite auf und überflog die Sätze. »Schutz vor Greifvögeln«, erklärte er, »damit schützen Taubenzüchter in Asien ihre Vögel vor Angriffen durch Raubvögel. Die klemmen ihren Viechern so 'ne Flöte unter den Arsch und wenn der Schwarm dann in der Luft ist, machen die offenbar so'n Krach damit, dass sich kein Falke oder was auch immer rantraut.«

Zur Demonstration setzte er die dünne Hülse wieder an die

Lippen und blies dieses Mal nur ganz sacht hinein, so dass der leichte Luftstrom einen langgezogenen, klagenden Laut hervorbrachte.

»Boah, eh, gruselig …«

Fin starrte erst ihn an, dann die eigenartige Flöte in seiner Hand.

»Mach das noch mal.«

Diarmuid ließ sich nicht lange bitten.

Der Ton war gespenstisch. Wenn man so etwas draußen hörte und es dunkel genug war, konnte man sich durchaus einen heulenden Werwolf vorstellen.

Oder eine Banshee.

»Diarmuid, du bist gar nicht so blöd wie du aussiehst …«

Aber wer benutzte solche Flöten hier in Irland?

Tauben.

Während sich Diarmuid mit dem Pfeifchen zurück zu seinen Weihnachtsmännern und Osterhasen trollte, machte sich Fin an die Arbeit.

Martin Kavanagh.

Er hatte gewusst, dass er den Schlüssel zum Fall hier finden würde.

Der Einfachheit halber nutzte er die Suchmaschine und rief verschiedene Zeitungen auf. Acht Jahre lag die Tat zurück, da musste doch was zu finden sein.

Sein Handy klingelte. Er hoffte auf einen Rückruf von Anna, aber das Display zeigte Caitlins Namen an. Eben hatte sie nicht mit ihm reden wollen, jetzt wollte er nicht mit ihr reden. Er drückte sie weg.

Die digitalen Archive boten ihm gleich mehrere Treffer. Der Anschlag auf den unbescholtenen Lehrer Martin Kavanagh und seine Familie hatte die Wellen hochschlagen lassen. Kein Wunder. Drei Tote. Darunter ein kleines Mädchen. Auch die *Irish Times* hatte darüber berichtet. Entgegen sonstiger

Gewohnheiten hatte sich niemand zu der Tat bekannt, was Anlass zu wilden Spekulationen und Verdächtigungen gegeben hatte. Eine tragische Verwechslung? Ein Racheakt, der den Falschen getroffen hatte? Am Ende blieben ratlose Ermittler und die bittere Erkenntnis, dass der oder die Täter ungeschoren davongekommen waren.

Ein Schwarz-Weiß-Foto zeigte Martin Kavanagh zu Lebzeiten. Stolz hielt er einen Pokal in der Hand, der erste Preis in einem Wettbewerb, den eine seiner Tauben gewonnen hatte.

Der Tatort. Eine Aufnahme, die ein Fotograf in aller Eile über den Zaun geschossen hatte, ehe die Polizei ihn fortgescheucht hatte. Der Garten, mittendrin ein großes weißes Zelt, das die Spurensicherung zum Schutz vor neugierigen Blicken aufgestellt hatte. Überall Trümmer. Und tote Tauben.

Die Straße vor dem Haus. Polizeifahrzeuge. Polizisten in Uniform oder weißen Schutzanzügen. Absperrband. Schaulustige.

Fin klickte sich durch die Berichterstattung.

Immer wieder Martin Kavanagh. Der beliebte Lehrer und erfolgreiche Taubenzüchter.

Molly MacGee, die Enkelin, die nur sieben Jahre alt geworden war. Ein winziges Foto am unteren Rand eines Artikels. Ein Mädchen in Schuluniform, das dem Fotografen ihr schönstes Lächeln schenkte.

Fin hatte in seinem Leben unzählige Fotos von Tatorten gesehen, aber am Ende waren es doch immer diese harmlosen Momentaufnahmen aus dem Leben der Opfer, die dem Grauen ein Gesicht gaben.

Lucas MacGee, der Schwiegersohn. Trainer der Jugendfußballmannschaft von Derry.

Sanisah MacGee, die leidgeprüfte Mutter.

Kavanaghs Tochter. Mollys Mutter. Bisher war sie nirgends erwähnt worden.

Sanisah.

Ein ungewöhnlicher Name.

Ein unscharfer Schnappschuss. Eine junge Frau auf der Straße, von Polizisten abgeschirmt.

Lange dunkle Haare, die ihr Gesicht fast verdeckten.

Sie sah irgendwie exotisch aus.

Noch ein Foto. Ein Meer von Trauergästen am Tag der Beerdigung. Vor den Toren des Friedhofs Sanisah MacGee, die den aufdringlichen Reportern zu entkommen versucht.

Fin scrollte durch den Artikel. Am unteren Ende endlich ein besseres Foto. Martin Kavanagh, der dem Fotografen siegessicher seine Taube präsentierte. Neben ihm seine Tochter Sanisah. Auch sie lächelte. Ein Lächeln, das Fin kannte.

Anna.

Nein, das war nicht Anna.

Asiatinnen sahen für das europäische Auge doch irgendwie alle gleich aus. Oder zumindest sehr ähnlich. Oder?

Okay, ja, diese Sanisah MacGee sah Anna ähnlich. Mehr aber auch nicht.

Seine Finger schienen auf der Maus festgefroren. Er starrte auf das Foto. Es war mehr als acht Jahre alt.

Nein, das war nicht Anna. Es war ganz sicher nicht Anna.

»Hast du ’n Gespenst gesehen?« Diarmuids Stimme holte ihn ins Hier und Jetzt zurück.

Fin blinzelte. Nein, Anna Bradley war nicht Sanisah MacGee!

Hektisch rief er die Suchmaschine auf. Tippte *Anna Bradley* ins Fenster. Ließ seinen Finger auf die Entertaste knallen.

Anna Bradley.

Jede Menge Treffer.

Anna Bradley aus Vancouver, Biologin.

Anna Bradley, Versicherungsagentin aus Sydney.

Jede Menge Anna Bradleys.

Dublin. *Garda Síochána*. Sergeant Anna Bradley. Mit Foto.

Fin atmete erleichtert auf.

Ja, das war Anna. Die Anna, die er kannte. Anna Bradley aus Dundalk bei Dublin.

Er forschte weiter.

Es gab niemanden in Dundalk mit dem Namen Bradley. Aber das bedeutete überhaupt nichts. Es gab Menschen, die hinterließen jede Menge Spuren im Netz, andere keine einzige.

»Sag mal, Diarmuid, kannst du für mich einen privaten PC … ähm … kannst du da rein?«

Diarmuid schaute von seinem Spiel auf. »Jetzt? Sofort? Hast du die Adresse?«

Fin zuckte hilflos mit den Schultern.

»Jedes Kind weiß doch, wie das läuft.« Diarmuid sah ihn mitleidig an und belehrte ihn. »Du kriegst 'ne Mail, da steht dann so was drin wie *Du hast gewonnen. Klick auf den Anhang und hol deinen Gewinn ab*. Das machst du dann brav, aber das Einzige, was du abholst, ist ein Trojaner.«

»Vielleicht die Mailadresse im Polizeicomputer?«

Diarmuid schüttelte halb belustigt den Kopf. »Mann, Alter, langsam wirst du echt kriminell …«

Es dauerte keine zehn Minuten. »Das wird nicht billig …«, meinte Diarmuid und rieb sich voll hämischer Vorfreude die Hände.

»Danke.« Fin ahnte, dass es mit einer Freikarte fürs Kino vermutlich nicht getan war.

Er schaute auf den Monitor. Schaute auf die Seite mit den internen Mailaccounts. Zögerte. Wenn er sich irrte, würde ihm Anna diesen Vertrauensbruch nie verzeihen.

Aber brauchte er wirklich Gewissheit?

Ja.

Er rief Anna Bradleys E-Mails auf. Studierte die Absender. Dienstpläne. Rundschreiben. Anfragen aus der Verwaltung. Ein Untersuchungsergebnis von der Spurensicherung, das weitergeleitet wurde. Eine Mail von Caitlin da Silva, die noch immer auf den Untersuchungsbericht aus Dublin wartete. Auch im Postausgang nichts Ungewöhnliches.

Er blätterte weiter zurück.

Eine Bestätigung für eine Flugbuchung.

Dublin – London und zurück.

An jenem Wochenende, als Anna in Dublin war. Das Wochenende, an dem sie den Tod von Terrence Taylor recherchiert hatte. Das Wochenende, das sie genutzt hatte, um noch schnell bei ihren Eltern vorbeizuschauen.

Sie war in London gewesen. Morgens hin, am späten Nachmittag wieder zurück.

Fin rief wieder die Suchmaschine auf. London. Finchley Road. Der kleine indische Supermarkt. Eine Telefonnummer.

Ja, er musste Gewissheit haben.

Ein Mann meldete sich, sein Englisch war eher bescheiden. Es dauerte einen Augenblick, bis er sein Anliegen klargemacht und Chandra am Apparat hatte. Er hielt sich nicht lange mit Höflichkeiten auf. »Die Frau, die nach meinem Bruder gefragt hat … Sie erinnern sich an sie?«

»Ja, natürlich.«

»Wie sah sie aus? Können Sie sie beschreiben?«

»Sie war etwa Mitte dreißig, lange dunkle Haare. Vermutlich Thailänderin, vielleicht auch aus Malaysia, so genau hab' ich nicht drauf geachtet.«

»Warum haben Sie das nicht gleich gesagt?«

»Sie haben nicht danach gefragt.«

Anna Bradley war Sanisah MacGee.

Sie hatte über Sean Bescheid gewusst. Hatte nach ihm gesucht. Hatte gewusst, wo er wohnte.

Raymond hatte es ihr gesagt. Kurz bevor er starb.

Fin hielt das Handy noch in der Hand, aber er spürte es kaum. Seine Finger waren eiskalt.

Drei Menschen waren tot. Ermordet. Aus Rache.
Und er hatte Anna seinen Bruder auf dem Silbertablett serviert …

24. Sanisah

Dichtes Schneetreiben hüllte ihn ein, als er zurück zum Pub ging. Die Dorfstraße war weiß, keine Menschenseele unterwegs.

Fin fluchte. Nicht mal auf den Wetterdienst konnte man sich verlassen!

Sie hatte ihre Spuren verwischt. Neue, falsche Fährten gelegt, um von sich abzulenken. Von wegen schlampige Arbeit! Alles hatte von vorne bis hinten zu einem ausgeklügelten Plan dazugehört.

Und sie hatte ihn um den kleinen Finger gewickelt. Es war nicht allzu schwer gewesen, sich in sein Vertrauen zu schleichen. Sich als Seelenverwandte zu outen, die fernab von Freunden und Familie ein tristes Dasein fristete. Er war ein williges Opfer gewesen.

Wütend stapfte er über die Straße, kickte nach den dicken Schneeflocken, als müsste er sie verantwortlich machen für den Verrat. Er war wütend auf sich selbst, weil er drauf reingefallen war.

Fast hätte er im Schneetreiben den weißen Lieferwagen übersehen, der neben dem *Fisherman* parkte.

Der weiße Lieferwagen.

Er bremste seine Schritte, atmete einmal tief durch. Er durfte sich keinen Fehler erlauben. Jetzt nicht mehr.

Der Wagen war leer. Prüfend strich seine Hand über die Motorhaube, er glaubte einen letzten Hauch von Wärme zu spüren.

Er stand noch nicht lange hier.

Fin ging um den Wagen herum, wischte den Schnee vom Heckfenster und spähte hinein. Die Ladefläche war leer.

Hatte sie in diesem Wagen die Tauben transportiert? Die Todesboten für ihr makabres Spiel?

Wo war sie? Im Pub? Suchte sie nach Sean?

Eine einsame Fußspur, vom Schnee schon fast bedeckt, führte quer über den Hinterhof zu seinem Cottage.

Wartete sie auf ihn?

Er wollte nach der Klinke greifen, als die Tür von innen geöffnet wurde.

»Fin!« Anna strahlte ihn an. Sie trug noch ihren Mantel, als ob sie gerade eben hereingekommen war.

»Hallo Anna. Schön, dich zu sehen.« Er versuchte, sich nichts anmerken zu lassen. Er trat ein, stampfte den Schnee von seinen Schuhen, zog seine Jacke aus und schüttelte die Schneeflocken ab.

»Wo ist Sean? Wie geht es ihm?«

»Alles halb so schlimm«, antwortete er ausweichend. Flüchtig hauchte er ihr einen Kuss auf die Wange. Er wollte sie in Sicherheit wiegen. Abwarten, welchen Schritt sie als nächstes tat. Sie trug keine Uniform unter ihrem Mantel.

»Ist dein Einsatz vorbei?« Er entkorkte eine Whiskyflasche. Er musste irgendetwas tun.

»Ein blöder Unfall. Ein paar Jungs, zwei Autos und entschieden zu viel Alkohol. Veranstalten ein Autorennen. Bei diesem Wetter.« Sie tippte sich an die Stirn. »Zweimal Totalschaden und zwei Leichtverletzte. Hatten mehr Glück als Verstand.«

Sie wirkte reserviert. Ganz im Gegensatz zu vergangener Nacht. Ahnte sie, dass er Bescheid wusste?

»Hast du für den Rest des Tages frei?«

Sie lächelte. »Ich hab' mit David telefoniert. Er hat sich schon gefragt, wo ihr bleibt. Ich hab' ihm von den Schüssen erzählt. Er meinte, er könnte ebensogut nach Letterkenny kommen, wenn wir das für sicherer halten. Ich hab' gleich gesagt, besser nicht. Ich dachte, wegen Caitlin da Silva. War doch richtig so, oder?«

Er nahm einen Schluck Whisky. Er trank langsam und bedächtig. Beobachtete sie über den Rand des Glases. »Es gibt keinen David Farmer.«

Sie sah ihn irritiert an. Aber da war auch etwas in diesen dunklen Augen, das ihm sagte, dass sie ihn sehr wohl verstanden hatte.

»Ich hab' in Dublin angerufen. Niemand dort kennt einen David Farmer.«

So schnell gab sie das Terrain nicht verloren. »Ich hab' dir doch gesagt, er arbeitet für eine Sonderkommission.«

»Er arbeitet auch nicht für die SoKo Balkan«, erwiderte er kühl, »David Farmer hat es nie gegeben. Wahrscheinlich ebenso wenig wie deinen Ex-Freund. Du hast ihn erfunden, Anna.«

»Fin, was redest du da für einen Blödsinn?«, reagierte sie mit schlecht gespielter Überraschung. »Komm erstmal runter. Du bist ja völlig von der Rolle! Ich versteh' das ja. Sean. Und die Schüsse heut' morgen ...«

»Das warst du, nicht wahr?«, fragte er geradeheraus. Er erwartete keine Antwort. »Du schießt lausig. Gott sei dank.«

»Flippst du jetzt völlig aus?« Sie baute sich vor ihm auf. Suchte seine Augen. Redete beschwörend auf ihn ein. »Falls du's noch nicht gemerkt hast, ich bin auf deiner Seite, Fin O'Malley!«

Er wollte sich nicht länger hinters Licht führen lassen. Langsam fügten sich die Puzzlesteine zu einem Bild zusammen. »Gar nicht übel, dein Plan. Haust bei Nacht und Nebel ab, angeblich zu einem Einsatz. Stattdessen legst du dich auf die Lauer und wartest in aller Seelenruhe ab.«

»Fin!« Sie kam näher, schüttelte ihn leicht, als müsse sie ihn zu Besinnung bringen. »Komm zu dir! Was ist los mit dir?«

»Die Tauben. Die Banshee. Wozu dieses Theater?«

Sie gab sich fassungslos. »Aber Fin, hör mir doch zu …«

Fin hörte ihr zu, aber was sie sagte, nahm er nur bruchstückhaft auf. Irgendein Satz, in dessen Mitte ein Wort vorkam, das sich entfernt wie »Liebe« anhörte.

Hatte sie das tatsächlich gesagt?

Liebe.

Sie hatte auf Sean geschossen. Und auf ihn.

Liebe.

»Hast du das auch zu Raymond gesagt?«

Sie blinzelte unsicher. Hatte sie begriffen, dass das Spiel hier und jetzt zu Ende war?

»Sanisah.«

Er wusste nicht, ob er den Namen richtig ausgesprochen hatte, aber er wusste, dass er seine Wirkung nicht verfehlt hatte, nachdem er ihn ausgesprochen hatte. Es lag eine Endgültigkeit in diesem Namen, er hätte ebensogut »Schluss« sagen können. Aus. Vorbei.

Sie wandte sich ab, drehte ihm den Rücken zu, bewegte sich von ihm weg. Brachte Distanz zwischen sich und ihn.

Fin leerte sein Glas und stellte es ab. Abwartend.

»Sieben Jahre.«

Ihre Stimme war so leise, dass er Mühe hatte, sie zu verstehen.

»Molly war sieben Jahre alt. Kannst du dir das vorstellen …?« Sie drehte sich um, die Hände in den Taschen ihres Mantels vergraben, als ob sie fror, und sah ihm ins Gesicht. »Sie wäre heute so alt wie Lily. So alt wie deine Tochter, Fin.«

Ja, daran hatte er auch schon gedacht. Er wusste, was es für eine Mutter bedeutete, ihr Kind zu verlieren. Zumindest glaubte er es zu wissen. Nein, er wollte sich nicht ausmalen, wie er reagieren würde, sollte jemand Lily etwas antun. Wahrscheinlich würde er ausrasten.

»Es war ein furchtbares Verbrechen, Anna.« Er wollte sie

nicht Sanisah nennen. Sanisah war eine Fremde, Sanisah hatte er nie kennengelernt.

»Meine Tochter ... Lukas, mein Mann ... mein Vater ...« Ihre Stimme war noch immer kaum mehr als ein Flüstern. »Und warum ...?«

»Es war ein Unglück«, versuchte Fin sich an einer Erklärung.

»Ein Unglück? Hat dein Bruder dir das erzählt?«, fuhr sie ihn plötzlich an. »Ja, es war ein Unglück! Und genau das sollte es für die anderen sein! Ein Unglück!«

»Weil diese Männer dir Vater, Mann und Tochter genommen haben, glaubst du, du hast das Recht, ihren Familien ebenso weh zu tun? Auch ihnen Vater, Mann oder Sohn zu nehmen?«

»Sie sollten wissen, wie es sich anfühlt, all das zu verlieren, was man liebt«, stieß sie verbittert aus.

»Ihre Familien konnten nichts dafür!«

»Molly auch nicht.«

Sie hatte keine Tränen. Nicht mehr.

Sie zog ihren Mantel aus, legte ihn ordentlich über die Stuhllehne und setzte sich an den Tisch. Sie starrte auf die Tischplatte vor sich. Sammelte ihre Gedanken. Dann erzählte sie in nüchternen Worten, wie sie die Explosion gehört hatte. Wie die Scheibe des Küchenfensters zersplittert war und sie verletzt hatte. Wie sie hinaus in den Garten gestürzt war und die Toten gefunden hatte.

Fin hätte es lieber nicht gehört. Er schenkte sich ein zweites Glas ein und setzte sich ans andere Ende des Tisches.

»Es ist, als ob du in einen Brunnen fällst. Ein Brunnen, der keinen Boden hat. Du fällst und fällst, aber du schlägst niemals auf. Du fällst immer tiefer, aber nichts und niemand fängt dich auf ...« Sie hatte ihre Hände auf den Tisch gelegt und betrachtete ihre Fingernägel. »Ich wollte nicht mehr leben. Aber zum letzten Schritt fehlte mir der Mut. Das Allerschlimmste war, dass niemand zu Verantwortung gezogen wurde. Angeblich gab es Hinweise auf den oder die Täter, aber alle Spuren verliefen im Sand. Irgendwann hab' ich es nicht mehr ausgehalten und bin zu meiner Mutter.«

»Wahrscheinlich nicht nach Dundalk.«

Wenn sie seinen bissigen Tonfall bemerkt hatte, dann zeigte sie es nicht. »Meine Mutter stammt aus Malaysia. Martin, mein Vater, hat sie in Kuala Lumpur kennengelernt. Sein Hobby, die Taubenzucht, hat ihn durch die halbe Welt geführt, zu Messen oder zu Treffen mit anderen Züchtern. Sie war Dolmetscherin bei einem seiner Wettbewerbe. Die beiden haben sich verliebt, ein halbes Jahr später geheiratet, und sie ist ihm nach Derry gefolgt.« Sie erzählte all das so sachlich und ausdruckslos, als ob sie von jemandem völlig Fremden redete. »Ich war fünfzehn, als sich meine Eltern getrennt haben. Meine Mutter ist zurück in ihre Heimat. Ich war ein einziges Mal in meinem Leben in Malaysia, hab' meine Großeltern besucht. Was sollte ich dort? Ich kenne weder das Land noch die Sprache. Also bin ich bei meinem Vater geblieben. Ich hab' die Schule zu Ende gemacht, hab' Informatik studiert und Lukas kennengelernt. Wir haben geheiratet und als Molly ...« Sie brach ab.

Fin ließ ihr Zeit. Er wollte die Einzelheiten der Tat nicht ein weiteres Mal hören und versuchte, ihre Gedanken in eine andere Richtung zu lenken. »Hat die Polizei dich damals gefragt ... Ich meine, wusstest du, was dein Vater ...?«

»Was er trieb, wenn er sich nicht gerade um seine Schüler oder seine Tauben kümmerte? Oh ja, das wusste ich. Oder ich glaubte, es zu wissen«, antwortete sie, »ich hab' noch studiert, als ich ihn zufällig dabei überrascht habe, wie er einen Pass gefälscht hat. Er hatte ein kleines Zimmer hinter der Küche, wo außer ihm eigentlich nie jemand reinging. Winzig klein, gerade Platz genug für seinen Schreibtisch und den Computer und ein paar Regale. Da standen seine ganzen Pokale, seine Zuchtbücher für die Tauben, da bereitete er seine Wettbewerbe vor und tauschte sich im Internet mit anderen Züchtern aus. Mit einer kleinen, selbstgebauten Druckerpresse stellte er Stammbäume für seine Tauben her. Oder Plakate für Veranstaltungen. Aber nicht nur das. Damals erklärte er mir, er würde einem Arbeitskollegen helfen. Er war Inder, sein Bruder hatte seine Papiere verloren, angeblich drohte ihm die Ausweisung. Und mein Vater wollte helfen. Natürlich war mir klar, dass er gerade dabei war, ein amtliches Dokument zu fälschen, aber es war doch für eine gute Sache. Er konnte so was wirklich gut, er war ein richtiger Künstler.« Ein kurzes Lächeln huschte über ihr Gesicht.

»Ein bisschen blauäugig«, fand Fin.

Anna widersprach. »Ich fand es toll, was er tat. Vielleicht war ich ein wenig zu idealistisch, mag sein, bei einer Studentin fällt rebellisches Gedankengut noch eher auf fruchtbaren Boden. Aber ich habe es nie in Frage gestellt. Am Ende hab' ich ihm sogar dabei geholfen.«

»Du hast was?« Fin war verblüfft.

»Nur manchmal. Ich hab' seine Ausrüstung ein bisschen modernisiert, ihm einen anständigen Drucker besorgt. Mit dem Computer ging vieles einfacher, mein Vater konnte da sehr altmodisch sein.« Wieder dieses wehmütige Lächeln. »Lukas hat von all dem nichts mitbekommen. Es war eine Sache zwischen Vater und mir.«

»Und Anderson?«

»Von Anderson wusste ich nichts«, erklärte sie, »das mit diesem Gangster hab' ich erst sehr viel später herausgefunden.«

»Aber du hast der Polizei damals nichts erzählt, oder?«

Sie schüttelte den Kopf.

Fin verstand es nicht. »Warum nicht? Dann hätte man die Täter vielleicht geschnappt.«

»Ich wäre mir wie eine Verräterin vorgekommen. In meinen Augen hatte er nichts Unrechtes getan. Ja, es war nicht legal, was er gemacht hat, aber mein Vater war nicht kriminell.«

Das war Auslegungssache, dachte Fin. »Aber wie bist du Anderson dann auf die Spur gekommen?«

Sie antwortete nicht gleich. Sie schien abzuwägen, ob eine Antwort wichtig war. Ob Fin derjenige war, der diese Antwort verdiente. Und ob es überhaupt etwas an der Situation ändern würde. Sie schaute aus dem Fenster in den Hinterhof, beobachtete den Schnee, der noch immer in dicken Flocken vom Himmel tänzelte.

»In Kuala Lumpur gibt es keinen Winter. Oder besser gesagt, es gibt keinen Schnee. Und keine Kälte.« Sie sah ihn wieder an. »Ich bin bei meiner Mutter geblieben. Ich wollte nie wieder nach Derry zurück. Aber vor einem Jahr erreichte uns die Nachricht, dass ein Wasserrohrbruch Vaters Haus unter Wasser gesetzt hatte. Es stand leer, seit … Jedenfalls kümmerte sich niemand mehr darum. Ich beschloss, es endlich zu verkaufen, und bin zurückgekommen. Ich hatte sogar rasch einen Interessenten und machte mich daran, die letzten persönlichen Dinge zu holen. In einer Schublade in Vaters Büro hab' ich ein altes Handy gefunden. Offenbar hatte die Polizei es übersehen. Als ich aus Neugier die Mailbox abgehört habe, war da diese Nachricht.« Sie konnte sich noch genau an jedes einzelne Wort erinnern. »*Überleg dir gut, was du tust, Martin, sonst könnte es sein, dass es dir am Ende leid tut.* Die Nachricht war ein paar Jahre alt, verschickt ein paar Tage vor Vaters Tod, und ich ahnte, dass sie mit der Bombe zu tun haben musste. Ich kannte keinen von den Leuten, mit denen mein Vater zu tun hatte, hier und da hab' ich mal einen Namen aufgeschnappt, mehr nicht. Ich konnte aber die Telefonnummer des Anrufers in seinem Adressbuch zuordnen, und so bin ich auf Terrence Taylor gekommen.« Sie lehnte sich zurück und verschränkte die Arme vor der Brust. »Und plötzlich war sie wieder da. Die Wut. Nie hatte jemand für Mollys Tod bezahlt. Und für Vaters Tod. Und für Lukas …«

Ein Handy klingelte hinter Fins Rücken. In der Jacke, die er an den Haken an der Tür gehängt hatte. Er tat, als hätte er es nicht gehört. »Und da kam dir die Idee, zur Polizei zu gehen?«

»Als Polizistin hatte ich alle Möglichkeiten, um Nachforschungen anzustellen, alle Informationsquellen standen mir offen. Und wer verdächtigt eine Polizistin?«

Das Klingeln verstummte.

»Und aus Sanisah MacGee wurde Anna Bradley.«

»Mein Vater war ein guter Lehrmeister«, entgegnete sie nicht ohne Stolz, »eine rührende Adoptionsgeschichte, ein untadeliger Lebenslauf, hervorragende Zeugnisse und die Polizei in Dublin war höchst beglückt, mich in ihren Reihen aufnehmen zu dürfen.« Ihre Stimme war nicht ganz frei von Ironie.

»Ganz schön riskant.«

»Ich hatte nichts zu verlieren.«

»Erst Terrence Taylor, dann Laverty. Schließlich Raymond …«

»Für Taylor hab' ich sogar mein Auto geopfert. Ist bei dem Brand draufgegangen. Schade eigentlich«, bedauerte sie, »die Sache mit Laverty war kurz und schmerzlos. Raymond, nun ja, da war etwas mehr Phantasie gefragt.«

»Aber es waren vier.«

»James Craig bereitete mir einiges Kopfzerbrechen«, gestand sie freimütig ein, »aber Raymond war ein Feigling. Ein jämmerlicher Waschlappen. Er hat ziemlich schnell preisgegeben, was ich wissen wollte.«

»Wie hast du es angestellt?«

»Was?«

»Wie hast du dich an Ray rangemacht?«

»Das war einfach«, antwortete sie nicht ganz unbescheiden, »ich war in seiner Gärtnerei und hab' ihm zwischen Kamelien und Rosenstöcken schöne Augen gemacht. Hat nicht lange gedauert, da hat er mich zum Abendessen eingeladen.« Sie warf ihm einen nicht ganz ironiefreien Blick zu. »Das klappt manchmal ziemlich schnell …«

Fin tat, als hätte er die Spitze überhört.

»Der Rest war ein Kinderspiel.«

»Wenn man seine Leiche nicht gefunden hätte, wärst du vielleicht davongekommen.«

»Ich hatte gehofft, dass ihn die Strömung ins Meer treibt, aber das hat nicht geklappt«, erwiderte sie fast schon gleichgültig, »am Ende war es mir eigentlich egal. Sollten doch ruhig alle wissen, dass er bezahlt hatte.«

»Und als ich dann aufgetaucht bin –«

»Ein Geschenk des Himmels. Ich dachte, das Schicksal meint es gut mit mir.«

»Du warst in London.«

»Dein Bruder leider nicht.«

»Aber ich hab' dich zu ihm geführt.« Er leerte sein Glas. Warf einen Blick auf die Flasche. Nein, zwei Whisky mussten genügen. »Ich hab' dir vertraut.«

»Nimm's nicht persönlich.«

Sie wirkte mit einem Mal ausgesprochen unterkühlt. Aber es fiel ihm trotzdem schwer, in ihr den eiskalten Racheengel zu sehen. Sie erschien ihm immer noch zu sanft. »Das Treffen am Freitag war kein Zufall, oder?«

»Ich hab' die ganze Woche über die Passagierdaten verfolgt, ich wusste, auf welcher Maschine ihr gebucht wart«, erwiderte sie, »als Polizistin hat man da so seine Möglichkeiten. Sobald ihr irischen Boden unter den Füßen hattet, habe ich euch nicht mehr aus den Augen gelassen.«

»Und nebenbei Caitlin da Silva auf die falsche Fährte gelockt.«

»Das war zugegebenermaßen nicht leicht. Diese Kate Oliver kam mir da sehr gelegen.«

»Kein Wort wahr, oder?«

Sie schüttelte den Kopf. »Hab' ich mir alles ausgedacht.«

»Kate Oliver ist tot. Autounfall. Vor einem halben Jahr.«

»Das tut mir leid für sie.« Es war ihr herzlich egal.

Warum erzählte sie ihm das alles so bereitwillig? Ihr musste klar sein, dass er ihr seinen Bruder nicht ausliefern würde. Sie musste einen Plan haben, warum sonst war sie hergekommen? Auch wenn sie keine Uniform trug, hieß das nicht, dass sie nicht ihre Dienstwaffe bei sich hatte.

Als sie plötzlich aufstand, zuckte er zusammen. Sie ging hinüber zum Herd, nahm den Kessel und setzte Wasser auf. Nahm zwei Tassen aus dem Regal, zwei Teebeutel, kam zurück zum Tisch und stellte eine davon vor Fins Nase.

»Du hättest heute Morgen auch mich treffen können.«

»Das war nicht meine Absicht.« Sie ging zurück zum Herd.

Das beruhigte Fin ungemein. »Dir ist aber hoffentlich klar, dass dein Rachefeldzug hier zu Ende ist.« Er versuchte, so überzeugend wie möglich zu sein. Auch wenn er noch keine Idee hatte, wie er sie aufhalten würde. »Außerdem hatte Sean nichts mit der Bombe zu tun.«

Er bekam keine Antwort.

Was führte sie im Schilde? Dachte sie, sie konnte einfach hinüber ins Pub gehen, an Seans Zimmertür klopfen und ihn erschießen, sobald er öffnete? Sie müsste zuallererst an ihm vorbei. Ohne eine Waffe würde ihr das nicht gelingen. Er beobachtete sie. Sie stand am Herd und hatte ihm den Rücken zugewandt. Sie war schlank, trug enganliegende Kleidung. Nichts deutete darauf hin, dass sie ihre Dienstwaffe am Körper trug.

»Du warst gestern in Corrach Mór.«

Er deutete ihr Schweigen als Zustimmung.

»Warum hast du da nicht geschossen?«

Wieder blieb sie ihm die Antwort schuldig.

»Zu viele Zeugen?« Er dachte an Mairéad O'Leary, während seine Augen vergebens nach einer Tasche suchten.

Sie blieb bei ihrem Schweigen.

»Ah, ich verstehe. Wegen der Dramatik«, erwiderte er lakonisch. Vielleicht war die Waffe im Mantel. »Die Tauben haben gefehlt, oder?«

Er lehnte sich über den Tisch und versuchte, nach dem Mantel zu angeln. Er musste sie ablenken. »Wie bist du eigentlich auf die Idee mit den Tauben gekommen?«

»In Kuala Lumpur hab' ich so was zum ersten Mal gehört. Das Geräusch hat mir Angst eingejagt, bis ich wusste, woher es kam. Es klang, als ob –« Sie hielt inne. Fin zog seine Hand zurück. »Es klang nach Tod ...« Sie sah ihn an. Versuchte, den melodramatischen Unterton wegzuwischen. »Ich bin zwar eine halbe Asiatin, aber ich bin in Irland aufgewachsen. Ich weiß, was eine Banshee ist. Auch wenn ich noch nie eine gehört habe.« Sie wandte sich wieder dem Wasserkessel zu. »Ein Nachbar meiner Mutter hatte Tauben. Das hat mich an Vater erinnert ... Später kam mir dann diese Idee. Die Kerle sollten Angst bekommen, sie sollten wissen, dass sie nicht davonkommen würden. Dass sie büßen mussten für das, was sie getan hatten.«

Fin startete einen neuen Anlauf. Fingerte vorsichtig über den Daunenmantel. »Hast du viele Tauben gebraucht?« Nichts. »Und kamen die eigentlich immer zurück?«

»Das war mir egal.« Das Wasser kochte. »Ich weiß eine ganze Menge über Tauben. Notfalls weiß ich auch, wo ich welche herkriege.«

Sie goss den Tee in ihrer Tasse auf und kam mit dem Kessel zum Tisch. Fin brach seine Aktion ab.

»Und was hast du jetzt vor?«, fragte Fin unverblümt. »Ich würde sagen, der Zug ist abgefahren.«

»Zugegeben, mein schöner Plan ist leider nicht aufgegangen«, gestand sie und goss Wasser in seine Tasse, »ich hab' etwas Zeit gebraucht, um mir was anderes auszudenken.«

Es war der Augenblick, als sie hinter seinem Stuhl stand, in dem Fin klar wurde, dass sie längst einen neuen Plan hatte und gerade dabei war, diesen in die Tat umzusetzen.

Etwas explodierte in seinem Kopf. Erst gleißend hell, dann wurde es schwarz.

Er krachte auf den Fußboden.

25. Corrach Mór

»Fin!«

Nein, er wollte nicht in die Schule. Er wollte lieber noch schlafen.

»Finbar!«

Wie er es hasste, wenn seine Mutter ihn so rief.

Sie schüttelte ihn. »Fin!«

Das war gar nicht die Stimme seiner Mutter. Das war Caitlin da Silva. Wo, verdammt noch mal, war er?

»Fin, wir haben ein Problem!«

Wir? Im Moment hatte nur er ein Problem. Sein Schädel dröhnte wie das Croke Park Stadium beim *All-Ireland Final*. Vorsichtig schlug er die Augen auf.

»Du hast mir einen verdammten Schrecken eingejagt, weißt du das?« Caitlin kniete über ihm.

»Was …« war passiert?

Sie verschwand aus seinem Blickfeld. Irgendwo plätscherte ein Wasserhahn. Sekunden später spürte er ein kühles, nasses Handtuch an seinem Kopf.

Langsam kehrte die Erinnerung zurück. Anna. Sie hatte zugeschlagen. Als er am wenigsten damit gerechnet hatte. Mit was auch immer. Vermutlich mit dem Wasserkessel. Im Augenwinkel bemerkte er Blutspuren am Handtuch.

»Wer war das?«, fragte sie.

»Anna.«

Sie schien nicht allzu überrascht. »Sieht übel aus. Ich bring' dich ins Krankenhaus.«

»Nein!« Er versuchte aufzustehen.

»Fin, das muss genäht werden!«

»Sean! Wo ist Sean?«

»Sean?«

»Mein Bruder!«

»Was hat dein Bruder damit zu tun?« Sie musste annehmen, dass er fantasierte. »Ich dachte immer –«

»Ich muss zu Sean!« Er klammerte sich an Caitlin und kam mühsam auf die Beine. Er musste rüber ins Pub.

»He!« Caitlin hielt ihn zurück, aber er schüttelte sie ab. Er riss die Tür auf und stolperte in den Hinterhof. Der Platz, auf dem der weiße Lieferwagen gestanden hatte, war leer. Der Schneefall hatte aufgehört, die Schneedecke war jungfräulich bis auf die Abdrücke, die Caitlin hinterlassen hatte. Aber wenn er genau hinschaute, konnte er sie noch ahnen. Die Spur, die von seinem Cottage zur Hintertür des *Fisherman* führte.

Annas Spur.

Er kniff die Augen zusammen, versuchte, die Kopfschmerzen wegzublinzeln. Vergeblich. Wie ein Betrunkener torkelte er über den Hof, polterte durch die Hintertür, durch die Küche ins Treppenhaus, Caitlin ein paar Schritte hinter ihm.

»Soweit ich mich erinnere, hast du mir mal erzählt, dein Bruder –«

»Sean!«, brüllte er. Atemlos erklomm er die Treppe, zog sich am Geländer in den ersten Stock. Platzte in das Zimmer seines Bruders.

Es war leer.

Vielleicht war er unten im Pub. Genehmigte sich einen Drink. So schnell gab er die Hoffnung nicht auf. Er kehrte um, schwankte an Caitlin vorbei, die wie ein großes Fragezeichen im Flur stand und ihm sprachlos hinterherblickte.

Drei Männer schauten auf, als Fin in den Schankraum stürzte. Ronan hinter der Theke, Brian und sein Bruder davor.

»Fin? Wie siehst du denn aus?«

»Habt ihr Sean gesehen?«

Die drei sahen einander irritiert an.

»Der ist auf dem Weg ins Krankenhaus.«

»Ja, du hast doch selber –«

»Was?«

»Die Frau, die ihn abgeholt hat, hab' ich die nicht kürzlich schon mal hier gesehen?«

»Die hat gesagt, du hättest sie gebeten, Sean nach Letterkenny ins Krankenhaus zu bringen.«

Fin musste sich an der Theke festhalten. »Und Sean ist mit ihr ...?«

Dreifaches Kopfnicken.

»Aber ...« Er starrte ungläubig in die Runde. Ihm, dem eigenen Bruder, hatte er widersprochen. Hatte sich mit Händen und Füßen dagegen gewehrt, dass er ihn ins Krankenhaus brachte. Und dann kam Anna daher und ...

»Er hat sich zuerst 'n bisschen gesträubt«, erklärte Ronan, »aber irgendwie konnte sie ihn am Ende doch überzeugen, dass es besser sei ...«

»Wegen der Schusswunde«, ergänzte Brian überflüssigerweise.

Überzeugen. Ja, das konnte Anna. »Wann war das?«

»Ist keine halbe Stunde her.«

Fin wurde schlecht. Die Welt um ihn herum begann, sich zu drehen, aber er durfte nicht fallen. Nicht jetzt. Er rempelte Caitlin zur Seite und eilte mit großen Schritten nach draußen. Die Treppe hinunter in den Hof.

»Sagst du mir jetzt endlich, was los ist?«, schrie Caitlin ihm hinterher und folgte ihm.

Er blieb stehen. Blinzelte wieder. Wieso war alles unscharf? Und wo war dieser gottverdammte Landrover?

»Fin!« Ihre anfängliche Sorge war in Ärger umgeschlagen.

Er schloss die Augen und atmete tief durch, versuchte, die Schmerzen in seinem Schädel zu besänftigen, das Hämmern irgendwie abzustellen.

»Sean ist … Mein Bruder ist James Craig.«

Er entdeckte den Landrover da, wo er immer stand, ging wie in Trance darauf zu und wollte einsteigen. Aber Caitlin riss ihn unsanft am Arm. Er flog hart gegen die Wagentür. »Sag das noch mal!« Sie funkelte ihn an.

Eine Erklärung. Hier und jetzt. Ein paar Worte, ein paar Sätze. Es fiel ihm schwer, sich zu konzentrieren. »Sean ist James Craig. Der Letzte der Fab Four … Anna glaubt, er hat was mit dem Mord an ihrem Vater zu tun … und an ihrer Tochter … und … Sie wird ihn töten.« Er öffnete die Wagentür. »Ich muss ihnen nach.«

Caitlin hielt ihn fest. »Du musst gar nichts. Du bist verletzt. Du bleibst hier.«

»Vergiss es!«

Sie blickte in seine fiebrigen Augen. Sie begriff schnell. Ihr war klar, dass sie ihn nicht aufhalten konnte. »Gut. Aber ich fahre.«

Fin ging im Geiste die Alternativen durch, kam jedoch nicht weit. »Aber wir nehmen meinen Wagen.« Er fingerte die Schlüssel aus seiner Hosentasche und drückte sie Caitlin in die Hand.

Sekunden später schlitterte der Landrover auf die Hauptstraße. Das erste Mal an diesem Tag war Fin froh um den Schnee, denn er bot ihnen eine Spur. Eine einzige Spur.

Foley lag auf einer Halbinsel. Nur eine wenig befahrene Straße verband das Dorf mit dem Rest des Countys. An der ersten Abzweigung bogen die Reifenspuren vor ihnen nach links ab.

»Auf jeden Fall will sie nicht nach Letterkenny«, meinte Caitlin und folgte der Spur, »irgendeine Idee, wohin sie will?«

Fin schüttelte den Kopf und bereute es umgehend.

»Was für einen Wagen fährt sie?«

»Einen Lieferwagen. Einen weißen Lieferwagen«, antwortete Fin heiser. Seine Stimme bebte, aber er hatte Hoffnung. »Bei diesen Straßenverhältnissen wird sie nicht sehr schnell sein.«

»Kennzeichen?«

»Keine Ahnung.«

»Na, dann hoffen wir mal, dass heute am Sonntag nicht viele weiße Lieferwagen unterwegs sind. Sie angelte nach ihrem Handy und drückte eine Kurzwahl. »Detective Inspector da Silva hier. Ich hab' eine Großfahndung nach einem weißen Lieferwagen. Das Kennzeichen ist unbekannt, ebenso das Ziel der Fahrt. Alle Einheiten im Raum Glendowan, Creeslough und Millford sollen die Augen offen halten. Im Wagen sind zwei Personen, eine Frau und ein Mann.« Sie warf Fin einen Seitenblick zu. »Achtung: Die Frau ist wahrscheinlich bewaffnet.«

Sie steckte das Handy wieder ein und konzentrierte sich auf die Straße. »Ich hab' versucht, dich zu erreichen«, sagte sie, ohne ihn anzusehen.

Die Schmerzen pochten gegen seine Schädeldecke. Die Vibrationen des Landrovers trugen ihren Teil dazu bei. Vorsichtig berührte er seine Wunde, strich über den dünnen, feuchten Schorf, der seine Haare verklebte. Er zog hörbar die Luft ein.

»Geht's?«

Er deutete ein Nicken an. Dieses Mal etwas vorsichtiger.

»Wie hast du's rausgefunden?«

»Die Akte Kavanagh. Das Foto seiner Tochter«, antwortete sie knapp, »da ist mir plötzlich einiges klargeworden.«

Wieder eine Abzweigung, wieder führten sie die Reifenspuren nach links. Sie hatten Glück, dass die Gegend einsam war und bei diesem Wetter kein Auto unterwegs war. Aber das konnte sich rasch ändern.

»Seit wann weißt du es?«

Fin antwortete nicht. Er starrte wie hypnotisiert auf die Straße, auf die zwei Linien, die den Schnee wie Gleise durchschnitten. Der Verrat schmerzte noch immer, schlimmer als der Schlag auf den Kopf.

»Mein Gott, Fin, warum bist du nicht zu mir gekommen?«

»Wollte ich ja.«

»Aber?«

Wie sollte er es erklären? »Du warst so … so …« Ihm fiel das passende Wort nicht ein. Abweisend? Schroff? Unnahbar? »Ich hätte dir bestimmt von Sean erzählt. Aber dann war plötzlich Anna da …«

Anna, die ein gutes Gespür für seinen Seelenzustand gehabt hatte und genau gewusst hatte, was er hören wollte. Und genau davon hatte sie ihm erzählt. Vom einsamen Leben fernab der alten Heimat Dublin, von den Problemen im Job, von einer gescheiterten Beziehung. Sie hatte ihn eingewickelt und er hatte ihr geglaubt, weil er ihr hatte glauben wollen.

»Ich hatte das Gefühl, du mochtest sie nicht besonders.«

»Wundert dich das? Bei dem Chaos, das sie angerichtet hat?«

»Sie hat versucht, ihre Spuren zu verwischen.«

»Besonders geschickt hat sie sich dabei nicht angestellt.«

Er war anderer Meinung. Bei ihm hatte es funktioniert. »Irgendwann war ich soweit, dass ich dachte, du seist eifersüchtig.«

»Eifersüchtig?« Sie nahm das Wort, betrachtete es von allen Seiten, packte es in eine Schublade, schloss die Schublade. Öffnete sie wieder. »Hätte ich einen Grund?« Sie sah ihn an.

Fin wollte schon mit »Nein« antworten, besann sich aber eines Besseren. Er hatte schon einmal eine Beziehung gegen die Wand gefahren, indem er erstmal alles abgestritten hatte. Mit etwas gutem Willen konnte er sich zu einem knappen »Vielleicht« durchringen.

»Lass gut sein, du brauchst nichts zu erklären«, lenkte sie ein,

»sie hat uns beide verarscht. Ich hätte viel eher etwas merken müssen, aber ich bin auf den schönen Schein reingefallen.«

Ein schwacher Trost.

Eine Weile fuhren sie schweigend. Caitlin gab Gas, wo es die Straßenverhältnisse erlaubten. Fin spähte krampfhaft nach vorne, in der bangen Hoffnung, irgendwo in der weißen Landschaft einen weißen Lieferwagen zu entdecken.

»Ich hab' auch Fehler gemacht«, gestand sie plötzlich, »vielleicht hab' ich einfach vergessen, worum es wirklich geht. Vielleicht bringt das der Job so mit sich. Ich glaub', ich seh' überall nur noch die Toten. Und nicht die Lebenden.«

Viele Worte für jemanden, der sich nur ungern Schwächen erlaubte. Fin ließ es unkommentiert.

Sie kamen an eine Kreuzung. Ein paar Autos waren unterwegs, ihre schöne Spur war zu Matsch geworden.

»Und jetzt?«, fragte er.

Caitlin lehnte über den Lenker und betrachtete die alten gälischen Straßenschilder. Kleine Dörfer im Nirgendwo. »Was würdest du an ihrer Stelle tun?«

»Derry?« Mit einem ziemlich großen Fragezeichen.

Auch Caitlin schien nicht überzeugt.

»Die Rache nach Hause bringen. Dorthin, wo alles angefangen hat«, begründete er seinen Gedanken. Etwas Besseres fiel ihm nicht ein.

»Okay, dann Derry.«

Sie fuhren auf die Hauptstraße. Fin zuckte bei jedem Schlagloch zusammen. Er unterdrückte ein leises Stöhnen. Caitlin warf ihm einen besorgten Blick zu. Er biss die Zähne zusammen. »Gib Gas!«, stieß er nur hervor.

Sie überholte eine Reihe langsam fahrender Autos. Der Landrover pflügte mit stoischem Gleichmut durch den Schneematsch.

»Stopp!« brüllte Fin plötzlich.

Caitlin bremste scharf, der Wagen schlingerte und kam zum Stehen.

»Zurück!« kommandierte er.

Sie gehorchte. Ignorierte die hupenden Autofahrer und stieß den Landrover zurück bis zu einer schmalen Abzweigung. Eine einzige Reifenspur zweigte ab, zwei dunkle Furchen im unberührten Schnee. Auf dem verwitterten Straßenschild stand *Corrach Mór*.

»Du glaubst …?«

»Ja.«

Die enge Straße war nicht mehr als ein geteerter Feldweg. Ein paar Mauern links und rechts, ein paar windschiefe Büsche, eine letzte Farm, dann ging es steil bergauf. Der Landrover mühte sich redlich, grub sein grobes Profil in den Schnee und in den brüchigen Asphalt und erklomm den Pass. Caitlin hupte. Schafe lagerten auf der Straße wie festgefroren, unförmige Schneeverwehungen, die sich nur durch die farbigen Markierungen auf ihrer Wolle von der Umgebung unterschieden. Nur widerwillig erhoben sich die Wegelagerer und machten Platz.

Auf der anderen Seite des Passes öffnete sich eine weite Ebene. Hier war kaum Schnee gefallen. Eine grünbraune Landschaft lag unter schweren bleigrauen Wolken, die sich noch nicht entschieden hatten, wo sie ihre Last abladen sollten. Im Osten kündigte sich die Abenddämmerung an.

Vorsichtig kroch der Landrover die steilen Serpentinen talwärts. Die ersten Häuser von Corrach Mór kamen in Sicht. Keine Minute später hielten sie vor dem Tor zu Raymonds Farm.

Vor dem Haus stand ein weißer Lieferwagen.

Sie ließen den Landrover auf der Straße zurück. Fin stieg aus, während Caitlin ihre Dienststelle informierte und sicherheitshalber Unterstützung anforderte, ehe sie ihm folgte. Vorsichtig pirschten sie über die Zufahrt, suchten die Deckung der kahlen Sträucher und wichen den gefrorenen Pfützen aus, die ihre Schritte verraten hätten. Sie bewegten sich rasch, aber sie gaben sich nicht der Illusion eines unbemerkten Anschleichens hin. Anna Bradley hätte sie sofort gesehen, hätte sie in diesem Augenblick aus einem der Fenster geschaut.

Sie kamen bis zur Haustür, ohne dass sich im Inneren des Hauses etwas regte. Hinter keinem der Fenster brannte Licht. Fin nahm neben der Tür Aufstellung und lauschte. Er glaubte, leise Stimmen zu hören. Langsam und lautlos drückte er die Klinke herunter, die Tür war nicht abgeschlossen. Durch den Spalt drangen die Stimmen deutlicher nach draußen.

Annas Stimme.

Und Sean.

Caitlin zog ihre Pistole. Entsicherte sie. Ein stummes Kopfnicken genügte als Verständigung. Fin gab der Tür einen sanften Stoß und Caitlin den Vortritt. Mit vorgehaltener Pistole und dem Überraschungsmoment auf ihrer Seite stürmten sie das Farmhaus.

Das Erste, was Fin erfasste, war Sean. Sein Bruder saß auf einem Stuhl mitten im Raum, die Hände auf den Rücken gefesselt. Seine Hose war blutdurchtränkt, der Verband über seiner Wunde hatte sich gelöst. Erinnerungen an Raymonds Tod wurden wach. Aber Sean lebte.

Anna Bradley stand ein paar Schritte von ihm entfernt, überrascht über ihr Auftauchen, aber nicht überrascht genug, um nicht blitzschnell zu reagieren und ihre Pistole auf seinen Kopf zu richten.

»Anna! Lass die Waffe fallen!«, schrie Caitlin.

»Anna, tu's nicht!«, fiel Fin ein. »Es wird Molly nicht wieder zurückbringen!«

»Das weiß ich! Aber er muss bezahlen! So wie die anderen drei!« Ihre Stimme war voller Hass. Nichts war mehr übrig von der sanften jungen Frau, die ihn so betört hatte.

Ein beißender Geruch stieg ihm in die Nase. Benzin. Er entdeckte den Kanister neben dem Tisch. Und die Pfütze, die sich auf dem Boden ausgebreitet und den Stuhl erreicht hatte, auf dem Sean saß. Er ahnte, was sie vorhatte. Mit Feuerlegen kannte sie sich aus.

»Anna, es war ein Unglück! Niemand wollte diese Bombe! Auch Sean nicht!«, versuchte er zu beschwichtigen.

»Ach ja? Warum hat er sie dann nicht verhindert?«, spuckte sie zornig aus.

Er fing Seans Blick auf. Die Frage hatte ihre Berechtigung. Aber in den Augen seines Bruders las er nur Angst. Angst und Schmerz. Und noch etwas anderes.

Resignation.

Sein großer Bruder, der immer eine Antwort auf alle Fragen gehabt hatte. Der ihn immer rausgehauen hatte, wenn die Jungs in der Schule auf ihn einprügelten. Zu dem er aufgeschaut hatte.

Jetzt war es an Fin, ihn zu retten.

»Gib auf, Anna, mach es nicht schlimmer, als es eh schon ist!«

»Ich hab' nichts zu verlieren«, erwiderte sie ruhig und holte mit einer langsamen Bewegung ein Feuerzeug aus ihrer Hosentasche. »Leg die Waffe weg, Caitlin, oder er brennt …« Sie schnipste die Flamme an, um ihrer Drohung Nachdruck zu verleihen. »Und wir alle mit …«

Würde sie es wirklich tun?

Fin hielt den Atem an.

Caitlin rührte sich nicht. Richtete ihre Pistole weiter stur auf Anna.

»Ich geb' euch eine Chance, eure Haut zu retten«, sagte Anna fast schon gönnerhaft, »aber ich sag's nicht zweimal.«

»Anna, lass uns reden«, bat Caitlin.

»Spar dir deine schönen Worte«, zischte Anna, »und leg die Waffe weg!«

Caitlin rührte sich nicht. »Ich verspreche dir, dass der Mord an deiner Familie aufgeklärt wird. Keiner kommt ungestraft davon. Aber du kannst das Gesetz nicht in die eigenen Hände nehmen.«

»Und ob ich das kann!« Ungeduldig fuchtelte Anna mit dem Feuerzeug durch die Luft. »Weg mit der Pistole!«

»Anna, ich kann dich verstehen. Jeder wird dich verstehen. Aber das, was du vorhast, das wird niemand verstehen.«

Fin beobachtete Caitlin. Hatte sie einen Plan? Wollte sie Anna in Sicherheit wiegen? Zeit gewinnen, bis Verstärkung kam? Das konnte sie unmöglich riskieren. Anna war zu allem fähig. Vor allem jetzt, so kurz vor dem Ziel. Und sie hatte absolut recht, wenn sie sagte, dass sie nichts zu verlieren hätte.

»Wenn du Sean töten willst, musst du zuerst mich erschießen.« Langsam machte er einen Schritt auf seinen Bruder zu, versuchte, zwischen ihn und Anna zu gelangen.

»Fin …« Er hörte Caitlins warnende Stimme.

»Lass den Blödsinn, Fin!«, herrschte Anna ihn an.

Fin ließ sich nicht aufhalten. »Du musst einen Unschuldigen erschießen. Wie, denkst du, wird sich das anfühlen? Dann bist du nicht besser als er.« Er wies mit dem Kinn auf Sean. »Oder Raymond …«

Die Flamme des Feuerzeugs zuckte hin und her. »Geh aus dem Weg, Fin, mit dir hat es nichts zu tun!«

»Das seh ich anders. Letzte Nacht hatten wir 'ne Menge miteinander zu tun …« Fin behauptete seinen Platz. Zwang sie, ihm in die Augen zu sehen.

»Das war nichts.«

Natürlich war ihm bewusst, dass sie ihn benutzt hatte. Sie hatte nur mit ihm geschlafen, um an Sean ranzukommen. »Oh, den Eindruck hatte ich überhaupt nicht«, widersprach er. Er hatte keine Ahnung, wohin das führen sollte, aber so lange sie redete, legte sie kein Feuer. Er wartete auf eine Reaktion von ihr. Auf ihren nächsten Schritt. In der Stille hörte er eine Tür. Nein, er wünschte sich, etwas zu hören. Aber so schnell traf keine Verstärkung ein.

»Gib auf, Anna.«

Plötzlich explodierte die Tür zum Schlafzimmer. Entgeistert starrte Fin auf die Furie, die wie ein Engel der Apokalypse über sie hereinbrach.

»Du Flittchen!«, brüllte die Frau mit schriller Stimme.

Mit Entsetzen registrierte Fin die Schrotflinte in ihren Händen.

»Nein, Mairéad! Tun Sie das nicht!«

Er konnte sich nur noch ducken. Im Fallen warf er sich gegen Sean und riss ihn mitsamt dem Stuhl zu Boden, als sich die Schrotladung mit ohrenbetäubendem Krachen entlud.

Schrotkugeln prasselten durch die Luft, Holzsplitter flogen ihm um die Ohren. Etwas brannte in seiner Schulter. Jemand schrie auf.

Anna.

»Du Miststück! Ich bring dich um!«

Weiter kam sie nicht. Caitlin hatte Mairéad O'Leary zu Boden gerungen und entwaffnet. Aber Fin hatte nur Augen für Sean, der vor Schmerzen stöhnend und zitternd unter ihm lag. Er wollte ihn losmachen, aber gegen die Handschellen hatte er ohne Schlüssel keine Chance. Kurzerhand packte er den Stuhl und schleifte ihn mit seinem Bruder aus der Schusslinie, schleifte ihn ins Schlafzimmer, raus aus der Gefahr.

»Sean? Kannst du mich hören? Bist du soweit okay?«

Sein Bruder stöhnte mit schmerzverzerrtem Gesicht. Die Wunde an seinem Oberschenkel blutete heftig.

Fin sprang auf und taumelte gegen die Tür, kämpfte gegen den Schwindel und verfluchte den Kerl, der mit einem Vorschlaghammer seine Schädeldecke von innen bearbeitete. Er brauchte die Schlüssel zu den Handschellen. Und einen Arzt.

Er stolperte zurück ins Wohnzimmer. Caitlin hatte Mühe, die keifende und tobende Frau auf dem Boden zu halten. Mairéad wehrte sich verbissen gegen den eisernen Griff und hatte nicht die geringste Absicht, ihr Vorhaben aufzugeben. »Lass mich los! Ich mach' sie fertig, die Nutte …«

Fin hätte Caitlin helfen müssen, aber er wusste, dass sie auch so mit ihr fertig wurde. »Ich brauch' deinen Schlüssel für die Handschellen!«

Caitlin antwortete nicht. Wortlos starrte sie an ihm vorbei. Fin drehte sich um.

Anna hatte Mühe, wieder auf die Füße zu kommen. Breitbeinig stand sie da, schwankte und versuchte das Gleichgewicht zu halten. Eine Hand hielt ihre rechte Seite, grub sich wie eine Klaue in den blutgetränkten Pullover. Die andere umklammerte noch immer das Feuerzeug. Ihre Kleider waren nass, hatten sich mit Benzin vollgesogen. Benzin, das sich um sie herum ausgebreitet hatte.

Der Blick aus ihren tränenverschmierten Augen ließ keinen Zweifel zu.

»Anna! Tu das nicht!« Abwehrend hob er eine Hand, als ob er sie mit einer bloßen Geste von ihrem Vorhaben abhalten könnte.

»Ich kann nicht mehr …«, wimmerte sie mit leiser Stimme.

»Anna, das willst du nicht!«, beschwor er sie. Er fing ihren Blick ein, ließ ihn nicht mehr los, während er wie in Zeitlupe nach Caitlins Pistole tastete, die neben ihr auf dem Boden lag. Er musste die Hand treffen. Oder wenigstens den Arm. »Sieh mich an, Anna … das ist keine Lösung …«

Er spürte den Griff der Waffe in seiner Handfläche. Der Raum begann sich zu drehen. Er kniff die Augen zusammen. Versuchte, zu fokussieren. Er musste wahnsinnig sein. Er war ein erbärmlicher Schütze, aber er hatte keine andere Wahl. Ihm war klar, dass er sonst das Bild eines Menschen, der vor seinen

Augen in Flammen aufging, bis an sein Lebensende nicht vergessen würde.

Er drückte ab. In derselben Sekunde, in der das Feuerzeug aufflammte.

Anna stieß einen gellenden Schrei aus.

Fin

»Den Schuss hätte ich dir gar nicht zugetraut, Fin O'Malley.«

»Ich mir selber auch nicht«, gestand er ehrlich. Vielleicht traf er besser, wenn er nicht so genau zielte.

Tatsächlich hatte er den Arm getroffen. Anna hatte das Feuerzeug fallen lassen, es war erloschen, ohne Schaden anzurichten.

Sie waren allein im *Fisherman.* Die letzten Gäste hatten sich vor einer halben Stunde verabschiedet. Auch Ronan und Isobel waren schon nach oben gegangen. Die Plastiktanne im Fenster blinkte einsam in die Dunkelheit hinaus. Nur Caitlin und Fin waren übriggeblieben, saßen an der Theke und ließen sich ein verspätetes Abendessen schmecken. Eigentlich war es noch früh am Abend. Aber morgen war Weihnachten. Und niemand in Foley wollte diesen Feiertag mit einem Kater beginnen.

»Ich hätte nie gedacht, dass uns ausgerechnet die gute Mairéad O'Leary in die Quere kommt«, erwiderte Caitlin.

»Tja, Raymond hat eben nichts anbrennen lassen«, gab Fin zurück.

»Muss eine wilde Affäre gewesen sein, zumindest für Mairéad. Schließlich durfte ihre Mutter nichts davon erfahren«, sagte sie, »jeden Abend hat sie das Farmhaus beobachtet. Wenn das Licht über der Hintertür brannte, war die Luft rein. Und ihrer Mutter hat sie erzählt, sie geht mit dem Hund raus.«

»Klingt wie in 'nem billigen Groschenroman.«

»Immerhin hat Raymond sie ein klein wenig aus ihrem Mauerblümchendasein erlöst. Wenigstens zeitweise.«

»Glaubst du, sie hat an dem Tag mehr gesehen, als sie uns erzählt hat?«, fragte Fin.

»Möglich«, antwortete sie, »sie lag ja ständig mit dem Fernglas auf der Lauer.«

»Sein Tod muss ein Schock für sie gewesen sein.«

»Wenn zwei Racheengel aufeinandertreffen, geht das selten gut aus«, stellte Caitlin fest. Sie kratzte den Rest Tomatensuppe aus ihrem Teller und schleckte den Löffel sauber. »Lecker. Aber irgendwas hab' ich da rausgeschmeckt.«

»Gin?«

»Das wird's gewesen sein.«

Zu fortgeschrittener Stunde hatte Fin die Küche für sich alleine. Caitlin hatte nichts gegen ein Mitternachtsdinner einzuwenden gehabt. Er sammelte die leeren Teller ein und trug sie in die Küche. »Hast du was von Anna gehört?«

»Sie liegt noch immer in Letterkenny im Krankenhaus. Es geht ihr nicht besonders gut. Sie hat eine hübsche Ladung Schrot abbekommen.«

Fin kam mit frischem Besteck zurück. Der Hauptgang dauerte noch etwas. Unbewusst kratzte er sich an der Schulter, aus der der Arzt drei Schrotkugeln herausgepickt hatte. Die Wunde an seinem Kopf war mit fünf Stichen genäht worden.

»Sobald sie transportfähig ist, soll sie nach Dublin verlegt werden.«

»Ich dachte, der Fall wäre eher was für die britischen Kollegen«, wunderte sich Fin.

»Wie kommst du darauf?« Caitlin sah ihn an. »Taylor, Laverty, dein Cousin, alle Morde wurden auf irischem Boden verübt.«

»Ein ganz schön aufwändiger Racheplan.«

»Nie im Leben wäre sie damit durchgekommen«, war Caitlin überzeugt.

»Ich schätze, sie hat nicht ernsthaft damit gerechnet, davonzukommen«, meinte er, »ich denke, am Ende war's ihr egal.«

Ihre Rache hatte sie am Leben gehalten. Er fragte sich, was nun aus ihr werden würde.

»Entsetzliche Geschichte, das mit der Bombe damals«, sagte Caitlin.

Fin nickte stumm.

Sein Bruder hatte den Anschlag nicht verhindert. Er hätte es versuchen müssen, aber er hatte es nicht getan. Damit musste er nun leben. Und er, Fin, irgendwie auch.

Sean war sein Bruder. Daran würde sich nie etwas ändern. Aber so wie früher würde es nie wieder sein.

In den vergangenen Tagen hatte er sich oft gefragt, ob es nicht besser gewesen wäre, Sean wäre nie aus der Versenkung aufgetaucht.

Jetzt hatte er zwar seinen Bruder wiedergefunden. Aber ihn doch irgendwie wieder verloren.

»Wie geht es Sean?« Caitlin konnte Gedanken lesen.

»Ist immer noch in Dublin im Krankenhaus. Danach werden sie ihn ins Untersuchungsgefängnis stecken.«

»Wie hat deine Familie es aufgenommen?«

»Es war ein Schock«, erzählte Fin, »vor allem für meine Mutter. Ich glaube, sie hat noch immer nicht wirklich verarbeitet, dass ihr Ältester nach dreißig Jahren plötzlich wieder da ist.«

»Na ja, erstmal wandert er ins Gefängnis«, schränkte Caitlin ein.

»Aber er ist am Leben.«

Sean hatte einen Deal mit der irischen Polizei erreicht, auf den sich auch die britischen Kollegen eingelassen hatten. Natürlich hatte er einiges auf dem Kerbholz, was sich im Lauf seiner kriminellen Vergangenheit angesammelt hatte. Manches war tatsächlich verjährt, andere Delikte würde man ihm nun, da seine ehemaligen Mitstreiter tot waren, vielleicht gar nicht mehr nachweisen können. Ob man ihm eine Beteiligung an dem Anschlag auf Martin Kavanagh würde beweisen können, war ebenso fraglich. Trotz aller Blutsbande verspürte Fin keine Erleichterung darüber. Die moralische Schuld hingegen würde sein Bruder lebenslänglich mit sich herumtragen müssen.

Wichtiger für die Polizei war Seans Aussage gegen Timothy Anderson und das Belastungsmaterial, das er präsentieren konnte. Während einer Hausdurchsuchung bei Gordon Lavertys Familie war der dritte USB-Stick gefunden worden, nun, da die Ermittler wussten, wonach sie suchen mussten.

»Ich habe gehört, Tiny Tim Anderson verbringt die Weihnachtsfeiertage bereits im Knast.« Caitlin hörte sich nicht an, als ob ihr das leid täte. »Der Richter in Derry hat eine Kaution abgelehnt.«

Fin dachte an Andersons Tochter. Wie auch immer sie heißen mochte. »Das wird der Schneekönigin aber überhaupt nicht gefallen«, murmelte er.

»Wem?«

»Ach, nichts.«

Er verschwand in der Küche und holte den Hauptgang. Lammbraten mit mediterranem Gemüse und gebackenen Kartoffeln. Es duftete verheißungsvoll. Er legte eine großzügige Portion auf einen Teller und schob ihn Caitlin vor die Nase. Ihr gesunder Appetit war eine von vielen Seiten, die Fin an ihr mochte. Mit geschlossenen Augen erschnupperte sie die Aromen von sonnengereiften Tomaten und aromatischen Kräutern.

»Hast du's dir überlegt?«, fragte sie unvermittelt.

»Was überlegt?«

»Ob du wieder zur Polizei zurückkommst.«

Da gab es für Fin nicht viel zu überlegen. Er lächelte. »Ist mir zu gefährlich.«

»Ich könnte einen neuen Partner gebrauchen«, wiederholte sie ihr Angebot.

»Nun ... wenn es nur das ist ...« Er beugte sich über seinen Teller und blickte tief in ihre Koboldaugen. »... und solange es nicht in Arbeit ausartet ... Kommt drauf an.«

Dieses Mal wich sie nicht zurück. »Was gibt es eigentlich als Nachspeise?«

»Ziegenmilcheis mit karamellisierter Tomatenjus«, hauchte er, »und frittiertem Thymian. Und Parmesancrackern.«

Sie kam näher. Ihre Lippen berührten sich. Erst zaghaft, dann mit lange verdrängter Leidenschaft. Caitlin löste sich als Erste und schnappte nach Luft. Ihre Augen funkelten.

»Kann ich davon bitte einen Nachschlag haben?«

Fin O'Malleys erster Fall

272 Seiten, ISBN 978-3-941657-25-0, 13,90 €

Für Detective Sergeant Fin O'Malley kommt es knüppeldick. Frau und Tochter lassen ihn sitzen und sein Chef schiebt ihn aufs Abstellgleis. Er soll in einem Nest an der nordwestlichen Küste Irlands einen Verdächtigen aufspüren, der schon zehn Jahre tot ist. Hier in Foley, zwischen redseligen Iren und schweigenden Lämmern, beißt Fin erst mal auf Granit. Besonders bei Charlotte Quinn, die Kirchenfresken repariert und in einem einsamen Leuchtturm wohnt.

Spannend und mit viel Humor erzählt Carolin Römer in ihrem Krimierstling eine Story, wie sie nur in Irland spielen kann. Hier tauchen ehemalige Piraten auf, atheistische Pfarrer, untergetauchte IRA-Leute, trinkfeste Großmütter, unsichtbare Kobolde, verschwundene Rennpferde – und eine geheimnisvolle Meerjungfrau ...

Fin O'Malleys zweiter Fall

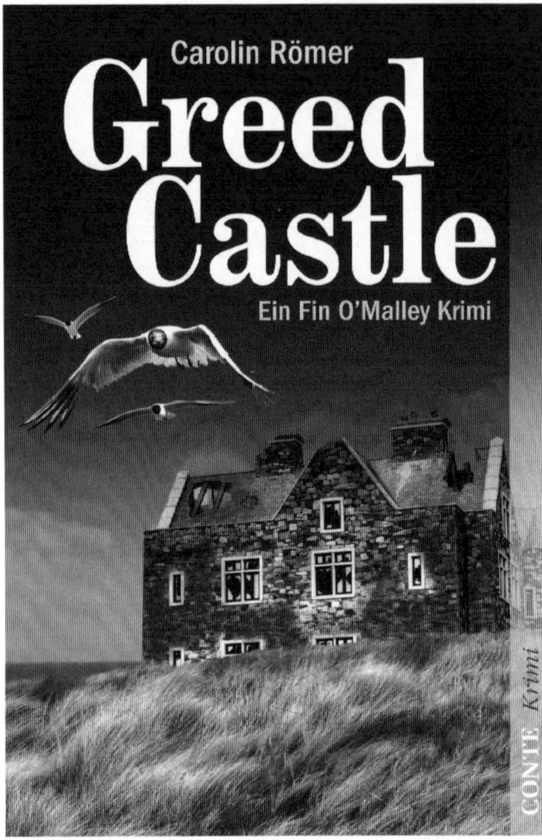

294 Seiten, ISBN 978-3-941657-86-1, 13,90 €

Vor dem verfallenen Herrenhaus Greed Castle stolpert Fin O'Malley über eine Leiche. Weil er selbst unter Verdacht gerät, ermittelt der ehemalige Dubliner Detective wieder. Doch die abergläubischen Dorfbewohner sind keine große Hilfe bei seinen Nachforschungen. Nora Nichols ist überzeugt, dass irische Kobolde sich gerächt haben. Als Fins Tochter Lily verschwindet, wird es ernst.

Jean Amila ***Mond über Omaha***
Reihe Amila 1, 214 Seiten, ISBN 978-3-936950-33-5, 10,00 €

Jean Amila ***Mitleid mit den Ratten***
Reihe Amila 2, 212 Seiten, ISBN 978-3-936950-43-4, 10,00 €

Jean Amila ***Bis nichts mehr geht***
Reihe Amila 3, 220 Seiten, ISBN 978-3-936950-53-3, 10,00 €

Jean Amila ***Motus!***
Reihe Amila 4, 180 Seiten, ISBN 978-3-936950-79-3, 10,00 €

Jean Amila ***Die Abreibung***
Reihe Amila 5, 190 Seiten, ISBN 978-3-936950-96-0, 10,00 €

Jean Amila ***Auf Godot wartet keiner***
Reihe Amila 6, 200 Seiten, ISBN 978-3-941657-11-3, 10,00 €

Isabella Archan ***Helene geht baden***
320 Seiten, ISBN 978-3-95602-028-5, 13,90 €

Isabella Archan ***Marie spiegelt sich***
324 Seiten, ISBN 978-3-95602-074-2, 13,90 €

Lilo Beil ***Gottes Mühlen***
Kommissar Gontards erster Fall
184 Seiten, ISBN 978-3-936950-49-6, 9,90 €

Lilo Beil ***Das Licht unterm Scheffel***
Kommissar Gontards zweiter Fall
178 Seiten, ISBN 978-3-936950-72-4, 9,90 €

Lilo Beil ***Die schlafenden Hunde***
Kommissar Gontards dritter Fall
188 Seiten, ISBN 978-3-936950-87-8, 9,90 €

Lilo Beil ***Die Kinder im Brunnen***
204 Seiten, ISBN 978-3-941657-10-6, 11,90 €

Die Krimireihe des Conte Verlages

Lilo Beil ***Die Nacht der grauen Katzen***

Kommissar Gontards vierter Fall

202 Seiten, ISBN 978-3-941657-28-1, 11,90 €

Lilo Beil ***Die Mauern des Schweigens***

Kommissar Gontards fünfter Fall

192 Seiten, ISBN 978-3-941657-60-1, 11,90 €

Lilo Beil ***Das gläserne Glück***

Kommissar Gontards sechster Fall

252 Seiten, ISBN 978-3-95602-012-4, 11,90 €

Lilo Beil ***Die Reise des Engels***

Kommissar Gontards siebter Fall

200 Seiten, ISBN 978-3-95602-054-4, 11,90 €

Lilo Beil ***Vielleicht auch träumen***

170 Seiten, ISBN 978-3-95602-086-5, 11,90 €

Lilo Beil ***Mord auf vier Pfoten***

22 tierische Krimigeschichten

218 Seiten, ISBN 978-3-941657-88-5, 11,90 €

Gunter Gerlach ***Frauen von Brücken werfen***

Händels Münchner Fall

184 Seiten, ISBN 978-3-941657-62-5, 11,90 €

Gunter Gerlach ***Mohnblumen wie Blutflecke***

Händel in Stein

184 Seiten, ISBN 978-3-941657-99-1, 11,90 €

Andrea Habeney ***Arsen und Apfelwein***

304 Seiten, ISBN 978-3-941657-93-9, 11,90 €

Andrea Habeney ***Verschollen in Mainhattan***

230 Seiten, ISBN 978-3-95602-018-6, 11,90 €

Andrea Habeney ***Apfelwein trifft Weißbier***

240 Seiten, ISBN 978-3-95602-073-5, 11,90 €

Die Krimireihe des Conte Verlages

Stefan Hüfner ***Der Tote von Dresden***
184 Seiten, ISBN 978-3-936950-13-7, 9,90 €

Peter J. Kraus ***Joint Adventure***
228 Seiten, ISBN 978-3-941657-16-8, 12,90 €

Peter J. Kraus ***Cattolini erbt***
232 Seiten, ISBN 978-3-941657-65-6, 13,90 €

Gaston Leroux ***Die Hölle an der Ruhr***
Rouletabille bei Krupp
180 Seiten, ISBN 978-3-941657-21-2, 11,90 €

Jens Luckwaldt ***Puder und Blei***
218 Seiten, ISBN 978-3-941657-26-7, 12,90 €

Barbara Mansion ***Mörderische Wallfahrt***
204 Seiten, ISBN 978-3-936950-59-5, 9,90 €

Barbara Mansion ***Das Geheimnis der Burgkapelle***
198 Seiten, ISBN 978-3-941657-09-0, 12,90 €

Kerstin Rech ***Schenselo***
188 Seiten, ISBN 978-3-936950-60-1, 9,90 €

Kerstin Rech ***Hotel Excelsior***
232 Seiten, ISBN 978-3-936950-77-9, 11,90 €

Carolin Römer ***Die irische Meerjungfrau***
Ein Fin O'Malley Krimi
306 Seiten, ISBN 978-3-941657-25-0, 13,90 €

Carolin Römer ***Greed Castle***
Ein Fin O'Malley Krimi
294 Seiten, ISBN 978-3-941657-86-1, 13,90 €

Carolin Römer ***Das Labyrinth des Malers***
Ein Fin O'Malley Krimi
272 Seiten, ISBN 978-3-95602-056-8, 13,90 €

Die Krimireihe des Conte Verlages

Guido Rohm ***Untat***

140 Seiten, ISBN 978-3-941657-78-6, 10,90 €

Dieter Paul Rudolph ***Arme Leute***

210 Seiten, ISBN 978-3-941657-06-9, 12,90 €

Dieter Paul Rudolph ***Pixity***

Stadt der Unsichtbaren

292 Seiten, ISBN 978-3-941657-29-8, 13,90 €

Dieter Paul Rudolph ***Der Bote***

Ein Science-Fiction-Krimi

176 Seiten, ISBN 978-3-941657-61-8, 11,90 €

JuttaStina Strauss ***Koks und Kosakenkaffee***

Guzzos erster Fall

286 Seiten, ISBN 978-3-936950-54-0, 13,90 €

JuttaStina Strauss ***Mis en Vosges***

Guzzo in Lothringen

290 Seiten, ISBN 978-3-936950-80-9, 13,90 €

Markus Walther (Hrsg.) ***Letzte Grüße von der Saar***

Krimi-Anthologie, 244 Seiten, ISBN 978-3-936950-68-7, 12,90 €

Lisa Huth, Karin Mayer (Hrsg.) ***Mord vor Ort***

Das Krimibuch zum Treffpunkt Ü-Wagen

230 Seiten, ISBN 978-3-941657-02-1, 12,90 €

Lisa Huth, Karin Mayer (Hrsg.) ***Mord vor Ort 2***

Das zweite Krimibuch zum Treffpunkt Ü-Wagen

236 Seiten, ISBN 978-3-941657-41-0, 12,90 €

Lisa Huth, Karin Mayer (Hrsg.)
Der Letzte bläst die Kerzen aus

SR3 Geburtstagskrimis

244 Seiten, ISBN 978-3-95602-072-8, 12,90 €

Die Krimireihe des Conte Verlages

Ingrid Schmitz (Hrsg.) ***Muscheln, Mousse und Messer***

Eine kulinarische Krimi-Anthologie

220 Seiten, ISBN 978-3-941657-22-9, 12,90 €

Ingrid Schmitz (Hrsg.) ***Porridge, Pies and Pistols***

Eine kulinarische Krimi-Anthologie

298 Seiten, ISBN 978-3-941657-87-8, 12,90 €

Ingrid Schmitz (Hrsg.) ***Tortillas, Tapas und Toxine***

Eine kulinarische Krimi-Anthologie

252 Seiten, ISBN 978-3-95602-013-1, 12,90 €